惜別

止庵

徘徊將所愛，惜別在河梁。

——王融〈蕭諮議西上夜禁〉

存者且偷生，死者長已矣。

——杜甫〈石壕吏〉

目錄

序

許多年前讀過契訶夫一篇題為〈苦惱〉的短篇小說，寫一位老馬車夫剛剛死了兒子，他一再向乘客提起這事，乘客卻個個了無興趣，最後他只能向自己的馬訴說不幸。小說開頭引用了一句俄羅斯宗教詩作為題詞：「我向誰去訴說我的悲傷？……」這對要求別人分擔自己喪失親人痛苦的人來說，無疑是一種勸誡。父親去世後，我曾寫過幾篇文章，母親去世後，又寫了《惜別》，我始終沒敢忘記契訶夫的勸誡。

我們的話由內而外可以分為幾個層次：一，對自己也不能說的；二，只能對自己說的；三，可以對親人——尤其是父母——說的；四，可以對朋友說的；五，可以對陌生朋友譬如讀者說的；六，根本沒有必要說的。我們寫東西，只能在第五層次加上與此重合的第三、四層次來說話。以此衡量，則我關於母親，關於母親與我，並無太多可以告訴不相識的讀者的，更多寫的還是因母親去世而產生的對於生死的一些感悟。我想通過寫這本書，思考一下生死到底是怎麼回事，梳理一下中國人固有的生死觀。我寫的不是傳記或回憶錄，而是人人都將面臨的生死問題，母親的事僅僅作為一個例證。我只希冀共鳴，而不索取同情。

我平時讀書，一向不喜歡個人情感過於誇張的寫法。事實的誇張已經讓人接受不了，情感的誇張尤其令人無法忍受。感情有七分，寫出三四分就夠了，如果非要寫到十分，一切都給破壞了。我不愛讀這樣的書，當然也不會這樣寫書。

此次承印刻抬愛出版《惜別》的繁體字版，藉此將我的上述想法和態度重申一過。書中寫到母親過去的經歷非常簡略，原因即如後記所說明；但母親晚年對於生活那麼熱愛，其實正是根植於此。好在關於那段年月別人已經寫了很多，還是那句話：其間每個人的遭遇無非大同小異而已。

二〇一六年五月二十四日

存在與不存在

我曾經在一篇文章裡提到「生離死別」這句成語。漢無名氏〈為焦仲卿妻作〉：「生人作死別，恨恨那可論。」乃以「死別」形容「生離」，然而這也只是形容而已，二者不能混為一談。

我在父親去世後寫過下面這段話：父親去世給我的真實感覺並不是我送走了他，而是我們一起走了很長的一段路，他送我到一個地方——那也就是他在這世界上的最後時刻——然後他站住了，而我越走越遠，漸漸看不見他了。

我的母親也去世了。

父親九十歲冥誕那天，我住在日本高野山一處「宿坊」裡。夜晚寂寥，浮想聯翩：父親活到現在剛滿九十歲，而他去世已經十八年了。十八年是多麼漫長，這十八年裡發生了多少事情，十八年前去世的父親離我多麼遙遠——遙遠到我已經接受了他去世的這個事實。父親在我心中，已經與籠統的、一般的「死」聯繫起來。這也就意味著，對我來說父親真的是一位故人了。雖然回憶起他，音容笑貌仍然浮現眼前。相比之下，母親的死給我的感覺仍然是單獨的「死」，是「這個人」的「死」，我仍然在體會已經不存在了的她的感受、想法和心境，我還沒有離開「她的世界」。回過頭去，我還看得見她。

有一次去看話劇，忽然悟到：父親去世，我的人生第一幕結束了；母親去世，我的人生第二幕結束了；那麼現在是第三幕，也就是最後一幕了。父母都不在了，對我來說，我出生之前的歲月好像盡皆歸諸虛無，很多歷史的、背景的、親緣的關係隨之消失。當父母之一活著時，我還感覺不到這一點。

這念頭使我悲哀——為父母，也為自己。

那個夜裡，接著大哥報告母親病危的電話，我和兩個姊姊趕到醫院。走進病房，看見母親在病床上大聲捯氣，我想到《莊子》講的「竭澤之魚」：「吾失我常與，我無所處，吾得斗升之水然活耳」、「泉涸，魚相與處於陸，相呴以濕，相濡以沫」——可是母親得不到那個「相與」者了，她獨自抵抗不了死亡。呼吸、血壓、心跳相繼衰竭。我一直握著她的手，她的體溫倏忽喪失，手變涼了。我再也沒有母親了。

這是我平生唯一一次親歷一個人從生到死。後來我讀內山完造作〈臨終前的魯迅先生〉，其中寫道：「先生的額頭摸上去還是溫熱的，手也是暖的，可是已經沒有了呼吸，脈搏也停止了跳動。我一隻手握著先生的手，另一隻手輕輕地搭在了先生的額頭上。漸漸地，我感覺到手下的溫暖慢慢地退去了。」不知是否人各有異，但我母親的確不是這樣的死法。

母親死在二〇一〇年十一月二十二日三點四十四分。11-22-3-44。像是一首素樸極了的曲子，飄逝而去。

兩天之後，我們護送母親的遺體去殯儀館火化。

遺體火化之後有個「撿骨」儀式，每位親屬用夾子將一塊骨灰放進骨灰盒的絲袋裡。我的外甥沒夾住，骨灰掉在不鏽鋼盤子裡了，啪嗒一聲。在白色的骨灰裡，有一大塊黑色的東西，那是個人工股骨頭，是母親一年前骨折做手術時植入的。不知道它原來就是這種顏色，還是被燒焦了。看見它，比看見母親的骨灰更讓我受到震撼。原本這是不可能看到的，看到它只能是在母親死後，甚至是從這世界上消失之後。沒有比這更讓我確認母親的死了。看見這個東西，還讓人感到是暴露了死者非常隱諱的祕密。殯葬工邊用鋁勺將骨灰壓碎，邊說，這人工股骨頭不要了罷，我們會深埋處理的。

葬禮——向死者告別。實際上所告別的那個對象已經走了。只要活著，就還是「我們」；死則是死者一個人的事。

世上什麼事情都沒有結論，唯獨死亡是結論。然而死亡本身也許還需要一個結論。

母親去世不久，聖誕節到了。家裡收著一封寄給她的賀卡。信封帶點淡淡的黃色，很溫馨，上面寫了寄信人的地址姓名，是她小時候的一位朋友。我把信封放在母親的遺像前，沒有拆開。幾回想到應該去信通知一下，但一直沒有寫。雖然我也知道，這是很失禮的。

此其我想到阿爾貝・卡繆的《局外人》（按：台譯《異鄉人》），好像多少能理解主人公默爾索了。大家對他的印象總說是「冷漠無情」，也許並沒有注意到，這是一篇默爾索的第一人稱小說。作為不得不面對陌生聽眾的敘述者，也許他壓根兒不願意講「今天，媽媽死了」這類事情。我是你們的「局外人」，因為你們不是我的「局內人」。強使之言，也只能如此。

劉義慶《世說新語・任誕》講述的一個故事與此性質相當，雖然當事人的表現完全兩樣：

「阮籍遭母喪，在晉文王坐，進酒肉。司隸何曾亦在坐，曰：『明公方以孝治天下，而阮籍以重喪顯於公坐飲酒食肉，宜流之海外，以正風教。』文王曰：『嗣宗毀頓如此，君不能共憂之，何謂？且有疾而飲酒食肉，固喪禮也。』籍飲啖不輟，神色自若。」

阮籍的舉止有違理法，司馬昭卻不拘表象，看出他「毀頓如此」——也就是什麼都顧不得了，理解自深。劉孝標注云：「《魏氏春秋》曰：『籍性至孝，居喪，雖不率常禮，而毀幾滅性。』」

《禮記・檀弓》講了不少死了母親的兒子的故事，多強調為遵守禮而克制情，只有兩則例外，一是：

「樂正子春之母死，五日而不食。曰：『吾悔之，自吾母而不得吾情，吾惡乎用吾情？』」

一是：

「孔子之故人曰原壤，其母死，夫子助之沐槨。原壤登木曰：『久矣予之不托於音也。』歌曰：『狸首之斑然，執女手之卷然。』夫子為弗聞也者而過之。從者曰：『子未可以已乎？』夫子曰：『丘聞之：親者毋失其為親也，故者毋失其為故也。』」

講的都是容忍真情，但前一則說可以「不及」，後一則說「過」亦無妨，雖然「過」的表現看上去不僅「不及」，甚至「寡情」。孔子對原壤的態度尤可細細揣摩。孫希旦《禮記集解》：「吳氏澄曰：『從者以壤無禮已甚，欲夫子絕之，夫子以為親故之人雖有過失，未可遽失其為親故，隱惡以全交也。』」孔子若認定原壤有「惡」，何必要「隱」要「全」呢。「或問朱子：『原壤登木而歌，夫子為弗聞而過之，及其夷俟，則以杖叩脛，莫大過否？』曰：『如壤之歌，乃是大惡，若要理會，不可但已，只得且休。至其夷俟，不可不教誨，故直責之，復叩其脛，自當如此。若如今說，則是不要管他，卻非朋友之道矣。』」此話更無道理。孫氏自己說：「然壤之心實非忘哀也，特以為哀痛在心而禮有所不必拘耳，故夫子原其心而略其跡，而姑以是全其交也。若朝死夕忘，曾鳥獸之不若者，聖人豈容之哉？」雖然稍得要領，但末了補充的幾句卻嫌多餘。孔子「親者」云云，係針對原壤與母親的關係而言，「故者」云云，係針對自己與原壤的關係而言，即原壤並未「失其為親」，我亦勿「失其為故」，這是人情味很重的話。原壤登木而歌，正是其表達悲哀的獨特方式，與阮籍「毀機滅性」相仿；而孔子對此同樣懂得，至於唱的什麼則在所不計。

伊比鳩魯那句著名的話「死不是死者的不幸，而是生者的不幸」，我知道很多年了，但如今才真正有所體會。死是不是死者的不幸姑置勿論，但它並不一概是生者的不幸，而只是生者之中很少一部分，甚至是極個別人的不幸。

讀《禮記・曲禮》，將「居喪之禮，毀瘠不形，視聽不衰，升降不由阼階，出入不當門隧。居喪之禮，頭有創則沐，身有瘍則浴，有疾則飲酒食肉，疾止復初。不勝喪，乃比於不慈不孝。五十不致毀；六十不毀；七十唯衰麻在身，飲酒食肉，處於內」，與「鄰有喪，春不相；里裡有殯，不巷歌。適墓不歌，哭日不歌。送喪不由徑，送葬不避塗潦。臨喪則必有哀色，執紼不笑，臨樂不歎，介冑則有不可犯之色」作一對比，可知自家有喪事，當節哀；別家有喪事，當盡禮。再看陶淵明作〈擬挽歌辭〉：「向來相送人，各自還其家。親戚或餘悲，他人亦已歌。」在這裡，「他人」並非人情澆薄，實是相送時禮數已盡，還其家後則了無干係了。周作人在〈讀戒律〉中論及陶詩有云：

「此並非單是曠達語，實乃善言世情，所謂亦已歌者即是哭日不歌的另一說法，蓋送葬回去過了一二日，歌正亦已無妨了。陶公此語與『日暮狐狸眠塚上，夜闌兒女笑燈前』的感情不大相同，他似沒有什麼對於人家的不滿意，只是平實地說這一種情形，是自然的人情，卻也稍感寥寂，此是其佳處也。」

無論如何，在這件事上，要求別人分擔一己的感情不僅無法做到，而且根本不合情理。《詩經・秦風・黃鳥》：「彼蒼者天，殲我良人，如可贖兮，人百其身。」其聲甚哀；然而這樣的話是不能代表別人去說的。

常常看到這類報導：或天災，或人禍，致若干人無辜罹難。看過也就看過了，頂多引為談資，發點無關痛癢的感慨議論而已。記得宮部美雪所著《無名之毒》有云：「人真是冷漠啊。一旦事情和自己無關，就會立刻忘記。」誰能真正體會世上什麼地方，死者的親人哀慟不已，生活就此改變，不復回頭。假如罹難的僅止一人，遺屬的這份悲痛就更增加一重了。

還是那封賀卡。收到後我的第一反應是：新的一年即將到來，而我的母親已經不在了。她再也沒有以後的日子了。

從前讀亞歷山大・索忍尼辛著《癌病房》，譯後記寫道：「索忍尼辛本人在流放地患過癌症，可是他申請到外地就醫的報告隔了好幾個月才獲批准。當他勉強來到烏茲別克共和國的首都塔什干時，幾乎已經奄奄一息。經過三個月的激素與深度愛克斯光治療後，他才病癒出院。這次住院積累了《癌病房》的素材。」索忍尼辛後來又活了五十多年，假如他因癌症就此死去，《伊凡・傑尼索維奇的一天》、《癌病房》、《古拉格群島》、《紅輪》等等作品根本就不存在，──從某種意義上講，「索忍尼辛」根本就不存在。

與此形成鮮明對比的是卡繆。一九六〇年一月四日卡繆死於車禍，終年四十七歲。在他的皮包裡發現了未完成的《第一個人》手稿。該書中譯本序說，卡繆四十四歲時獲諾貝爾文學獎，「他怕自己被過早地蓋棺論定，怕別人誤以為自己的創作生涯已到此結束，而實際上他的創作高峰還遠未到來。他有一個龐大的計畫，即被他自己稱之為托爾斯泰《戰爭與和平》式的巨著，為此他已醞釀了二十多年，他深知那才是自己真正的作品。然而歷史偏偏顯得如此冷酷，不論作者也好，還是讀者也好，不管你願不願意，沒有結束的也不得不結束了，他只留下這部一百四十四頁的殘稿，題目叫『第一個人』。」我讀《第一個人》時感到正如譯者所指出的那樣，「書中有不少疏漏之處，小說的結構不完整，故事各部分之間的聯繫也顯得鬆散」，而這些可以歸結為一個詞：「不幸」。

在此提到這兩件事未免扯得遠了。我的意思是，一個人的死與不死，死期的提前與推後，所導致人生內容的減少與增多，所有後果，最終完全由這個人自己來承擔，猶云「活該」是也。天地間之大不公平，恐怕莫逾於此。

《莊子》稱之為「命」。「命」未必是先驗的，而是對於存在中的某一部分的認識。如：

「死生存亡，窮達貧富，賢與不肖，毀譽，饑渴，寒暑，是事之變，命之行也；日夜相代乎前，而知不能規乎其始者也。」（〈德充符〉）

「死生，命也，其有夜旦之常，天也。人之有所不得與，皆物之情也。」（〈大宗師〉）

也就是說，人對此既不能預知，亦無從左右，那麼只好作為前提接受下來。如果真能做到這一點，至少是得道的初步了。是以〈德充符〉云：

「知不可奈何而安之若命，唯有德者能之。」

〈天運〉更云：

「聖也者，達於情而遂於命也。」

我曾在《肖斯塔科維奇回憶錄》裡看到一段古代的祈禱文：

「主啊，請賜給我力量去改變能夠改變的事物。主啊，請賜給我力量去忍受不能夠改變的事物。主啊，請賜給我智慧去分辨這兩者的差別。」

說來與《莊子》是同樣意思，儘管表面看來，略有積極與消極之別。肖氏說：「對這段祈禱文，我有時候喜歡，有時候憎恨。雖然我的生活已臨近結束，可是我既沒有這種力量，又沒有這種智慧。」我覺得那祈禱文始終只能心中默誦，及至開口，就是承認自己無法做到。孟德斯鳩臨終說「帝力之大，正如吾力之為微」亦係此意，然只是陳述事實而已。我把這意思寫進了我的《云集》的序，那是在母親剛剛生病之際。

人無不死，所活的年歲卻有長有短，這似乎影響著對於「死」的評估。有個「夭」字，與「壽」相對。《三國志・蜀書・先主傳》裴松之注引劉備遺囑云：

「人五十不稱夭，年已六十有餘，何所復恨。」

這番話略經修改寫進《三國演義》，我小時候讀書就留意了，至今一直記得。高壽甚至可以抵消死的意義。向有「喜喪」一說，也就是「活夠本了」。平常談及某人死亡，每說「享年」多少，彷彿是一種占有，一筆財富。細細想來，也的確如此。

母親去世後的第二個聖誕節，她那位朋友沒有再寄賀卡來。第三個聖誕節，也是如此。

又有一扇人間之門對已經不存在的母親關上了。

《莊子》講的「知不可奈何而安之若命，唯有德者能之」，乃是分成兩個層次：低者是「認（可）命」，承認「不可奈何」；高者是「認（識）命」，如此方能「安之」。蓋在作者看來，因為我們只是站在生的立場體會從生到死這一變化，關於生與死的認識難免帶有局限性，我們並不知道假如站在死的立場對此會有什麼看法。即如〈齊物論〉所云：

「予惡乎知說生之非惑邪？予惡乎知惡死之非弱喪而不知歸者邪？……予惡乎知夫死者不悔其始之蘄生乎？」

知並不限於生之所知，應該立足於一個更大的一併包容了生與死的立場去看待這一問題，那樣恐怕就不至於一味「說（悅）生」、「惡死」乃至「蘄生」了。〈大宗師〉所云「孰能以無為首，以生為脊，以死為尻，孰知死生存亡之一體」、「彼以生為附贅懸疣，以死為決疣潰癰，夫若然者，又惡知死生先後之所在」，都是把生與死分別看成屬於一個總的過程或大的循環之中的兩個階段；從同為「階段」這點而言，彼此也就沒有差別，如〈德充符〉所云「自其異者視之，肝膽楚越也；自其同者視之，萬物皆一也」，此即〈秋水〉講的「以道觀之，物無貴賤」。能夠「以道觀之」，就是得道。〈大宗師〉云：

「夫大塊載我以形，勞我以生，佚我以老，息我以死，故善吾生者，乃所以善吾死也。」

死生都是我的「命」，把「命」當成一個整體來接受，對待它的任何一部分就應該是相同的態度。是以「古之真人，不知說生，不知惡死，其出不訢，其入不距，翛然而往，翛然而來而已矣」。

我讀《莊子》，總覺得作者將生死之事看得很重，如〈德充符〉所云「死生亦大矣」，乃至非要有種說法，非要從這種說法中得到解脫不可。「孰知死生存亡之一體」，既是減弱生的意義，更是減弱死的意義，是通過減弱生的意義來減弱死的意義。以此來看〈列禦寇〉所載：

「莊子將死，弟子欲厚葬之。莊子曰：『吾以天地為棺槨，以日月為連璧，星辰為珠璣，萬物為齎送。吾葬具豈不備邪？何以加此。』弟子曰：『吾恐烏鳶之食夫子也。』莊子曰：『在上為烏鳶食，在下為螻蟻食，奪彼與此，何其偏也。』」

既然能夠超越生死，那麼如何埋葬也就無所謂了。

《論語・先進》云：

「季路問事鬼神。子曰：『未能事人，焉能事鬼？』『敢問死？』曰：『未知生，焉知死？』」

一味尋思死的事兒令人絕望，故乍一看覺得，孔子未必不是以此等話搪塞一下。倒是弟子曾參對生死問題感受頗深。〈泰伯〉云：

「曾子有疾，召門弟子曰：『啟予足，啟予手。詩云，戰戰兢兢，如臨深淵，如履薄冰。而今而後，吾知免夫。小子。』」

「曾子有疾，孟敬子問之。曾子言曰：『鳥之將死，其鳴也哀；人之將死，其言也善。君子所貴乎道者三：動容貌，斯遠暴慢矣；正顏色，斯近信矣；出辭氣，斯遠鄙倍矣。籩豆之事，則有司存。』」

前一則是說，人活一生極其不易，但是死去便一了百了。後一則是說，因為自己將死，不再有說話的機會，所以要鄭重其事地道出遺言。而所云「容貌」、「顏色」、「辭氣」該當如何，正讓人想到「戰戰兢兢」。〈泰伯〉又云：

「曾子曰：『士不可以不弘毅，任重而道遠。仁以為己任，不亦重乎？死而後已，不亦遠乎？』」

死是終結，一個人的生命到此為止。孔門之「知死」，於此可見。〈檀弓〉中也有一個故事：

「曾子寢疾，病，樂正子春坐於床下，曾元、曾申坐於足，童子隅坐而執燭。童子曰：『華而睆，大夫之簀與？』子春曰：『止。』曾子聞之，瞿然曰：『呼。』曰：『華而睆，大夫之簀與？』曾子曰：『然，斯季孫之賜也。我未之能易也，元，起易簀。』曾元曰：『夫子之病革矣，不可以變，幸而至於旦，請敬易之。』曾子曰：『爾之愛我也不如彼。君子之愛人也以德，細人之愛人也以姑息。吾何求哉？吾得正而斃焉，斯已矣。』舉扶而易之，反席未安而沒。」

曾子之死彷彿茲事體大，居然留下三段記載。最終歸結到「斯已矣」，亦即「死而後已」：知道錯了不立即糾正就來不及了，死將使得一切都無法彌補。

〈檀弓〉另有一個孔子的故事：

「孔子蚤作，負手曳杖，消搖於門，歌曰：『泰山其頹乎？梁木其壞乎？哲人其萎乎？』既歌而入，當戶而坐。子貢聞之，曰：『泰山其頹，則吾將安仰？梁木其壞，哲人其萎，則吾將安放？夫子殆將病也。』遂趨而入。夫子曰：『賜，爾來何遲也。夏后氏殯於東階之上，則猶在阼也。殷人殯於兩楹之間，則與賓主夾之也。周人殯於西階之上，則猶賓之也。而丘也，殷人也。予疇昔之夜，夢坐奠於兩楹之間。夫明王不興，而天下其孰能宗予？予殆將死也。』蓋寢疾七日而沒。」

顯然孔子與曾參同樣「知死」，唯此節讀來更有一種蒼茫之感，真乃暮色四合，大限將至。回想《論語・子罕》所云：「子在川上曰：『逝者如斯夫，不舍晝夜。』」他早已慨歎歲月與生命之去而不返了。孔門對這一問題的看法，歸納起來即如《荀子・禮論》所說：「生，人之始也；死，人之終也。」

回過頭看孔子所說「未知生，焉知死」，應該聯繫《論語・里仁》「子曰：『朝聞道，夕死可矣。』」來理解。死作為結局是確定的，必然的；但另一方面，生是可能的——在結局到來之前，人的一生可能具有不同的意義。孔子是以死為下限，反過來強調生。〈泰伯〉云：「子曰：『篤信好學，守死善道。』」一部《論語》，講的都是如何在有生之年使生具有最大意義，亦即「聞道」。這是具體的，不是抽象的，例如：「子曰：『加我數年，五十以學易，可以無大過矣。』」（〈述而〉）孔門師徒同樣將生死之事看得很重，卻以一個比《莊子》所說消極的結論為前提，得出了另一個積極的結論。因此也就獲得了解脫。

《論語‧泰伯》「啟予足，啟予手」一句，注者多聯繫「身體髮膚，受之父母，不敢毀傷」，解釋為曾子叫小徒查看一下，是否因病致有毀傷。此說殊無意味。劉寶楠《論語正義》：「揆《古論》之意，當謂身將死，恐手足有所拘攣，令展布之也。」曾子是要「小子」趁自己死之前，動動他的腳，動動他的手。其意若云：現在我還活著，還能知道，你所接觸的也是一個對此還能知道的活人；等到我死了，你接觸的就是一個死人，他不存在了，什麼也不知道了。〈檀弓〉裡樂正子春說「自吾母而不得吾情，吾惡乎用吾情」，正是明白了這一點。我想起張愛玲在〈年青的時候〉中所說：「活人的太陽照不到死者的身上。」

孔子死前對子貢說，「爾來何遲也」，也是差不多的意思。子貢聽到孔子的歌兒，

「遂趨而入」，但孔子還是有所埋怨。他是希望能和這位深深理解自己的學生——讀《論語》中子貢關於孔子的議論，當能體會這一點——多相處一會兒，然而他也知道，這已是不再可能的了。

前面提到孔門的積極，莊子的超脫，我都能懂得；但我更在意的卻是孔門師徒話語裡的這種「現實性」，——他們道出了人類無法踰越生死的永恆悲哀。

母親從前寫信對姊姊說：

「記得我『文革』後第一次去杭州，路上經過無錫，買了蜜汁的豆製品，自己捨不得吃，要回北京留給你們吃，車上又熱，我總折騰這點豆製品，對過的八十老太說：『你自己吃了吧。孩子都年輕，有的是機會吃，你應該多考慮自己。』那時我還不理解她的話，是的，做母親的只要能享受一點就想到孩子。」

在她身後讀到這番話，我備感心酸。母親去世之後，我一樣接一樣地想著我或她在她生前沒有做的事情，心中多有遺憾。由此接著又想到，所有事情差不多都是那時可以做的。假如做了，也就不再是遺憾。沒做，就沒有再做的機會了。死亡斷絕了死者的一切，也斷絕了生者與死者之間的一切。她的所有現世的願望再也不能實現，我們有關她的所有現世的願望同樣再也不能實現。

生死之間，與其說是界線，不如說是隔絕。無論「給予」，還是「接受」，都不再可能。無論已經去世的母親，還是仍然活著的我，兩方面的機會都被死亡剝奪了。

死不僅僅是停止，死是消亡。

周作人譯《陀螺》一書收有〈雜譯希臘古詩二十一首〉，其中無名氏所作云：

「人生都是如此，只是機運罷了：／你如先得了，這便是你的；／你如死了，都是別人的，你就沒有分了。」

谷崎潤一郎在〈《異端者的悲哀》前言〉中也說：

「死是nothing，是無，而生總歸是something，是有。縱使磨難再大，something肯定比nothing好得多。」

形容死亡的成語很多，還以「香消玉殞」最能體現死的本義，儘管它通常只用來比喻美麗女子的辭世。這四個字道盡了曾經如此鮮活、如此寶貴的生命喪失消逝的過程——那麼迅速，可又那麼漫長。終於不見蹤影，無從追尋。

我說孔門師徒所言體現了人類永恆的悲哀，這話本身包含著一種自我解脫：既然人皆如此，古今無異，那就不是誰要獨自面對的問題，從而減輕一點沉重之感。弗朗茨・卡夫卡說：

「死亡的殘忍之處在於，它帶來了終結時真正的痛苦，但卻沒帶來終結。」

（《第四本八開本筆記》）

在他眼中，人類有如一根前赴後繼的鏈條，死亡只是連接它的一個個環節。他的感受當然更其沉重。然而事實就是如此：只有個體之死，而至少到現在還沒有人類之死。無論如何，具體到某一個人的死，並不是「人類」、「永恆」之類的話所能給予勸慰——包括自我勸慰——的。《論語》裡數次描述孔子對於他最喜歡的學生顏回之死的反應：

「哀公問：『弟子孰為好學？』孔子對曰：『有顏回者好學，不遷怒，不貳過。不幸短命死矣。今也則亡，未聞好學者也。』」（〈雍也〉）

「季康子問：『弟子孰為好學？』孔子對曰：『有顏回者好學，不幸短命死矣。今也則亡。』」（〈先進〉）

「顏淵死，子曰：『噫，天喪予，天喪予。』」（〈先進〉）

「顏淵死，子哭之慟。從者曰：『子慟矣。』曰：『有慟乎，非夫人之為慟而誰為？』」（〈先進〉）

對比〈檀弓〉，孔子的悲哀程度，尤甚於他自己將死之時。也許自己的死是完結；他人之死則是喪失——具體這個人的喪失，我與這個人的關係的喪失。喪失甚可悲哀，完結則一了百了矣。我也曾經想到：母親死了，她喪失了一切；而我喪失得更多。再來看〈先進〉：「子畏於匡，顏淵後。子曰：『吾以女為死矣。』曰：『子在，回何敢死？』」孔子似乎早已為顏回擔憂，惟恐他死了。

周作人在〈啱辭〉中說：

「死本是無善惡的，但是它加害於生人者卻非淺鮮，也就不能不說它是惡的了。」

他所翻譯的莎芙詩作殘片則逕直說：

「死是惡，因為諸神是如此判斷的，假如死是善，那麼他們也當死了。」

這裡所表達的是人類對於生死問題的困惑與恐懼。莎芙去今兩千六百年，今人對此的感受實際上仍然同她一樣。這似乎動搖了莎芙的價值觀；對我們來說，也是如此。所有關於生死問題的追問都指向虛無與沉重——死是虛無，生是沉重。而生本來的意義，是要抗拒這兩點的。卡夫卡日記有云：

「不要絕望，甚至對你並不感到絕望這一點也不要絕望。在一切似乎已經結束的時候，還會有新的力量，這正好意味著，你活著。如果他們不來，那麼一切就到此結束，徹底完了。」（一九一三年七月二十一日）

據此，死才是真正的絕望。卡夫卡日記又云：

「人們從來不知道，是否人們感覺到的絕望是合理的絕望，或者是沒有道理的絕望。」（一九一四年十二月十九日）

其間區別，也在死與生之間。然則既已死了，連絕望也沒有了。所以卡夫卡所關注的是「絕望之前」。再來看「不要絕望，甚至對你並不感到絕望這一點也不要絕望」，其意若云：既然活著，就還沒有到絕望的時候，姑且以希望鼓勵自己，不管希望是否虛妄。向死而生，庶幾近之。周作人在〈尋路的人〉中說：

「我是尋路的人。我日日走著路尋路，終於還未知道這路的方向。

「現在才知道了，在悲哀中掙扎著正是自然之路，這是與一切生物共同的路，不過我們單獨意識著罷了。

「路的終點是死，我們便掙扎著往那裡去，也便是到那裡以前不得不掙扎著。」

此文寫於周氏兄弟失和之際，過了三年，魯迅在〈寫在《墳》的後面〉中表達了與之幾乎相同的意見：

「倘說為別人引路，那就更不容易了，因為連我自己還不明白應當怎麼走。……我只很確切地知道一個終點，就是：墳。然而這是大家都知道的，無須誰指引。問題是在從此到那的道路。那當然不只一條，我可正不知那一條好，雖然至今有時也還在尋求。」

魯迅在〈希望〉中引用裴多菲・山陀爾的話說：「絕望之為虛妄，正與希望相同。」可以概括兄弟倆的想法。

想到死亡，每每有一種幽深黑暗、不可企及的感覺。死之為虛無，之為絕望，要在時間的向度上——準確地說，是在時間消失的向度上——才能真正體會。「永遠」，這是我們經常掛在嘴邊的，如今想來，未免講得太輕易了。母親去世了，我才體會到，「永遠」是無底的深淵，有始無終。這個詞實際上只有否定意義：當我們說「永遠如何」，只是一種願望；說「永遠不能」，才是真的。直截了當地講，除了死亡，什麼也不能以此形容。

與「永遠」相關的另一個詞是「永別」。這似乎是實在的。然而「別」的一方——生者，本身也不能夠「永遠」。只有在兩個死者之間，才真的是一種永遠的關係。

以死為終結，則死之前的一切就其整體而言可能被視為虛無；但另一方面，一切又都因其不復存在、不復延續而具有意義。對於曾經活著的人來說，多活一天就是一天。

以孔門師徒的意見來看《莊子・齊物論》講的「予惡乎知夫死者不悔其始之蘄生乎」，當謂：否，死者無知，甚至根本就不存在這樣一個「者」了。雖然莊子所假設的「死者之知」，所虛擬的存在於生之外的立場，確實可以給予我們很大的安慰、鼓勵與支持。

莊子所說旨在超脫地對待生死，及至莊子後學，則進一步把「惡乎知」云云給坐實了。〈至樂〉講了一個故事：

「莊子之楚，見空髑髏，髐然有形，撽以馬捶，因而問之，曰：『夫子貪生失理，而為此乎？將子有亡國之事，斧鉞之誅，而為此乎？將子有不善之行，愧遺父母妻子之醜，而為此乎？將子有凍餒之患，而為此乎？將子之春秋故及此乎？』於是語卒，援髑髏，枕而臥。夜半，髑髏見夢曰：『子之談者似辯士。視子所言，皆生人之累也，死則無此矣。子欲聞死之說乎？』莊子曰：『然。』髑髏曰：『死，無君於上，無臣於下，亦無四時之事，從然以天地為春秋，雖南面王樂，不能過也。』莊子不信，曰：『吾使司命復生子形，為子骨肉肌膚，反子父母妻子閭裡知識，子欲之乎？』髑髏深矉蹙頞曰：『吾安能棄南面王樂而復為人間之勞乎？』」

這裡假托的「莊子」所云，正代表了〈齊物論〉講的「說生」、「惡死」乃至「蘄生」，髑髏批評以「視子所言，皆生人之累也」；但進而由「死則無此矣」發展為宣揚「死之說」，則已非莊子而是莊子後學的看法了。莊子後學主厭世而推崇死，彷彿希望在這一問題上，求得比莊子更為徹底的解脫。

按照莊子及其後學之意，個人所不知道、不了解的，未必就不存在。這與明確肯定鬼神存在的墨子幾乎出諸同一思路。《墨子．明鬼下》云：

「是與天下之所以察知有與無之道者，必以眾之耳目之實知有與亡為儀者也，請惑聞之見之，則必以為有，莫聞莫見，則必以為無。若是，何不嘗入一鄉一里而問之，自古以及今，生民以來者，亦有嘗見鬼神之物，聞鬼神之聲，則鬼神何謂無乎？若莫聞莫見，則鬼神可謂有乎？」

也就是說，你雖然沒有看見，可是據說有人看見了。

我想起天主教或基督教的臨終禱告儀式，對於將死之人的確是最後的也是最好的一種慰藉。《新約・馬太福音》云：

「你們要進窄門。因為引到滅亡，那門是寬的，路是大的，進去的人也多；引到永生，那門是窄的，路是小的，找著的人也少。」

如果生死之際只是一道門的話，那麼不管寬窄，努力走過去就行了。假如真的存在另外一個時間，另外一個空間，那麼這個時空裡的一切遺憾——以及一切滿足——都無所謂了。但是奧斯卡・王爾德卻在《無足輕重的女人》中通過一個人物之口說：

「除了鬼門關，人什麼關都能闖得過去。」

當然更大的慰藉，是「窄門」那邊的「天國」或「天堂」。有人死了，親朋之間說得最多的話，大概就是「他往天國去了」。「往生」之說雖然出於隔教，但亦相去不遠。當然未必沒有以此敷衍、應景者，但我相信，在某些人真是一種祈福，一種寄託。

不少文學作品都描繪了人死之後前往的這個世界。其中最有名的當屬但丁所著《神曲》，我卻以為亨利克．顯克維奇的短篇小說〈二草原〉寫得更美。在他筆下，生活在「生之國」的人們來到了「死之國」的彼岸：

「在那安靜而且清澈，點綴著花朵的水面之後，橫著死之原，濕縛的國土。

「那裡沒有日出，也沒有日入；也沒有晝，也沒有夜。只有白百合色的單調的光，融浸著全空間。

「沒有一物投出陰影，因為這光到處貫徹，——彷彿他充滿了宇宙。

「這土地也並非不毛：凡目力所能到的地方，看見許多山谷，滿生著美麗的大小樹木，樹上纏著常春藤；在岩石上垂下葡萄的枝蔓。但是岩石和樹幹幾乎全是透明，彷彿是用密集的光所造。

「常春藤的葉有一種微妙清明的光輝，有如朝霞；這很是神異，安靜，清淨，似乎在睡眠裡作著幸福而且無間的好夢。

「在清明的空氣中，沒有一點微風，花也不動，葉也不顫。

「人們走向河邊來，本來大聲談講著，見了那白百合色的不動的空間，忽然靜默了。過了一刻，他們低聲說道，『怎樣的寂靜與光明呵！』

「『是呵，安靜與永久的睡眠，……』

「那最困倦的人說道，『讓我們去尋永久的睡眠罷。』

「於是他們便走進水裡去。藍色的深水在他們面前自然分開，使過渡更為容易。留在岸上的人，忽然覺得惋惜，便叫喚他們；但沒有一個人回過頭來，大家都快活而且活潑的前行，被那神異的國土的奇美所牽引。

「大眾站在生的岸上，這時看見去的人們的身體變成光明透澈，漸漸的輕了，有光輝了，彷彿與充滿死之原的一般的光相合一了。

「渡過以後，他們便睡在那邊的花樹中間，或在岩石的旁邊。他們的眼睛合著，但他們的面貌是不可言說的安靜而且幸福。」

「生之國」的主宰毗濕奴遂向造物主梵天投訴：「死之原」被造得太美麗了，太幸福了。梵天用黑暗織了一張厚實的幕，命「苦痛」與「恐怖」把這幕掛在路口。於是，

「生命又充滿了生之原了，因為死之國雖然仍是那樣的光明而且幸福，人們都怕這入口的路。」

這與莊子後學所說「吾安能棄南面王樂而復為人間之勞乎」幾乎一致。

與此相類似的是人們常說的「地下有知」、「含笑九泉」、「已歸道山」和「告慰於××在天之靈」。——這裡，死者儘管未必被安排去到一個美麗的、幸福的處所，但總歸承認他的存在，而且有其居留之地。「含笑」、「告慰」云云，還體現了生者心目

中的死者對於人世的一種牽掛。

相比之下，轉世之說可能更其落到實處，因為至少是將屬於死者的一部分以生命的形式留在了人間。這是一種更大範圍或更大意義上的慰藉：這個生命進程中的遺憾，可以在下一個生命進程去彌補，而生命能夠跨越而不止步於每一個進程。我們甚至可以將這一跨越視為一種昇華。無論置身其中，還是置身其外，所看到的都將是大的圓滿。

艾伯哈德・雲格爾在《死論》中引用了A・馮・克羅頓的話：

「人之所以消亡，乃是因為他不能將開端與終結合而為一。」

對此雲格爾說：

「人活在開端與終結之間。但他不在開端（它總是已經在他身後）；也不在終結（此時他已不再存在）。」

轉世，實際上就是「將開端與終結合而為一」，有如一年四季之周而復始。如果人生不是一次活完——如《莊子・人間世》所云「來世不可待，往世不可追也」——而是有往世可追，有來世可待的話，那麼，我們就可以據此建立一種既不必過分消極，又無須過分積極的人生觀。雖然，亦有如周作人在《魯迅的故家》裡所記述的其繼祖母蔣老太太的意見：「有一回近地基督教女教士來傳道，勸她顧將來救靈魂，她答道，『我這一世還顧不周全，那有工夫去管來世呢。』」這倒與李商隱〈馬嵬〉之「他生未卜此生休」頗為接近，不過一個是在途中所說，一個是在終點所說罷了。

不管怎樣，轉世說之於自己是一回事——我想起從前電影裡英雄或強盜受死時常說的「二十年後又是一條好漢」；而我第一次聽見這話時，一下還不明白打哪兒算起——之於別人即死者則是另一回事。因為新的開端即使存在，它也已經屬於另外一個完全不同的人了。而且人雖轉世，他的「知」卻消亡了，無法踰越「終結—開端」而得以延續。「我」只屬於具體某一生命進程。所謂「前身的記憶」，例如白居易之「世說三生如不謬，共疑巢許是前身」（〈贈張處士韋山人〉），姜夔之「三生定是陸天隨，又向吳松作客歸」（〈除夜自石湖歸苕溪〉），與這裡所說毫無關係。與死者相關的生者乃是以「死者之知」作為死者仍然存在的徵象的，喪失這一徵象，他的情感也就無以投注。所以「轉世」很難在更為具體和更為實在之處真正給予生者以幫助。

王充所著《論衡》，范縝所作〈神滅論〉，都不相信人死之後，鬼或神仍然存在。王充更云：

「夫死人不能為鬼，則亦無所知矣。」（〈論死〉）

范縝則云：

「死者有如木之質，而無異木之知；生者有異木之知，而無如木之質也。」

《搜神後記》裡有個著名的故事：

「丁令威，本遼東人，學道於靈虛山，後化鶴歸遼，集城門華表柱。時有少年，舉弓欲射之。鶴乃飛，徘徊空中而言曰：『有鳥有鳥丁令威，去家千年今始歸，城郭如故人民非，何不學仙塚累累。』遂高上沖天。」

寥寥數十字，曲折地道盡了生者對死者「魂歸故里」的企盼，而這是如何之不可能，但生者進而卻又找到了一種更大的慰藉。

說來我偶爾也曾有過這樣的念頭：將來有一天我會與母親見面，對她講述分別之後的日子我是怎麼過的。繼而總是很自然地聯想起從前母親出外旅行離開或者返回時的情景。記憶較深的是有一次她從承德回來，下午，我到永定門火車站去接她，站台上空空蕩蕩，接人的只有我一個，下車的除母親之外也沒有幾個人。還有一次她乘火車轉道廣州去香港，同車廂裡有個穿白牛仔褲黑高筒靴的女孩。再就是她從香港回來，姊姊和我去機場接她，弄錯時間去晚了，結果母親自己拿著大包小包千辛萬苦地回到家裡，而那是她一生最後一次去旅遊了。

大衛・里夫在《泅泳於死亡之海：母親桑塔格最後的歲月》中寫道：

「以色列傑出詩人阿巴・科夫納一九八七年躺在斯隆・凱特林紀念癌症中心奄奄一息，寫下以下詩行的時候，表達的當然並非僅僅是詩人的感受：『很快／很快我們就會知道／沒有我們星球照轉／我們是否接受得了。』」

我聯想起呂碧城的絕命詩：「護首探花亦可哀，平生功績忍重埋。匆匆說法談經後，我到人間只此回。」曾子說「鳥之將死，其鳴也哀；人之將死，其言也善」，我想，也許還是人之將死，其言也哀罷。這裡最讓我悲哀的是，兩位將死的人不約而同地為自己安排了一個超越人間之外的駐足之地——好比是《聖經》所說「窄門」之後的處所——而忽略了「我」實際上行將不復存在。但對於將死的人來說，這一事實未免太殘酷了。

羅蘭・巴特的《哀痛日記》寫於他的母親去世之後。其中有一則說：

「現在，確認之意識，有時意外地像一種正在破裂的氣泡衝撞著我：她不在了，她不在了，她永遠地和完全地不在了。這種情況是模糊的，無形容詞的，即令人眩暈的，因為它是無意韻的（即無可能的解釋而言的）。」

另一則說：

「下雪了，巴黎下了許多雪；這很怪。我自言自語，於是我又痛苦難忍：她永遠不會再待在這兒看雪了，永遠不會再讓我給她講下雪了。」

我的母親去世後，其他想法漸漸退去，經常出現的卻是與巴特近乎一樣的念頭。好像我也需要這樣一種「確認」——只是陳述「她不在了」這一事實，甚至不帶什麼感慨。

母親去世後，我去日本旅遊。遇到稱心的小物，馬上想到沒法再買了送給她；看見人家門前窗外漂亮的裝飾，以及各處好的景致，也想到不能再告訴她了。在白川鄉，我站在跨越莊川的索橋上，望著腳下湍急的流水，忽然想起都江堰來，記得母親不止一次說起那裡留給她的印象，然而眼前這處風景她卻永遠見不到了，——實際上是這處風景永遠見不到她了。彼此在兩個遙不可及的時間點上。《南史‧列傳第二十二》中張融所說「不恨我不見古人，所恨古人又不見我」，講的其實是這回事罷。

生是存在；死是不存在，而且連曾經的存在都不復存在。此猶不同於樹之枯槁，花之萎謝，建築之為廢墟，而是沒有了，無影無蹤。

死亡，歸根結柢，就是一個人從世界上消失，而世界依然存在。是那麼簡單的一件事。

無常：佛教語，謂世間一切事物不能久住，都處於生滅變異之中，而又作人死的婉詞。——這是讓我感動的一個詞，生意很重，自有深切體驗在焉。

曾經存在

母親去世整一個月那天，我獨自進城，「舊地重遊」。——說實話，我也不知道我在追尋什麼。我乘公共汽車到燈市東口。路口西南角上原來有家香儂餐廳，現已改為北京蒙娜麗莎婚紗攝影東單旗艦店。母親七十歲生日那天，我們曾經在此為她祝壽，當時拍的照片我還留著。沿東單北大街南行，協和醫院對面，原是上海餐館雪苑，現已改為紅石頭餐廳。母親和我曾經多次來這裡吃飯，常點的菜是響油鱔糊和油爆河蝦，還記得有位倒茶的女服務員，人已不算年輕，上海口音，說話挺客氣的。再向前走路過大華電影院，這是母親和我常看電影的地方，如今裝修改造，暫停營業。

我在東單乘公共汽車，到南池子下來。我曾在日記裡寫道：「二〇〇二年十月四日，陪母親去王府井，沿皇城根、菖蒲河走到天安門，在起士林吃飯。」之前好幾天，母親就給姊姊寫信說：

「方方準備在我們午睡後陪我乘車進城去王府井一帶看看，那裡有兩個新修的公園，一是皇城根公園（就是小過曾住過的胡同，都拆了），一是南池子南河沿那裡，原有河道，後被填上，蓋了房子，現又把房子拆了，恢復了原有河道，叫菖蒲河公園。我們想去看看。下午去可以看見白天景，然後吃晚飯，再看夜景。乘出租回來。這是計畫。」

待我們按計畫去過了，她又寫信說：

「原來的舊河道廢了，上面蓋了房子，都是那麼又低又矮的平民住房，現在推了，重新開通河道，再建公園。配合那紅牆，裡面建了一排古建築，這公園是值得一遊的。」

此番我重訪菖蒲河公園，南池子大街路西的一半已經關閉；路東的一半兩頭亦擋以鐵欄，然錯有缺口，可以穿行。裡面人跡稀少，花草全無，景色蕭疏。問環衛工人，則云冬天誰還會來，西邊「十一」前就關了。

我一直走到東華門大街。路北中國銀行樓上，當時開過一家老福爺，母親要我陪她去看，發現檔次甚低，掃興而出。後來這家店也關張了。母親最喜歡逛金魚胡同西口路北把角的綠屋百貨，她曾在信中說：

「這個市場特別長，差不多到燈市口（包括過去的郵局），那麼大的展廳都賣花，各種各樣的花太多了，真是好啊。現在最時興的花木是『富貴竹』，從台灣來的，一根根綠的細竹長成一捆，上面還能開紅花。還有蝴蝶蘭、鬱金香、風信子，等等。仙人掌上的花有多種顏色。我來了三次都只走了一半，中間隔了一個西堂子胡同，我以為到頭了，其實二樓是通過去的。」

沒過多久綠屋百貨就拆了，很長時間工地都荒著，母親念念不忘這商場，常說何必著急趕走它呢。

這天晚上，我和大哥一起在華龍街的起士林吃飯。此處亦已面目全非，北面的開放式走廊不見了，店門改了位置，店內也添設了洗手間。問服務員，說是前年春天改造的。母親的信中記下了二〇〇二年十月四日那次點的菜：

「沙拉，奶油湯，方方吃炸雞卷，我吃的罐悶牛肉，又吃了栗子粉。奶油栗子粉多年未吃了，栗子粉略嫌粗點，奶油是那種帶點酸味的，很好吃。」

又說：

「我們在華龍街起士林吃的西餐，讓人還想再去。」

大哥和我在那裡坐了很久，回憶起母親的許多往事。

幾天後我又路過朝陽門北小街的樓外樓，正是吃飯時候，裡面卻黑燈瞎火。這也曾是母親和我常來的地方。幾年前換了招牌叫哨兵海鮮，現在乾脆關張了。記憶最深的是第一次來，查母親的信是二〇〇一年六月十五日，那天飯剛吃到一半，突然天色如墨，街上車輛、行人幢幢有如夢寐，繼而雷電交加，大雨傾盆。母親寫道：

「我們點的油爆蝦、家鄉鱔絲（加綠豆芽和鹹菜，是炒的）和火腿冬瓜球，兩碗飯，兩杯龍井茶。我們吃飯時，天陰下來了，後來就全黑了，就像夜裡那樣黑，然後打雷下大雨。我們慢慢吃，還送了一個果盤，西瓜與哈密瓜，西瓜不好吃，也許因先吃了哈密瓜的緣故。等大雨停了，我們又打的回家。」

當時母親望著窗外的那種既驚異又欣幸的表情，此刻猶在我的眼前，鮮明真切極了。

漢語有個新詞叫「地標」：「指某地方具有獨特地理特色的建築物或自然物，遊客或其他一般人可以據此認出自己身在何方，有類似北斗星的作用，例如摩天大樓、教堂、寺廟、雕像、燈塔、橋梁等。」

也許可以說，還有一種屬於個人的「記憶地標」或「情感地標」。我發現，與母親相關、與她和我那一段共同經歷相關的這種「地標」，已經陸續不復存在。它們甚至先於母親的不存在而不存在了。

我想起崔護的〈題都城南莊〉：「去年今日此門中，人面桃花相映紅。人面祇今何處去，桃花依舊笑春風。」所說的正是這種記憶或情感地標。這裡「此門」以及「桃花」、「春風」，都相對恆定不變，都是維繫對「人面」的回憶的證物。

曹丕〈與朝歌令吳質書〉：「節同時異，物是人非，我勞如何。」李清照〈武陵春〉：「物是人非事事休，欲語淚先流。」儘管惆悵乃至悲傷，情感上畢竟有所依託。然而如今「人」固已「非」，連「物」都不再「是」了。

說得誇張一點就是，母親雖然離開並不很久，但我感覺她曾經所屬的那個世界已經分崩離析了。

有天傍晚我去小區門外的華潤超市，發現貨架空了不少，顧客也寥寥無幾。又過了不到一個月，便見捲簾門緊鎖，連牌子都摘下來了。這是母親晚年去的次數最多、也是與她的生活關係最大的一個地方。超市就在母親住處的馬路對面，有時晚上她站在窗前，見超市燈還亮著，便說，啊，華潤還沒關門呢。她有那裡的積分卡，每年都能換一點東西。

又一日，我去附近的另一家商場凱德MALL，原來這兒叫嘉茂購物中心，發現母親和我一度常來吃飯的四樓大食代美食廣場，已經改成電玩城了。母親曾給姊姊寫信說：「中秋節那天晚上我和方方去華聯四樓，叫『大食代』，那裡一櫃檯、一櫃檯什麼吃的都有，風味小吃和正餐都有。方方叫的蝦肉雲吞（還真不錯），我叫的日式牛肉飯，盤中有沙拉，有豆製品，有米飯，有煎的牛肉片，當然我吃不了，方方再吃點，花了四十元。是要買卡（五十元，一百元），拿卡到各攤去劃，然後給張小票，吃完可去退錢，也可保留錢卡，下次消費。」

我再去一樓的麵包新語，那裡也被一家蘋果手機經銷店所取代。母親在家的最後幾個月，我常在這兒為她買名叫「家鄉香腸」和「腸仔卷」的夾香腸的麵包。那時她已很難進食，但在每晚睡覺之前，我還是要她堅持吃一兩口。

像這樣的事情，好像一樁接一樁似的。

其實母親生前對此已有親身體驗了。她曾在日記裡描述過我家附近宏泰市場的「末日」，那是她常去買菜的地方：

「快到宏泰的街上，就有想不到的熱鬧情景：街邊都擺滿了好幾層的攤子，買菜的人也多，還有一輛接一輛的汽車、摩托車來回擁擠著，今天是星期五，為什麼會這樣熱鬧，攤子上的貨都掛著『甩賣三天』。阿姨好不容易把我推進市場，發現基本上都空了，原來要拆了。先買了兩瓶麻醬，好多人在買，說是賤賣。一切都亂了。又把我推出街上，簡直無法通行。買了小油菜、菜花、扁豆、獼猴桃，還多要了錢。阿姨都慌了，場面那樣混亂，我也沒看清，總之好不容易逃了出來。唉，賣菜的市場又要拆了，房地產老闆又要在那裡蓋房子了，菜販如何去處，那就無人知道了。真是一件接一件生活上不如意的事接踵而來。以後只能到超市去買了，蘆筍也沒見著，幸好還有的吃。」

母親去世後，我還特地來這裡探訪，結果一點痕跡都沒有了。

話說至此，我似乎很理解張岱〈《西湖夢尋》序〉所云：

「前甲午丁酉，兩至西湖，如湧金門商氏之樓外樓、祁氏之偶居、錢氏余氏之別墅及余家之寄園，一帶湖莊，僅存瓦礫，則是余夢中所有者，反為西湖所無。及至斷橋一望，凡昔日之弱柳夭桃，歌樓舞榭，如洪水湮沒，百不存一矣。余乃急急走避，謂余為西湖而來，今所見若此，反不若保吾夢中之西湖，尚得完全無恙也。」

雖然這與我現在講的並不完全是一回事。

在崔護那首詩中，「桃花」、「春風」本是尋常得見，「此門」或有特別之處，但詩人亦未予描寫。詩中所呈現的，實際上是個平凡極了的場景。唯其如此，才體現出詩人的獨特感受——或許可以借用相傳為劉禹錫所作的「司空見慣渾閒事，斷盡江南刺史腸」來形容。記憶地標或情感地標，正是這樣的罷。

對我來說，記憶之中最與母親相關的，無非是華潤超市這種並無特色的地方，還有她常去的東四環南路的燕莎奧特萊斯、四元橋的宜家家居和我家附近的沃爾瑪，——這裡標舉出地名，大概正與崔護筆下的「此」字相當。

記得有一次去奧特萊斯，彼此走散了，但母親很快就找到我，她說推理小說讀得多了，稍加分析就知道我會去哪兒了。母親去世前四個月，到小區的衛生服務站輸白蛋白。末了一次輸完後，她要阿姨推著她去沃爾瑪逛逛。是個陰天，待到她們出來，果然下雨了。阿姨用雨披包裹著她，才沒淋著。幾天後母親就去住院，再沒回來。這是她一生中自己去的最後一個地方。我對友人馬家輝講起這事，他感歎道，真是熱愛生活的人哪。母親從前的日記寫道：

「去了沃爾瑪，進超市，先看花，真有好多花草，很吸引人。我現在屋裡花已太多，以後若沒人送花來了，我再買不遲。小金魚也好看。買了牛奶、點心、香蕉、小油菜、凍柴雞、雞小胸、雞翅根、花肥等，滿載而歸。」

「下午阿姨來後，就讓她推我去沃爾瑪。這兩天暖和，下午出外特別舒適，院內南門外，只有幾天，又開了幾片紅色的花（不知名），矮樹上紅似小喇叭的花，密密麻麻，真好看。在沃爾瑪買了兩盒三元牛奶（僅有的），結果奶酪忘買了，買了排骨、水果、蔬菜、豆製品回來。」

她最後一次來這兒，情景也許差不多罷。現在我去這些地方，當初她在哪個貨架前停留，買了什麼，簡直歷歷在目。雖然買的都是普通家用物品；而所能喚起的關於她的回憶，大多也不成片段。往往只感受到一種氛圍，母親曾置身其中；這幾乎說得上是因母親而生的氛圍仍然存在，她卻被永遠排除在外了。

有的地方，母親平生從未到過。譬如後來我去日本，在新宮的丹鶴城公園逢著櫻花「滿開」。有人寫文章以「轟轟烈烈」一語形容櫻花開放，我倒覺得它開也是端莊的，落也是嫻靜的。不少家庭或夥伴，聚在櫻樹下野餐。都坐在塑料布上，穿著尋常衣服，脫了鞋放在背後。吃的是刺身、壽司、便當，甚至麥當勞食品，還有燒烤；喝的是啤酒、汽水，偶有清酒。這叫「花見」。看見這般情景，我忽然想起母親，不禁黯然神傷。

最能將已經去世的母親與此時當下聯繫在一起的，就是這種日常生活的氛圍。她曾經享有的，或者她永遠錯過的。簡單，平凡，然而強烈，持久。這種氛圍比比皆是，母親去世後我才真正留意，於是就更多引起關於她的回憶。

周作人翻譯過一篇加太こうじ所作〈母親的味道〉，文中寫道：作者有一次陪母親到一家小餐館歇息，「我問她吃些什麼，她說道：『什麼叫做可爾必斯的，我想喝一回看。這名字我是知道的，卻是沒有喝過可爾必斯這東西。』我於是叫了一杯熱的可爾必斯和咖啡。母親一口一口的很珍重的喝著，並且喜歡的說：『這樣好吃的東西我是第一次喝著。過歲時，再給我喝一回吧。』……就在那年的秋天，有肺結核的母親因為結核菌侵犯了喉頭，什麼也不能吃而死了。」（譯注：「可爾必斯」即酸牛奶加鉀，乃取鉀與乳酸性飲料二字拼合而成。）

作者說：「廣告宣傳上有一句話，『可爾必斯』是初戀的味道，我卻說是母親的味道。」

我關於母親的回憶，也是這樣。都很具體，很普通，也很瑣碎，充滿了各種細節，為我所感知——是那種無法脫離視覺、聽覺、味覺、嗅覺和觸覺的感知；回憶起來，卻又微不足道，往往連件事兒都算不上。是以總有一種虛幻之感，覺得難以把握，稍縱即逝。

對我來說，母親就是過去的一段生活；講得誇張一點，是一種生活方式，一些生活習慣，或一份生活態度。然而這卻是很難訴諸文字來表達的。

母親是個普通的人。不像有的人生前有所建樹，或有所創作，他們已經將自己生命的一部分轉化為另外一種形式，在自己身後至少暫時保存下來；母親去世了，什麼都沒有了。我所感到痛惜者正在於此：一個普通人的死，真的就是結束。

當然也可以說：普通人死一次，而創造者死後有可能再死一次——作品之死，乃至名聲之死。所謂「創造物」，有可能與一個人留下的遺物一樣，自己不扔，死後別人還得扔。歷史上大概只有極少數人得以擺脫這一命運，不過也還不能就此斷言，因為隨著時間的推移，興許有些我們現在以為不死的人會陸續死掉。一個已經不復存在的人，要想繼續維持自己的作品與名聲的存在，是非常不容易的。普通人反而沒有這種危險。

母親所曾經擁有的，只是她的生活。那種有意味，有品質，又是平平常常，日復一日的生活。我久久記憶，時時回想的，也是曾經如此生活著的母親。我惋惜哀痛這種生活與母親已經一併不復存在。

關於母親最初的記憶，是我四歲左右，有一次在從前住的西頌年胡同三十號院子裡，和對門住的萬姓人家的小女孩一起玩耍，母親與那孩子的母親站在一旁聊天。時近黃昏，大人們擔心我們著涼，要我們待在有太陽照著的地方，於是我們就隨著陰影擴大而不斷移動位置。那個情景，回想起來感覺特別美好。後來我讀周作人摘譯的柳田國男著《幼小者之聲》，有一節文字就像是在描述我的這段記憶：

「假如有不朽這麼一回事，我願將人的生活裡最真率的東西做成不朽。我站在傍晚的院子裡想著這樣的事情。與人的壽命共從世間消滅的東西之中，有像這黃昏的花似地美的感情。自己也因為生活太忙，已經幾乎把這忘懷了。」

母親去世後，我到深圳，進了旅館房間，想起我上一次出門遠行母親還在，我到了所做的第一件事就是給她打電話，就像我每次外出時照例做的一樣。我記得自己總是問，您好嗎？她匆匆地回答了好之後，就開始報告誰給我來了電話，或寄了快件。而我常常打斷她說，這都不要緊，等我回去再說。

如今我望著床頭櫃上那個電話機，覺得一切都那麼近，又那麼遠。

這以後我經歷了不知多少類似的「上一次」。直到它陸續被「上上一次」、「上上上一次」所替代。

與此相仿的是「去年今日」。去年今日，母親如何如何……待到一年過去，這個回憶的契機也就消失了。

也許回憶的契機比起回憶本身，要更脆弱，更微妙，更難以把握罷。

在沃爾瑪看見有五芳齋粽子賣，想起端午節快到了。這是母親去世後的第一個端午節。去年這時候，她病重難以進食，但還勉強吃了半個肉粽。這是她喜歡的食物之一，是那種鮮肉的，其他如有蛋黃、加香菇的都不愛吃。從前東四菜市場有個專賣櫃檯，各種粽子依次擺滿，用不同顏色的線捆著，其中肉粽是白線。我們搬到城外後，還特地去那兒買來。我去上海出差，每次也都帶回嘉興肉粽，味道更好。大約三年前，超市有冷凍保鮮的粽子賣了，但端午節一過，隨即下市，再想買就得等明年了。去年母親囑我多買點，凍起來。但還未吃完，她就住院了。她去世後，我發現冰箱冷凍櫃裡還存著一包呢。

中秋節。記得一九九八年我們剛搬到望京，沒多久就趕上這個節，母親去超市買了兩塊月餅，一塊是哈密瓜餡的，一塊是棗泥餡的。我們原本都不太愛吃月餅，那個晚上一起坐在陽台，邊吃邊賞月，卻待了很久。我從未置身高樓之上看過月亮，乍見簡直吃了一驚，真是好圓，好亮。

母親在給姊姊的信中描述過她患病前最後一個中秋節的情景：

「方方回去後給我來了電話，說快看窗外的月亮又大又亮，我先找了半天，甚至跑到樓道（與我的窗是相反方向）都沒看到，後來才看到月亮從我住的樓轉了過來，真是又大又亮，很漂亮。據說再有九年以後月亮才能離地球這麼近，對於我這八十多歲的人，還是現在多看看吧。」

張愛玲在〈金鎖記〉說，「回憶中的三十年前的月亮是歡愉的，比眼前的月亮大，圓，白」，現在我還沒等到那麼久，舉頭望去依舊是當年那個月亮，一模一樣，但已如她所說，「不免帶點淒涼」。中秋向被形容為團圓的日子，母親不在了，想到她總有一種缺席之感，又好像只是暫時離開而已。在我心裡，還為她在這世界上保留著一個位置。

母親去世前一年的日記中寫道：

「今天是平安夜，想外面一定很熱鬧，而我冷冷清清病在家中……」

她最愛過聖誕節，每年總是早早在客廳裡擺出姊姊從美國寄給她的塑料聖誕樹，點亮上面的小彩燈，還掛了不少包著彩紙的飾物。母親說：「冬天外面萬物蕭索，屋裡有棵裝飾的聖誕樹，人的心情將不一樣。」她說這讓她回憶起童年家中的情景，不過當年樹是真的，「那時多熱鬧，氣氛暖洋洋的，不像現在這樣」。我們住在城裡時，旁邊樓房的房間裡擺著聖誕樹，母親隔著玻璃窗看見，很是嚮往，自嘲「真有點像賣火柴的小姑娘」。

待到母親自己買了房子，第一次點亮聖誕樹，特別高興，寫信告訴姊姊：

「我一人把聖誕樹支起來，把掛件掛上，吳環買的掛件太小，所以後來我又買了一包，另外自己做了幾件。經方方整理後更好看了。這是我一直夢寐以求的，終於達到目的。馬路對面樓上有一家人站了一排觀看我的聖誕樹，站了許久；在他們的上一層樓窗前，也有一個人站著在看。」

以後每年過聖誕節，她都要寫到這棵聖誕樹：

「我今天很累，一點沒休息。我躺下一會，就爬起把聖誕樹從紙盒中拔出，很費力，又把樹裝好。爬上椅子在客廳頂櫃中把掛件拿出，掛上。忙到三點鐘，小袁來了，我一邊招呼她，一邊掛，她也幫我掛和整理。」

「阿姨把我的聖誕樹裝起來，又把掛件從頂櫃中拿下，我自己一樣一樣地放上就很累了。今年要重買燈飾才成，原來的不亮了。不買也沒關係，沒有人晚上看那燈飾，天黑了要做飯，在廚房中沒法看，吃飯時又要放電視，洗餐具、看碟之後就要睡覺了，所以也沒有時間在那裡欣賞，能來看的人又少。」

但是，母親過了她一生中最後一次聖誕節，就把這棵樹送給信基督教的阿姨了，也沒跟家裡人打聲招呼。她去世後不久，又到聖誕節了，我才發現。當下很感憮然：母親也許預感到，自己已經不再可能過這個節了。

從前到了春節、「五一」、「十一」，還有聖誕節，母親喜歡去熱鬧地方譬如長安街或天安門廣場看燈。我們搬到城外後，就不大容易去了。後來看到她在給姊姊的信中說：

「今年春節的夜景燈飾從電視上看特別漂亮，有車的人誰也沒想起拉我去看看燈，沒人想到我那麼有興趣想觀賞一下。」

另有一封信，記錄了我們的一次「看燈之旅」：

「去年十一，方方和我一塊去天安門附近的菖蒲河公園，還站在天安門前看了幾眼燈飾，吃了西餐回家。今年當然還是我們自力更生去天安門看看了。星期六天氣多雲，沒說有雨，決定下午去。午後休息，看報，我們都打了一會盹兒，四點前離家。乘四二〇路，走了幾站車壞了，大家下來，人特多。我們改乘運通一〇七路到光華路下車，走到國貿三十七路公共汽車站。車上人多，也沒座，站到天安門，下車已是五點半了。從地下道到了廣場。花都是草花，搭的那些國內的景觀有不少都已去過，見過真的，看看這布景似的景觀，也就走馬觀花地逛了一圈。決定留下來看夜景，所以就不能回到華龍街去吃西餐，只好一直穿過廣場到了前門。在那裡的麥當勞吃快餐，是在地下，看見幾十人的外國旅行團（像是美國人）。吃完又走回廣場，六點四十分，已是華燈初上。燈飾還是好看，廣場上的人更多了，外地人、老年人都來了。我們倒著看、正著看後決定回家，已盡興了。最好看的燈飾其實是中國銀行，還有東邊的一座樓，尖頂，燈都像鑽石似的，特別明亮耀眼。我們又下到地下通道，那裡有一線地鐵，我從沒坐過，車到了建國門又下車，上一段台階，到了過去的老地鐵，再坐到東直門，出站又上了六一四路汽車，到方方小區的前面下，穿過肯德基飯館進小區。去了天安門，心願滿足了。走了多少路，上下了多少台階，一切還算順利。總算出去逛了一景。」

母親所中意的兩處夜景，一是西交民巷東口的原大陸銀行辦公大樓，一是東交民巷西口的原麥加利銀行辦公大樓。她去世後，我偶然走過天安門廣場，意外地發現原大陸銀行那幢樓房裡面黑洞洞的，竟已荒廢不堪了。

母親去世後，我接連兩個春節都去了日本，第三個春節本來也打算避開，但沒買到機票，只好待在家裡。除夕那天將近十二點，我躺在床上，拉開窗簾，能看見小區外面放的煙火。——整整三年前，呈現在母親眼中的，就類似這番景象罷。母親那天的日記寫道：

「……外面已鞭炮聲不斷，如有禮花的話我還會去看的，我對禮花有很大的興趣。今夜的煙花真是絢麗多彩，開始我坐在陽台的鐵椅子上看，覺得有點冷。又看完了香港電影《死神傻了》，死神本勾了死者的名字，可是他經過努力，戰勝了死神。而且本來要死的人，改過了自己對人的態度，都活了過來。最後死神傻了，沒有了死者。這片子對我也是啟發，我得了癌症之後，已過了三個春節：二〇〇八，二〇〇九，二〇一〇，而且都看了一夜除夕經久不斷的鞭炮、煙花，大獲享受，雖然過年寂寞點。今天看報上登的巨蟹座的人從二〇〇九年一直在等待，真是，我不是一直在等待嗎？有時等待得已有結果，又產生新的等待。（以上是我躺在床上寫的。）想起在天壇醫院做完第一次伽瑪刀，我對護工小馬說，我要創造奇蹟，我一定要站起來，我要會走路，手也要能活動起來。她當時表示，我一定能成。後來我才知道我得了肺癌晚期，都跑到腦子裡去了。可我還是堅強活下來。我要『照顧好自己』。窗外五彩繽紛的煙火，增加我的信心。」

第二天，初一。母親寫道：

「又放煙花，太好看了，我又坐在陽台的鐵椅子上看。」

六天後，「破五」。母親寫道：

「今天應該吃餃子，街上大放鞭炮，煙花也很好看，看了一會。」

十五天後，元宵節。母親寫道：

「今夜煙花更好看。」

我還記得那晚上，我們一起在客廳裡看DVD，煙火不斷在我們的窗外綻放。我一次次按下暫停鍵，推著坐在輪椅上的母親到窗邊去看，她的臉都被映紅了。……這也是她一生中最後一次看煙花了。

除夕和元宵節觀看煙火，說得上是母親晚年的一大樂趣。在她給姊姊的信和她的日記裡留下不少記載。她說自己「一聽見響就起來看，完全是個孩子的趣味」，「讓方方給我搬椅子，我坐在客廳陽台上，就像坐在觀眾席上欣賞，不知往哪邊看好。」「閃閃發光，變化多端，五顏六色的煙火看得真叫過癮。」不過，「到後來我們樓下有人開了汽車來放花和炮，煙花都放到我的窗外，鞭炮更是震得玻璃都響，這時我們就由欣賞轉為懼怕了。」她回憶起從前住在城裡低矮的平房，節日放花，要爬上小屋才能隱約看見。「如今在溫暖的客廳中就能欣賞，實在是生活的一大進步，我還有什麼不滿足的呢。」幾乎每年，她都憧憬地說：「再有這種景象可能又要到來年的春節了吧。」

煙火常被形容為人的生命的象徵：美麗，完滿，稍縱即逝，既呈現了理想的狀態，又是現實的寫照。

我說這些，無非是重複「每逢佳節倍思親」的意思而已。——這句話差不多已經成了濫調；但就中真意，畢竟不可磨滅，無論相隔多遠，我還是與首次道得此言的詩人深感契合。儘管母親在世時，我們不論哪個節都過得很簡單，甚至有點草率，若說與平常日子稍有差異，也就是額外吃個粽子、月餅，看看別人放花罷。然而母親不在了，每逢這種日子，往昔的記憶總是凝聚一起，浮現出來，有形，有色，有聲，有味，親切，豐富，簡直觸手可及。這大概就是「過節」的真正意義。是某種隱祕又自然的聯繫，彷彿踰越了生死。

一天晚上，我從母親原來住處的樓下走過，忽然發現那屋子亮著燈。我一時有點恍惚，隨即想到：興許已經搬進租戶了罷。母親去世後，我在那裡住著；我從外面看自己不在的空屋，自然是黑的。只有更早母親在的時候，窗戶才會透出燈光，——與我此刻所見一模一樣的燈光。燈光曾是母親在家——那時她總是在家——的證明。但現在卻是她已經永遠不在的證明了。

二〇〇二年，母親自己買了一套房子，待裝修好入住，已是轉年頭上，她整整八十歲。這可以說是她晚年最大的一件事。將近二十年前，她在日記裡一再寫道：

「什麼時候，我能有一間北屋，有大玻璃窗，讓陽光普照在我的花上，清清靜靜地度過晚年。」

「這麼破的小房子，怎麼能收拾乾淨，我作夢都希望有間像樣的房子，什麼時候才有呢？」

「我總幻想有一個較好的環境，過著平靜安適的生活。」

「我只在幻想，希望有一天一套房子落在我的頭上，白日作夢，結果一天一天拖下來，還住在這間陰濕的房屋裡。」

最終可以說她是在現實的意義上實現了維吉尼亞・吳爾芙講的「自己的一間屋」了。母親給姊姊寫信說：

「我又和小沙說，學校說給我錢購房，實在是太晚了，我都快八十歲了，所以我把新房裝修好了，我自己住住，自在幾年，以後如何再說。小沙也理解我的心情，他與別人說學校給這錢只是對我媽媽心理起了一點平衡作用，過去二十多年所受的苦，那是無法補償的，青春年華一去而難返。我也和他們說，我能活下來已經是很不錯了。」

「這個家我得來不易，花了不少心血，又有多少捨不得的物件，期望能在這裡多待些日子。」

她在那裡住了四年半，生病了；又過了三年，病重住院，再沒回來。這段時間總共占她一生不到十分之一。

母親在寫給姊姊的信裡記錄了裝修房子的過程：

「在裝修前我們要看材料，要心中有打算，如何裝修得好而又不花那麼多的錢，我們還要去別人家看看，多聽意見，不要忙，反正房子已買下了，又不是那麼等著住，要吸取方方這裡裝的不足地方，別著急，裝好改起來就麻煩。」

「你對裝修的意見很可取，我們不會裝成賓館似的。陽台頂上有現成的架子，如那個陽台晾衣服就安兩根橫的鋁合金的長杆，可將衣架掛上。我不喜歡客廳外的陽台晾衣服，到了那邊也是廚房的陽台晾衣服，客廳與主臥室不晾衣服，我多在做完晚飯後才晾衣服，第二天就乾了，不願意掛得亂七八糟的。」

「過一兩天我們就去看材料，離我們近處就有兩家建材市場，很全的。多看幾家，比比價錢、貨色。我可不願意買太次的料。」

「搞裝修的張建來了，我們先去離我們住的地方較近的正時家居，我已經幾年沒去建材市場了。這正時家居面積不小，跑來跑去，挑材料。好的材料太多了，你都不知道光瓷磚有多少種，當年方方裝修時可沒那麼多，而且他裝的瓷磚已沒有了。裝修建材進展很多，看得你眼花撩亂，也不知哪種好。反正我們看上的都是價高的，當然由於錢不多，不可能有那麼高的要求，中等即成。我們挑了廚房磚，很淡的綠色。我的臥室刷成淡淡的粉色，小間是淡黃色，使屋裡更溫馨些。」

「洗臉盆現在都時興一個玻璃臉盆（各色）放在檯面上，我想不要那麼時新，還是看好一個橢圓形的，鑲在大理石檯面內，下面是櫃子，可以放洗手間用具，這樣外面不亂。牆上是一面長方形的大鏡子，很大的，上面有射燈，這是我們在電影上看到的，非常大氣。」

「本來在臥室一角，我準備做一小櫃，可以坐。都說不如買一把椅子，又舒服，還美觀，說那一排大櫃還不夠放的嗎？想想也是，椅子比較靈活，可以搬來搬去，不一定非坐在那角落裡啊。裝修不斷地更改，日趨完善，真費勁。」

「去了玉泉營建材市場，說好了有三米長的防火板，到了那鋪子又沒有了，介紹材料上的我們看上，問倉庫又沒有，反正把我們煩得要命。最後還是按照我當初的設想，櫥櫃門是深色的，檯面是淺的（最初被方方和小張否定，可最後還是按我的意見）。防火板是無法要了，只有兩米四的，不夠長就要接，有縫，容易進水，防火板怕水泡，會走形，改成了人造大理石的，這樣又要增加九百元的造價，不過漂亮些，貴也只能貴了。」

「裝修基本到了尾聲，主要這主臥室的壁櫃麻煩，到底什麼櫃門，我想想百葉也不好看，髒了很麻煩，光板又不好看，最好是與房門差不多的，還是漆成白色。研究來研究去，總怕做出來不好看。我們現在是請裝修的木匠做的，如果買現成的門，那就順利多了，又漂亮，但價高多了。所以說省錢就得多費力、費時，也屬無奈。」

「買了主、客衛的鏡子、不鏽鋼馬桶刷、衛生紙架，等等，又去買廚房及鞋櫃的把手（花樣繁多，要選），又去訂了暖氣片外的鐵藝。暖氣的熱氣要把牆熏變色，所以要在上面擋一擋，暖氣正面是鐵藝，讓熱氣散出。上面是塊大理石面，沒有暖氣時可以放些擺設。兩間臥室及客廳的鐵藝是黑色的，廚房的是白色的，因為櫥櫃門是深色的。」

「我時不時要過去新房看看，哪些地方差點，可以指出。」

母親提到的正時家居，在她生前也已經被拆掉了。那時母親午睡醒了，我常陪她去那裡，看看這個，看看那個，一直轉到該做晚飯時才回來。

母親在搬入新居那天的信中寫道：

「搬家可把大家累壞了。早上九點半吳環就來了。我在先已把衣物都放在手提包或大的塑料袋內，大大小小好多件，加上我床頭的小茶几，由方方和吳環陸續搬過去。小張和木匠說好，中午吃完飯來，都說不用搬家公司，由他們用他那工具車就可搬去，他的車後備廂可通前座，經常裝裝修的材料。中午由我做了油菜蝦米龍鬚麵，吳環特愛吃，再配了幾樣小菜，就解決了中午的飯。然後就搬大件，小張他們搬了三次，把我屋裡的床，梳妝檯，小櫃，老虎椅，落地燈、檯燈，還有原放在陽台上的玻璃茶几和兩把籐椅，都搬過去了。最難搬的是我那大電視，特沉，還有老虎椅，到了我那房子，還是把臥室門拆下才放進去。我的衣物還有好些沒能搬過去，以後慢慢搬。我是最後去的。吳環把搬過去的家具先擦了一遍，把我的屋子收拾好，她坐在我的老虎椅上，看那寬闊的臥室，舒服地不想起來。都說我的臥室太好了，主要是帶陽台，還有一個大衛生間可專用。八十歲的我真是享福了。當然比上不足，但比一般人就非常滿意了，很知足。」

母親曾寫信告訴姊姊：

「我這房子最好的一點就是冬日來臨，還是熱熱乎乎的，在太陽好時，更是曬得暖洋洋的。……我小時候在天津所住的洋房，二樓有陽光的南向的房間是我父母住，他們屋裡除了向南的窗子還有兩扇向東的窗。這房子還連著洗手間，有兩個門，一通他們屋子，一通過道。我的屋子是向西的，而且窗戶是對著旁邊那家的牆，中間隔著一條小巷。我的住房旁是傭人房子，他們有個小廁所。還有一個門可以上到三樓，是曬台，有一間堆東西的房子。我兩個弟弟住的屋子是向北的，不過有多扇向東的窗。還有一間與我父母住的房間一樣大，是小客廳，但前面有向南的陽台。鴻孫在那裡照『太陽燈』（我想是紫外線，因為要戴上墨鏡）。我們的陽台窗下都是櫃子，上開蓋，可以坐，我們的玩具和小人書、書等都放在裡面，到現在宋阿姨還記得這些櫃子。這陽台是突出的，現在都叫飄窗（我現在的房子的小臥室就是飄窗，報上登了以後不再蓋這種飄窗，因造價太貴）。一樓有書房、客廳、餐廳，有進大門的大廳，樓梯上下時可以看見大廳，上面放了花盆。還有廚房，傭人的住房，吃飯的屋子。有一個小後花園，有葡萄架，有夏天可乘涼的座位，睡蓮池三個角種了花，一個角可放桌椅休息的。這個房子是我父親親自設計的。父親會設計，母親會布置，所以我住在那裡那麼舒服，我終身不忘。那時我們都很小，印象中房子很大。後來我去過那裡，沒進屋，但覺得不大了。小時候去過二伯伯在青島的房子，也覺得房間多，院子大極了，可後來我隨學校去青島旅遊，找到那裡，就覺得不那麼大了。孩子的眼光和成年的眼光有不同，但我的印象那麼深刻。」

在這封信裡，還配了幾張插圖。

母親去世後，我在她的房子裡繼續住了一年。這一年我具體是怎麼過的，回想起來有點像「真空地帶」，雖然剛剛過去不久。我有如生活在母親的廢墟之上。或者說，我就是她的廢墟。

在北村薰著《漂逝的紙偶》中讀到一段話：

「千波的母親是在醫院去世的，不過她在這張床上躺了很長時間。床上的舊墊子已經拿掉，床架還留著，現在千波每天躺在上面，和母親看到的是同一個屋頂。」

仍然存在的環境，在存在的與不存在的主體之間建立了一種延續性——我現在之所見就是她曾經之所見，我此刻的感受就是她當時的感受。這與「去年今日此門中」的詩中所寫尚且有所不同——那裡「人面」僅僅是作為被觀察、被感受的客體而存在的。

我記得最清楚的，是在那房子裡聽到樓上傳來的持久的吵鬧聲——小孩們總是跑來跑去，每天清晨和深夜都拖動家具，彷彿那一家人難得安寧似的。母親曾經很為這種噪音所苦，寫信對姊姊說：

「過去戰爭期間，學生都鬧著沒有一個安靜地方可以放一張書桌，現在雖是和平時期，卻沒有一個地方可以放一張安靜的床了。」

「我有一個願望：等紅星胡同拆遷拿回點錢，我要去外地或者北京市住幾天大的飯店，安靜睡一覺，不要像現在總被人吵醒。我倒不是非去什麼國家旅遊，我就想美美地睡一覺，自然醒。」

如今這感受存在，這感受的對象存在，而感受者卻已經不存在了。此種情況，殊不能令我理解，令我接受。走過小區，走過附近街上，見到種種熟悉景色，同樣使我產生類似想法。

母親曾經存在於這個世界。

每當想起這一點，彷彿覺得有另外一個時空，母親，我，過去的生活，都在那裡。它與現在這個只剩下我自己的時空之間，似乎不是先後的關係，而是平行的關係。當我置身街頭，野外，陌生的地方，往往沒來由地感覺正面對著那個時空，就像遙遠之處有一陣風吹過，或一片雲飄過似的。

而現在這個時空裡，就只剩下我的「母親曾經存在」的念頭了。

曾經存在——給人的感覺恍惚迷離，好像隔著一層厚玻璃似的東西，努力想看見一點什麼。我記起巴勃羅·聶魯達在〈馬楚·比楚高峰〉中所寫的：「從空曠到空曠，像一張未捕物的網，……」我說的這種「存在」，與仍然記得——記得清清楚楚——的她的神態，聲音，動作，還不是一回事。應該更確切，更實在。

我獨自待在家裡，有時悵然想到：曾經存在，難道真的就是徹底消失了麼？我素不相信什麼「特異功能」，但假若有那樣一副眼光，能在這空虛之中看見母親過去留下的身影，就好了。

早晨起來，我去飲水機前接水，看電表的字，聯繫有線電視維修點報修，這些都使我想起母親——過去她坐在沙發上，查看通訊簿，撥電話叫人送水來；晚上她也坐在那兒看電視。她總是擔心家裡的電快用完了，隔幾天就催我去檢查一下。

那本小小的通訊簿，母親在上面記著親戚、朋友、她的單位和小區各種服務設施的聯繫方式，筆跡工整；只是後來補寫的幾條稍顯凌亂，那時她已經病重了。有的電話或地址改了，她就劃去另寫；有一兩位親友去世了，還在名字上加了黑框。

這通訊簿如今我還在用著。記下這些內容的那個人，彷彿在用心維繫著某種生活秩序，她熱愛這生活，也享受這生活；然而卻被從中排斥出去，這一切已經與她徹底無關了。

母親喜歡把家裡收拾得乾乾淨淨，俐俐落落。哪樣東西放在哪裡，她都記得清清楚楚，直到病重，還是如此。我從小沒養成好習慣，一向亂丟亂放；什麼不見了，總是問她。母親不在了，也就無人可問，有些東西再也找不著了。

我從母親的房子搬離，正待鎖門之際，又看了看已經空空蕩蕩的房間。當時的印象是：並不比擺了家具時顯得大，甚至反而感覺小了。或許它只是搬空了而已。

自此以後，母親與這世界的關係就變得零零碎碎，僅僅為她所留下的一件又一件東西所繫，而不再關乎一個家了。

搬家那天，我走到半路，手裡提的紙袋忽然開口了。一個瓷杯掉出來，在地上摔碎了。那杯子外壁印滿小薔薇花，母親最後一年裡常常使用。我本來準備留作紀念的。

當下我想：無非就是這樣；故者所留下的一切都將破壞，破壞，最終歸於虛無。

母親當初是從我的房子搬到她自己買的房子去的。兩處僅一街之隔。她帶去的幾件家具，包括一張單人床，一把老虎椅，一個帶小櫃子的梳妝檯，現在我又把它們帶回來了，重新放進母親原先住的房間，一一擺在原先的位置。都曾是我們一起精心選購的。我感覺彷彿放牧的羊群歸來，主人卻不見了。

我們剛從城裡搬來時，母親給姊姊寫信說：

「我的屋子很漂亮，很高級，什麼家具都是很不錯的，梳妝檯和小櫃子都漂亮極了，等我們都搬好了，我照了相給你看，你一定為我高興。老了老了，還能得到這樣的享受。」

「方方感到房子特大特好，好像不是自己家似的。他要是不在公司到外地住在大賓館裡，回來都是住在又小又暗的小屋子裡，小時太苦，沒過著好日子，不像你們還有過好日子。現在住在又明亮又寬敞的房子，他還要適應。我第一晚也睡不習慣，現在好了。」

這所房子的購買、裝修，母親也是全程參與的。她在這裡度過了四年半的時光。

有一天我翻看母親留下的信，見她說，「東東的相片在我的梳妝檯上，每天看著他，」就趕緊把鑲著二哥頭像的小鏡框從櫃子裡取出，重新立在梳妝檯上。照片上的二哥，還是一個青年。他出走已經很多年了，迄無下落。

其實我也明白，一切都是徒勞。母親再也不會回到這裡，再也不會使用這些家具了。

母親的遺物中，有一輛輪椅和一個助步器，我們送給了步行有些不便的小舅媽。大哥說，母親一定願意這樣。他正要推走，我發現輪椅背後的口袋有點鼓起來，原來塞著一頂布帽。是煙色的。我最後一次看見母親戴它，是在她住院的一個下午。我推她去做治療，穿過兩棟樓之間長長的空地，陽光很毒，我給她戴上帽子，一手推車，一手打傘。那時我和她都還對未來懷著希望，雖然這希望已經是虛妄了。

母親的帽子襯裡上，沾著一根短短的白髮。我聞了聞，帽子裡還淡淡地留有她的頭髮的味道。

母親買了房子後，請木工做了兩個櫃子，內置頂燈，隔板和門都是玻璃的，擺滿她晚年收集的各種小玩意：人像，動物造型，杯，碗，碟，瓶，罐，等等；有水晶的，陶瓷的，玻璃的，還有金屬的。都是母親心愛的東西。對此她說：

「我這點童心不能沒有，不然我真成老婦人了，要不得了。」

現在我把櫃子也移到她住過的房間裡了。這些玩意，除遠道而來的朋友偶有餽贈，大多是姊姊從美國陸續寄給她的。母親曾去信說：

「今天阿姨來打掃，讓她慢慢地擦拭兩玻璃櫃中的小玩意。又有一年多沒有徹底擦拭過了，還好我這裡窗子較嚴，又加上在玻璃櫃內，灰塵不多。我把櫃頂燈打開，櫃中的擺設閃閃發光，引人入勝，感謝你為我做的貢獻。」

其中有個粉色的陶瓷小碗，上畫兩束帶葉子的薔薇花，與一個同樣顏色花樣的小水罐是一套，但小碗在郵寄途中碰碎了。母親請人用膠把碎片黏合起來，也擺進櫃子。黏得嚴絲合縫，乍看還是完好的模樣。她還在那小水罐裡插了一束乾花。

每次姊姊寄來郵包，母親都特別高興。她去信說：

「我有一個要求：你可留意，如果再有義賣，看看有沒有漂亮的小洋娃娃，要好看的。我屋子裡暖氣罩的大理石上放些洋娃娃，就像看到你們小時候一樣，漂亮的男孩也可，讓這些洋娃娃陪陪我，以解我的寂寞。一定要漂亮的，不著急，慢慢留意，不要多花錢。主要是電話中聽到你去了教堂義賣，我真的非常嚮往，現在也沒有展銷會了，我最喜歡去淘淘，看有沒有又便宜又可心的貨。」

「在宜家買了兩把小小的躺椅，是放手機用的，我將一把放在我的窗台上當玩具，等有了好看的小娃娃，讓她坐在這躺椅上，一樂。」

「我想你那裡一定有很多很好的工藝品賣，但我也說不出要什麼。我想要一個錫（不是金色）的蠟燭台，你知道那種老式的，過去我們在天津就有那麼一個蠟燭台。這很重吧？我只是想要，不一定非要不可。」

後來我去日本，在雜貨店、骨董市和跳蚤市場買了不少堪稱「又便宜又可心」的東西。可惜母親生前沒有機會逛這種地方，我買的小玩意她也看不到了。

母親在給姊姊的信中說：

「我又打開客廳的玻璃櫃，看櫃中眾多的擺設，看到我在天津讀初中時，津中里的黃慎言送我的假象牙的小男孩立像。七十年了，它還站在我的玻璃櫃中。他現在何處不得而知了，他父親是蘇州人，在公公手下工作，經常來我們家陪公公婆婆打麻將。那時日本人已占領天津，公公生命受到威脅，只能在家中上班，出門都有保鏢老徐保護著，所以只好在家打牌了。我還記得當時的情景：他在我住房窗外吹著口哨，叫我下樓到我家與卞家之間的小巷中，他會給我一件禮物。就是這個微笑的小男孩立像。其實底座下刻著是日本貨，如當時注意到了，也就不保存了。那時日本貨都被人瞧不起。我在倫敦一英鎊小店裡買了玩具，是個小奶瓶和一個小熱水袋（很小很小），我得意得很，後來同伴發現上面有日本貨的標誌，我特別不好意思。不知怎麼公公把這小人帶到上海，轉了多少地方，又回到我的手中。只可惜我其他喜愛的玩物都不見了，有很多是很有紀念意義的，小時去了那麼多國家和地方，都有紀念品，全沒了。可還保存在我的記憶中：我在哪裡得到什麼禮物。」

現在她的這些記憶也都隨她而逝去了。只剩下櫃子裡立著的這個小人，還有母親講述過的關於它的故事。

櫃子的角落裡，有個產自德國的燭台，樣子並非老式，也不是母親提到的錫製的，——也就是說，她有關燭台的心願，到底沒有實現。類似的情況自然很多。譬如我看她在信中說：

「我們房子的牆上一幅畫都沒有，客廳和餐廳牆面很大，需要大畫才成。昨天晚上看的日本電影裡，森林和田野層次參差，色彩絢麗，樹葉有綠有黃有紅，真是美極了。我多想有一幅這樣的風景畫，就像自己置身其中似的。」

種種的想法，末了都落空了。母親還說：

「我又想買一個大魚缸——可能要晚一些，等我不能走動時，看看魚兒們在缸裡游弋。都是夢想，老了還那麼多的夢想，是不是可笑呢？」

我們一度養過金魚，母親寫道：

「方方養的一條金魚還是去年春節人家送的，最近頭上長包，發蔫，他又急壞了。這兩條挺有意思，每逢我過去，一走到魚缸旁，或聽見我的聲音，都會浮起來，向我張著嘴，立著身子，搖動尾巴，好像很餓似的，其實剛餵過。」

後來魚都死了，遂不再養。等到母親老了，病了，真的走不動了，她沒有提起，我們也沒有想起她曾經有買魚缸的心願。

故者曾經有過的願望，一種限於一己，因其死亡而再不可能實現；另一種針對他人，亦即所謂「遺願」，有待生者予以完成。我覺得更可體會的倒是前一種。人不在了，這種願望喪失了維繫它的一切，與其說一併歸於虛無，不如說成了一個又一個空洞，生者面對它而無可奈何。現在想來，多麼應該在母親生前盡量滿足她這些堪稱微末的願望，當時簡直唾手可得，如今卻變得遙不可及。這才是真正的終身遺憾。

母親的遺物中，有六十來本集郵冊。我不知道她從什麼時候開始集郵，其中倒是有一兩本「文革」前和「文革」中的郵票，但是零零碎碎，大概那時她沒有心情做這件事罷。集郵是母親晚年一直堅持的愛好，每逢歲末都要去米市大街的集郵公司購買年冊。直到患病後，日記中還記著：

「又洗了郵票。從病後沒弄過郵票，陸陸續續來的信封上剪下的郵票一直想洗，沒能動手。沒有幾張外國郵票，都是國內的普票，洗出來放進集郵冊裡。」

有個紙盒與集郵冊放在一起，裡面裝的就是她還沒有來得及整理的郵票。

母親喜歡收集外國郵票，這要占她的藏品一半以上。每冊脊部都貼著她手寫的標籤：「美國」，「美國（2）」，「美國（3）」，「美國（4）」，「美國（5）」，「美國（6）」，「加拿大」，「德國」，「法國」，「西班牙」，「丹麥」，「英國」，「蘇聯」，「蘇聯（附俄羅斯）」，「捷克」，「匈牙利」，「保加利亞」，「日本」，「朝鮮、韓國」，「泰國」，「馬來西亞」，「印度」，「澳大利亞」，「澳大利亞・紐西蘭」。另有「東歐（羅・波・南）」，「歐洲」，「歐洲（2）」，「亞洲」，「非洲」，「拉美」，則在相關頁碼注明國別。此外還有「狄士尼・蝴蝶」，「貓・馬」，「名畫」，「台灣」，「台灣（2）」，「港澳」，「港澳（2）」」等。

母親搜集到什麼郵票，先要洗淨晾乾壓平，再用放大鏡查看上面的字，有時還要借助辭典，最後放進某一冊子中的特定位置。她還很熱中和朋友們交換各自重複的郵票。她給姊姊寫信說：

「洗好郵票或別人送你郵票，其中有自己沒有的，或能配成套，就太高興了，那種心情是不能形容的，就跟種的花能長出一個花蕾，到能開花，也是同樣的喜悅。不過郵票不重的喜悅，又好像得了什麼彩似的有些意外，心裡特舒服。」

她還講過一件事：

「我回家等電梯時，看見地上有一張像郵票的小方紙，撿起來，是一張日本郵票，還是我沒有的，是一大收穫吧，好笑不？主要我這人從來不往地上看，也沒撿著過東西，今天真有意思。集郵的人有一張自己沒有的郵票，那種心情是異樣的，是不集郵的人不能理解的。來了一張重複的特懊喪，最怕是沒有的而是殘的，更懊喪。」

母親的集郵冊中，有幾本我翻看時很感親切。查我的日記，一九九〇年三月五日：「胡春吉自丹麥歸來，託他買蓋銷郵票千餘枚，共十四美元，贈與母親。」三月六日：「晚幫母親整理郵票。其中有幾枚有點意思：『INDO-CHINE（REPUBLIQUE FRANCAISE COLONIES POSTES）1889』，『FUNCHGAL PORTUGAL 1892-1897』，『REICHSPOST 1889-1899』，『OTTOMANIS 1876-1924』。」在「德國」那一冊裡，還貼著我寫的幾個標籤：「帝國郵政1889-1899」、「德意志國民議會1919-1920」、「德國萊因蘭1925」。我平生好像只幫助她整理過這一次郵票。

後來我幾次去巴黎，也在離愛麗榭宮不遠的郵票市場上，給母親買過一些袋裝的專題郵票，記得其中一袋是各種各樣的花，另一袋是戴安娜王妃的頭像，那是在她因車禍而死的第二年。那年我還去了梵蒂岡，在聖彼得大教堂頂上寄了一張貼著當地郵票的明信片到北京，可惜母親沒有收著。

母親的不少郵票都是姊姊寄來的，有成袋的舊票，也有新票。有的新票用作郵資，但很少重複。我們小區一開始不設住戶信箱，信就扔在一樓門廳的櫃檯上。有段時間，接連幾封信的郵票都被揭去了。母親很生氣，這也是她搬來這裡唯一一次去物業投訴。結果肇事的保安登門道歉，送回的郵票卻都是撕破了的。

翻看母親的集郵冊，偶爾掉出一枚郵票，須得仔細斟酌，才能放回原處。這裡我又一次感到，主人已經不存在了，而秩序依然存在。有如步入一座空城，只覺得井然、森然。而更觸動我的，卻是這秩序的不完整處——冊子裡偶爾出現的空格、空頁，彷彿是被遏止的期待，被斷絕的希望，被強行留下的空白。

母親的遺物中，有近三十本剪報，都貼在舊雜誌上。貼得整整齊齊，時間久了，有些報紙已經泛黃。其中有較長的文章，也有不少「豆腐塊」。有關於集郵的，有關於旅遊的，還有一些涉及烹飪、編織、養花等日常生活小常識，如「當沙發髒了」、「針織品製作燈罩」、「茶葉如何保鮮」、「吃蛋學問大」、「扶桑秋養有訣竅」、「鮮橘皮抑制花盆飛蟲」之類。

周作人曾在〈北京的茶食〉中強調「生活的藝術」：

「我們於日用必需的東西以外，必須還有一點無用的遊戲與享樂，生活才覺得有意思。我們看夕陽，看秋河，看花，聽雨，聞香，喝不求解渴的酒，吃不求飽的點心，都是生活上必要的——雖然是無用的裝點，而且是愈精煉愈好。」

母親晚年深嫻這種「生活的藝術」，儘管她的生活不能完全達到如周氏所說有那麼多「無用的裝點」；她主要還是盡量使「日用必需的東西」變得「愈精煉愈好」，她總希望多知道一點，多學會一點，從而活得好一點，活得有意思。她努力把自己變成一位優秀的家庭主婦，一位日常生活的專家。用她自己的話說：

「我這人其實是一個很負責任的家政人員。」

母親給姊姊寫信說：

「我本不會燒菜，但我吃過可口的菜，經過自己用心地去燒，就能很可口。」

母親做的菜很好吃，漸漸更至於色、香、味一併講究。她在一封信中說：

「侯耀華的兒子在央視台星一到星五每天教一種菜或點心，今天教的是炸芋頭餃。他用的大芋頭搗爛，加澱粉（乾）、麵粉、糯米粉（稀的），加一點糖，做成餃子皮，放在保鮮紙（四方塊）上，然後在皮中加一點豆沙餡，用保鮮紙一合，隔著紙一捏成餃子形，然後把紙去掉，放入盤中（盤裡放澱粉，以免黏），然後下低溫油鍋炸。我覺得最妙是用保鮮紙這道工，不用手了，你認為可仿效嗎？要是蒸不知成嗎？做鹹的餡不更好嗎？」

母親還在信中報告了她獨自籌辦的一次「家宴」：

「十四日起再收拾一下，擦陽台茶几的玻璃磚面等，然後就做菜。我性急地先做起菜來，客人來了不致手忙腳亂：一，先燙出芥菜，燙菜的油湯另用，把菜整齊排在魚盤中，等客人來了放蠔油；二，把萵筍的葉子（萵筍已在頭天泡在泡菜瓶內）剪去尖頭，排在大圓盤內（上次的生菜沒人吃，後來我和方方炒著吃了，不好吃，生菜是那種帶裙邊的生菜），把番茄切成半圓形薄片，然後放沙拉，上面還是放的切片雞蛋（這回雞蛋白的多，我就切成小丁放入沙拉內），在沙拉上面插上三片番茄，非常漂亮；三，海蜇拌黃瓜絲（原有的黃瓜）；四，腸子切成片，排成兩排，中間放的香菜梗帶葉，這上面我切了三片胡蘿蔔，切成花，好像小蘑菇又像小樹，沒有工具，是用水果刀切的；五，燴蘑菇加蒜片；六，冬菇絲、茭白絲（原有）炒雞絲，炒好後上面再加點綠蔥絲（這菜原料是頭天切好的）；七，人家送的梨，剩了三個，我切成塊，放入碟內，本來要買金糕的，超市沒有，只能買草莓條，上面有砂糖粒，把這草莓條圍在白的梨外面；八，小籠包（那天買了兩包，吃了，只剩一包）；九，泡菜萵筍和芥菜芯；十，用灼芥菜的油水，放入一塊雞精，放入番茄（是放沙拉盤上切下不成形的）煮湯，加我在城裡買的餛飩皮子，一切三塊，煮好加打好的蛋花，也是中西合璧。小孔的姊姊、美群都是江西來，不弄些中式的、熱的不行，李正愛吃洋的、冷的，這樣全照顧到了。誰知他們十二點多才來。他們吃得特高興，說『色香味俱全，林大姊是愈來愈會做了』。頭一天我花錢太多，可剩下的這次都用了，還剩下一包海蜇和一包銀絲卷（速凍），這次沒花多少錢，還吃得挺好。這樣大規模請客不能常搞，太累人。」

母親在信中屢屢回憶起過去吃的食物，如：

「前天中午我做大白菜疙瘩湯，我就和方方講，大公公家裡有錢，不請大師傅，而是一個隨我的大伯母陪嫁來的老張媽，她燒了一手好菜，屬於那種濃的菜，與我家的清淡菜不同，他家都是大魚大肉。我記得在上海培成女中上高中時，中午去附近三位堂姊家吃午飯，她們租了一個公寓，好像是愛文義路，把老張媽接來給她們燒飯。她燒的紅燒鴨、油爆蝦，真是入味極了。最使我不能忘記的是老張媽將紅燒鴨湯做疙瘩湯，那麵疙瘩細小如飯粒，太好吃了。還有把剩下的油爆蝦燒百葉，非常有味。我小時經常有病，胃口不好。我們家燒中餐的我們都叫他老頭，他好像姓馮，因他很年輕就沒有牙，後來才知他還吸大煙，所以又瘦又老，我愛吃他燒的菠菜炒粉皮。我有病了，父親就特緊張，有點發燒就只能喝過濾過的米湯，吃幾口鹹菜還要我吐渣。老頭偷偷地給我送來他自己買的饅頭，我藏在被窩裡吃，那時真把我餓壞了。可能是老了，想想過去的食品怎麼那麼好吃呢？」

「我現在還能想到從前在天津吃的好吃的東西，如打電話到鵲華春送來的一蒲包的剛炒出的栗子。我們常去的廣東館子叫北安利，那裡的爆雙脆及魷魚卷這兩樣菜我都愛吃。現在的飯店做出來的都不對，魷魚也不是過去的魷魚了，粉粉的。還有栗子粉放奶油多好吃，不知天津在北京開的起士林還開著嗎？我永遠不能忘記，公公的同事潘祥河從國外回來探親，公公讓他請我吃頓西餐。我那時還在海運倉上班，他來電話和我約好了在東安市場吉士林見面。我在食堂吃了飯去的，穿了公家發的布制服，就是列寧式的，我一進飯店就引起進餐的客人注意，那時這些客人還都穿著西服旗袍之類。結果我又吃進一整套的西餐，包括小吃、正餐、點心、咖啡，把潘祥河嚇了一跳，怎麼我還說吃過飯去的呢？我已是多時未吃過那麼好吃的西餐了。那還是一九五〇年的事。等我生了你，潘祥河又送來一籃子水果，都是上品，我也是許久沒吃過的了。你生在每年的豐收季節，所以有各種水果，想起這情景都有五十六年了。」

「中午通話後我繼續做餃子，終於在十二時包出十七個餃子（不大），我都吃了，有點多，也可以。不知誰發明的餃子，是很合理的膳食。咱們包的餃子菜肉比例合適，這就是我為什麼不到外面去買速凍餃子的緣故。一吃餃子，我就想起一九四九年初我從香港到了天津，看我的張媽接我去她家，她家開了一個雜貨店。她給我包的白菜肉餡餃子真是太香、太好吃了，她還說我愛吃牛肉，另一頓飯給我燉的紅燜牛肉，也是又嫩又有滋味，五十多年我還不能忘記。人很奇怪，在過去的年代中，一些小事情都記得牢牢的。不知你還記得麼，在文革前我會蒸發糕，起得很鬆，我那時管它叫『列巴』，就紅菜湯喝，現在我不會蒸了，也沒敢再蒸過，怕蒸不好，沒法吃了。是不是應該試試呢？還有在四號時，到冬天買好多大白菜作儲存菜，菜葉都吃了，剩的菜幫子，不是蒸大菜包子，就是包餃子。那大白菜包子現在也蒸不好了。現在用發麵粉蒸，當初是發麵放鹼蒸的，覺得很好吃，咱們是蒸的大餃子形的。」

母親病中的日記，也常涉及烹飪之事：

「去華潤超市。我一直想著過去家裡吃的洋蔥炒牛肉絲，想買牛肉，又不知哪處嫩點，不是煮湯，老了嚼不動，就白糟了，始終沒敢買，其實我是愛吃牛肉的。」

「指導阿姨燒紅菜湯，也是因為要把洋蔥、番茄和胡蘿蔔燒掉。馬鈴薯都長芽，又重新買的馬鈴薯及高麗菜。誰知好喝嗎？我的體力也不允許我常進廚房指導，只好將就了。」

「新來的小阿姨生活太苦，做的菜很少放油，所以沒什麼滋味。真要用長，還需教她。我現在不常進廚房，防油煙。讓她煎個荷包蛋都不對，我自己煎的合乎我的要求，現在卻不可能了。唉，我老了，又有病，體力不支，只好不講究了，每天都在湊合著吃，吃飽就算，也是真倒胃口，無奈。」

「午飯菜是炒油菜和做的番茄雞蛋湯，完全按照我教的做的。不過自從二〇〇七年八月因病住院後，我自己沒做過菜，一切都生疏了，別人也不會做出像我過去燒得那麼可口的菜了，也只能這樣了。想想自己還能教阿姨，也就可以了。」

「『冬至大如年』，我小時在天津，這天必定到奶奶家去吃飯。有一次我看見屋中放了好多蒲包，我去摸一個蒲包，軟軟的，黑黑的，把我嚇壞了，原來是一蒲包海參。後來在北京，我特愛吃真正的海參，最好吃的是北京飯店的鍋包海參。後來就吃不著了，都是黃參，一點不好吃。小沙送來的海參還在，可能做蔥爆海參也行。」

母親經常做的菜，無非是油爆蝦，紅燒鯽魚或草魚，糟雞翅根，青椒雞丁，雪菜冬筍絲，雪菜水發蠶豆瓣，素燴豌豆，清炒蠶豆，清炒扁豆，海米菜花，素紅菜湯，等等。皆為家常菜，與飯館尋常做法略有出入，如油爆蝦沒那麼甜，不放蒜、醋、香菜，而是放蔥段，特別之處是蝦要燒出紅色；冬筍紅燒肉用燜燒鍋燒；雪菜蠶豆瓣起鍋時加香油；綠豆芽要掐兩頭；素紅菜湯則取馬鈴薯、洋蔥、胡蘿蔔、番茄、高麗菜切成塊，再加一兩小袋番茄醬，略用油煸，然後煮湯。寫到這裡我又記起母親的一種芋頭燒法：水煮，去皮，以油炒成糊狀，放少許老抽，起鍋時加香蔥末。她去世後，家裡好幾年沒做這菜了。

母親給姊姊寫信說：

「我泡的酸黃瓜對味了，主要是沒有乾淨沒油的大鍋煮，酸黃瓜不像泡菜是生的泡，這要與作料一塊煮一下，然後放入瓶中，我加了一個乾辣椒，還要有一點洋蔥才成，桂葉、香料也要，時間要放幾天，黃瓜變成黃色就成了。你也可做點放在冰箱裡，很爽口的。」

母親還用雞肉、海米、榨菜和香蔥末做小餛飩，湯裡加幾片燙好的小油菜芯。有時多包些，速凍起來。我不吃肉末，她給我包素韭菜餡餃子：將韭菜擇好，洗好，晾乾，切成末，海米用黃酒泡過，也切末，打進一個生雞蛋，加鹽，拌勻，趁未出水之前趕緊包出。

友人戴大洪每次從河南來，都和母親一起包餃子。母親和他吃白菜豬肉餡的，我的則是韭菜的。母親在世的最後一個夏天，他又來我家包了一次餃子，母親已經幫不上忙了。她很衰弱，進食就噁心，但仍勉力吃了八個，而且幸未嘔吐。這也是她一生中最後一次吃餃子了。

母親很喜歡毛線編織。我想到她，眼前首先浮現的形象，就是戴副老花眼鏡，坐在沙發上，織著毛衣，手裡的兩根毛線針一動一動。母親給姊姊寫信，經常討論這一話題：

「你教給我的花樣，我已抄在一個本子上，慢慢學，慢慢摸著看能不能學會。現在織黑背心，那天白天沒事，我一看老遠就錯了五針，結果用鉤針改來了。晚上看電視，真是瞎織，不行了，一心不能二用。他們還說我還有耐心，這麼大的年紀還織，我也是怕兩手閒著，另外你留下的毛線如何處理也是事啊。」

「我還有你的藍、綠色的細線，外加我又買了一團白、一團灰的。你記得嗎？我那回走時裝，急需要一頂帽子，一條圍巾，我們大概是去前門買的深藍色的細線，加一團馬海花兩股線一塊織的，兩人趕織出來，現在我常戴著出外的，那深藍色細線還有兩團呢。我想再將這幾種顏色織一背心或短袖毛衣，這麼幾種顏色合織，是否還是織鳳尾啊？除了鳳尾，還可織什麼呢？你幫我想想。你大概想我這件還沒織好，又開始設計下一件了。經過幾個人的稱讚，我覺得我還能稍為表現一下，證明自己不是廢物就好，又老又廢那簡直要不得了。」

她的信裡有時還畫著學來的或想出的編織花樣。她有一冊剪報本，貼的都是從雜誌上剪下的穿毛衣的模特兒的彩色照片。

母親生病後，仍然「手織不輟」。日記也有這方面的內容：

「這一年中我織了兩條大紅毛褲，開始時為了鍛鍊手，毛褲是織得好的，但我人瘦得多，毛褲太肥。我很自豪，可也因用力太早，手及手臂疼了好久，只好不再織。直到今年秋天，我才織了三頂帽子。又把毛褲拆得只剩腰邊，再繼續織完。還用棉線織了一大片，未完成工作。」

「《外灘畫報》又來了，我在午睡前看了，發現有一新式毛衣，像披肩，沒袖子，可前面也不開，挺別致的。明天打電話告訴毛毛，可以織一件。我自已也能織的，但要找合適的毛線。」

「我織的毛毯，第一條長六尺餘，已織完，又在織第二條，毛線不一樣粗細，有時還需要兩根併在一起織。我昨天找方方的厚毛衣，發現大屋床下有一箱毛線，慢慢織吧。只是我給方方織的兩件毛衣，其中那件開衫織得很好，卻遍找不到，是不是給了誰，可我不記得，真是可惜。」

母親為我織的兩件毛衣，我都還記得樣子；但在她去世以後，仍然沒有找到。

在寫給姊姊的信中，母親經常回憶衣著之事：

「我們小時都是買從英國來的花布，結實好看，不掉色，做裙衣。我記得在天津時，看見樣本（就是那種美國郵寄購物）上的樣子，婆婆請來我們做西裝的裁縫按樣子做出，我穿漂亮極了，同院的女孩子都照我的樣子做。那時我們家有做西裝的，有兩個做中式旗袍的，一個普通一點，一個高級的。婆婆每天做一件旗袍，旗袍一般都有裡子，旗袍穿了一下就不要了，把裡子拆下又新做一個面子，裁縫還管拆裡子，我的中式旗袍也是這樣。裁縫都到家裡來量，工錢是一季一付，我估計那裁縫還得給我們的傭人一點好處，使他進出不為難。鞋也是訂做的，也是按樣本，後來我們到了上海都穿『拔佳』的鞋，那是捷克猶太人開的，很有名，世界性的，二戰後不知結局如何，再也沒聽說了。」

「陰曆五月十七是我的生日，想起小時候在天津一年過兩個生日，陰曆生日也請客，我要穿著新衣服。我記得一九三九年最後一次在天津過生日，我穿了一件粉紅紗的連衣裙，那粉紅稍為偏點橘紅色，胸前是黑絲絨的結，豎排有三個，還有一條黑絲絨的帶子，漂亮極了，那時我已十六歲了。印象非常深，一切的一切都已過去，不會再返回了。」

「穿旗袍最怕料子不好，一坐下或太緊，一稜一稜的，太難看，你看那些劇照就有這樣的，看起來讓人難受。我在上海讀高中時，有女同學姓柯，她長得很白很高很漂亮，我們在我沒接受進步思想之前特別好。我們兩人各做了一件紗的旗袍，她是淺藍色上面繡有小白花，我是淺粉色，料子一樣，顏色不一樣，裡面都穿有同色襯裙。我們兩人在DD'S咖啡館喝咖啡，聊天多時，等我們站起來，紗旗袍成了一稜一稜的縐摺，簡直無法出咖啡館，從此兩人再也沒穿那旗袍。這種進口紗料是做裙子的。那件衣服我記得讓范師傅給你改了裙子穿了。旗袍合身要求非常高，要料子好而柔，不能硬，那樣下襬成了京劇中的戰袍，懂得的人太少了。」

「目前又都時興中式衣服了，我們一九四幾年在上海就興中式緞面棉襖，大襟式（原來是張愛玲首先創立）。那時日本占領上海，為了適應戰時，上面中式棉襖（多是絲棉），下面西式呢褲，行動方便。我有一件紫紅的緞子棉襖，下面配的灰色法蘭絨褲子。我帶著小桐從上海去香港，坐飛機外面還穿了一件灰色的大衣，到了飛機上脫去大衣，到了香港脫去棉襖，只穿了一件白綢襯衫，一個大紅的背心，那時是十一月的天氣。進關時官員看我帶了一小孩，不讓我進，以為我還是個中學生呢，其實我已是二十四歲了。當時香港不似後來這樣繁榮，我帶去的短袖旗袍根本無法穿，香港人都穿長袖旗袍，又重做。」

母親是個童心未泯的人。她有一個本子，貼的都是各種漂亮的小圖案，有不乾膠貼，也有從報上或雜誌上剪下來的。她給姊姊寫信說：

「我那天把你寄來的，還有我自己剪的小貼物，都貼在本上，給吳環看了，她非常欣賞，認為我把小事當大事幹。我自己不找樂子，怎麼辦？」

那個本子上還貼了不少貓的照片，母親說：

「你去年給我的貓日曆，我挑著可愛的好看的貓，準備貼一本貓的專集。有些貓雖然名貴，但模樣很可怕。日曆上有那麼多的貓，可沒這裡『金源』賣的灰色折耳貓，七千元呢。那鋪子有一個電動的小老鼠轉著跑，有的貓傻傻地追著，特有意思。」

母親的遺物中，有十三個紙包，裝著她在八、九〇年代出外旅遊時搜集的各種資料，包括門票、說明書等，上面分別寫著「雲南」、「河北」、「陝西」、「湖北四川」、「湖南」、「山西」、「新疆」、「浙江」、「北京」、「河南」、「山東」、「江蘇」和「新馬泰港」。母親自己去過香港，姊姊陪她去過新加坡、馬來西亞和泰國，國內各處則是所在單位的老幹部處組織去的。在我的記憶中，她那些年去過的地方應該比這更多，但我不記得她去各處旅遊的先後順序了。母親一九八三年所寫日記中說：

「九月批下離休就去了昆明，從來沒有這麼開懷過。」

恰巧保存下來幾封當時她從昆明寫來的信，也說：

「這些年來我從來沒有這樣高興過，同屋幾人都很投機，說說笑笑，每天都要大笑幾次，吃的也豐富。」

「一點也不疲勞。真怪了，來了昆明只有一天是好天，其他都是陰雨綿綿，可我的腿也不疼，精神也是好的。多少年來，我從來沒有這樣快樂過，從心底裡發出笑聲。這次遊玩提起了我的遊興，我的腿勁還可以，以後我要多去遊玩。」

時隔多年，母親講起自己去過這兒，去過那兒，還都記得清清楚楚。

母親一生最後十幾年裡，一直盼望著出國旅遊一次，但終於沒能實現。我們也曾籌畫過多次，包括到歐洲、美國、日本、澳大利亞和紐西蘭，結果一個地方都沒去成。母親給姊姊寫信說：

「我真擔心自己太老了。從一九九七年之後，為了搬家和花木等再沒有出外，如今尤其是過春節發現自己的體力差多了，能否禁得起出外旅遊都是問題。我很後悔，白白浪費了頭幾年，那時我還是可以的。現在有點不行了，我很顧慮，年齡不饒人了。」

其實這時候她已經身患絕症了。母親留下一本護照，辦理於她病倒的一個月前。這護照一次也沒有使用過。

母親少年時曾經遊歷歐美，常在給姊姊的信中回憶往事：

「我小時候隨公公婆婆去英國，坐的義大利郵船，那餐廳總管義大利老人對我特別好，什麼好吃的隨我吃，我經常在他那裡玩，義大利人特熱情。他們做的麵條真好吃，各種各樣，那時我還吃過綠麵條，通心粉真入味。那用白糖做的大帆船，還有用彩色的糖做的院中的晾衣架，上面衣服還飄起來。每晚我的桌上都有一朵粉紅色的糖做的玫瑰花插在花瓶裡，就像真的一樣，所有的乘客都來我們的桌上看，羨慕我這個受到特殊待遇的小客人。等郵船到威尼斯，我們就真是永別了。幾十年了，老人的音容我還深深印在腦海裡，我們到歐洲的第一站就是義大利。」

「小時候在倫敦，我們請過一位老太太打掃衛生，幾十年過去了，我還印象深刻。那時在英國上等人都得戴帽子，她每次來，都是戴著帽子，穿著大衣、皮鞋，拿著一個小皮箱，內裡有一雙便鞋、工作服、一份報紙或書籍，還有一塊點心，因為幹到四五點她要喝下午茶。我們只要準備一杯紅茶，她拿出點心，吃一會就繼續幹。外面柵欄門到前院，中間有一條磚砌的小道，兩邊種的玫瑰花。她從小柵欄門開始，就跪在那裡一直往房裡擦，收拾得非常乾淨，一絲不苟。她是個瘦小的老太太（可能也就是四五十歲吧），她的兒子不務正業，她只能出來當清潔工。她要幹好多家，在我小時候原不知道還有鐘點工一說，我家用的都是長年幹活的傭人。她利用坐地鐵的時間看報、看書。當時我在英國坐地鐵，都是看見乘車人在看書看報，極少有人在聊天，說話也都是小小聲，沒有喧譁，非常有禮貌。」

「一九三五年我隨父母在美國洛杉磯，住的是一百美元一晚的大飯店，我現在看的加德納的推理小說就是那時的，一百美元在那時是很高級的了。隨客人自己選擇屋子裡面的顏色，連衛生間洗浴的用具都一樣顏色，真是富麗堂皇。多少年以後衛生設備才除了白色之外有其他顏色的，我本來想要在我的房子的衛生間有一套有顏色的瓷質衛生設備，結果因為省錢沒有按照我的心願裝置。在舊金山去了父親的美國朋友家，汽車開進大門，大門會自動打開。我在一九六四年去哈爾濱文聯的大門就是自動開的，大家都很新奇，其實我已在美國看過了。那家的房子沿著海邊，晚上可以看見監獄射來的探照燈，那大橋是多高啊，從他家窗望出，海水在夜間是那麼深奧莫測。我在美國用錢幣投入自動售貨機，這在現在不算什麼，在三〇年代是特別先進的。你說還有什麼能特別使我驚奇的呢。我的印象還停留在三〇年代，可惜沒有機會再讓我去領會科學發達的今天的情景了。小雲還說等以後關係好了，我會能去的，願望總是有的，年齡卻不管這些呀。」

母親晚年最想去的是日本。原因即如她給姊姊寫信所說：

「小時我隨公公、婆婆由美國回來經過日本，船上一些『熱血青年』不讓我們上岸，公公同事的父母妹妹來接我們，欲讓我們好好逛逛，結果成了泡影。我一直想補上。」

生病之後，她在日記裡還一再寫道：

「我要是不生病，真想去趟日本。我總有一個心願：過去錯過的，總想再實現。」

「看日本電影，總看到大片大片的櫻花，我現在已無法去當地觀賞了。」

「一直說去日本旅遊一次，終因病不能成行，很是遺憾。」

中國人出國旅遊，一向限制很多；母親未能成行，與此不無關係。母親去世後的第二年，我看到一則報導：「日本外務省（八月）十日宣布，將從九月一日起進一步放寬中國個人遊簽證發放條件，廢除『具有一定程度職業地位和經濟能力』的要求，並將最長停留時間從目前的十五天延長至三十天。據報導，此次放寬簽證的發放條件，意在促進退休後沒有職業地位的富裕階層及中間階層訪日及遊客延長停留時間。」我想到這一措施也適用於母親，只是太晚了，她已經不在了。

我不禁心生感慨：中國人歷經苦難，花了多少時間尚且沒有達到正常人或普通人的生存狀態；在此期間，有整整幾代人幾乎什麼願望都未能滿足。我從母親至死未泯的種種期待——包括出國旅遊——中，深深體會到這一點。

在母親的剪報本裡，夾著一張報紙，是一篇整版的文章，標題是「風情萬種日本遊」，介紹了東京的皇宮及東御苑、銀座、秋葉原電器街，還有鬼怒川等幾處溫泉。都是我後來去過的地方，也是母親永遠去不了的地方。

有一年地壇公園舉辦題為「大地夢想之光」的光雕展，設計者是義大利人瓦萊里奧・費斯蒂。我陪母親去看了。她給姊姊寫信說：

「十月二日下午五點半，我們在前院外乘六〇六路去雍和宮站，為了去地壇看義大利燈展。六〇六路車少，等了半小時，所以到了地壇已是六點半。門票三十元一張，方方請客。義大利這燈展太壯觀，有五組燈飾立於不同的地方，以中世紀大教堂的彩色玻璃窗為基調，美不勝收。當墨黑的天幕降臨時，更襯托出這些高大的燈飾絢麗多彩，在不同角度有不同的感觀。我想有視力是太幸福了。雖然三十元的門票算是不菲，但觀賞的人還真多，尤其是老年人，不能走路的讓人推車也來看。我們在那裡看了又看，待了兩小時，才戀戀不捨地回家，這燈展太值了。我們沒吃晚飯就去看，其實應該晚一點去，等燈飾全亮了，不過我們也盡情享受了。地壇南北門外又擴展了街心公園，有樹木花草噴水池，遊人可不用花錢就能在裡面遊玩。回來還乘六〇六路，到我們樓群門口。去了新開的肯德基，我可餓了，吃了兩塊炸雞、一盒香蘑飯，還吃了馬鈴薯條，喝的可樂，方方吃了兩塊辣雞翅、兩塊雞、馬鈴薯泥和一杯菠菜雞蛋湯，共花去五十一元。我們在地壇內，方方還買了糯米糕（小的，有紙包，二十元一斤）。」

過了幾天，又寫信說：

「真的，地壇的義大利燈光藝術展，實在太讓人不能忘懷了。我們多向熟人介紹，希望能去一睹為快。看了這燈展，再去天安門看那樓群上的燈飾，就不那麼引人入勝了。二日晚上這個節目真是太值得了。是從義大利運來，由義大利人來裝飾的。」

現在我讀這些文字，感覺母親出國一看的期望，以及終未成行的失望，是那麼黑暗而沉重；這裡則彷彿是縫隙之間透出的一點光，是母親對於期望的去處的一瞥。記得她曾以安徒生筆下的賣火柴的小女孩自喻；那篇童話寫道：「誰也不知道，她曾經看到過多麼美麗的東西。」

前些時我讀宇野哲人的《中國文明記》，其中寫到十三陵等處，我忽然想起一九八〇年秋天，我還在上大學，曾陪母親去北京郊區玩過幾回，有頤和園、十三陵，還有沒有別的地方記不得了。每次都是清早出發，傍晚回來，往返乘公共汽車，倒換不止一次，有時沒有座位，午飯也是母親做好帶上的。很辛苦，但很愉快，多年後她還常常提起。我很遺憾沒能多陪母親出去玩玩，尤其是始終沒有陪她出過一次遠門。回想起來，興趣、精力、錢、時間——母親去世後，我時時發覺，哦，我有這麼多時間——什麼都有，但就是沒有去做。我與母親相處超過五十年，說來很長，但總覺得匆匆過去，大概就因為只是在一起度過日常生活，而幾乎沒有除此之外的內容。

有一年過春節，母親給姊姊寫信說：

「沒有人想起陪我看看舞蹈或音樂會，我自己一人晚上又不敢出外，眼睛差了走路不穩，出了事就是自己受罪，也給人家添麻煩，只好放棄。」

現在想來，可惜陪她去看節目的次數太少了。記得有一回去看芭蕾舞《天鵝湖》。母親寫道：

「方方回來接我打的去保利大廈看烏克蘭芭蕾舞團演出《天鵝湖》。早到了五十分鐘，只好在街上蹓蹓，也沒什麼大店可以看看的。跳得不錯，只是沒有樂隊，是放的錄音，感覺硬一點，舞者非常熟悉那錄音，配合得不錯。和我過去看的不一樣，我以前看的是老版，現在又多加了一場舞似的，所以十點才結束，挺過癮的，住到望京才第一次看芭蕾舞。」

還有一次去看美國音樂劇《媽媽咪呀》，也是在保利大廈。那已是她診斷出身患絕症之後，但她自己還不知道，興致依然很好。後來她在日記中說：

「在病前幾天我還去劇場看《媽媽咪呀》，觀後我與全場觀眾起立鼓掌，經久不停，真是興奮極了。其實那時我已重病纏身了，精神作用使我一點不感到不舒服，多怪。」

母親給姊姊寫信說：

「這麼多的書，方方估計有兩萬冊。這次搬家，我發現好些我過去沒看見的書，那麼多，真高興。」

後來又在日記中說：

「在這個家庭中，還能擔心無書看。只怕不看，那就沒法子了。」

母親留下的一個本子裡，有她手寫的一份目錄，共八頁，記著她生病後從二〇〇八年二月到二〇〇九年十月所讀的書，一共一百七十四本。其中多數是推理小說。母親說：

「不像病前，我要做很多的家務活，還要跑出去等等，留給我空閒時間較少，現在有了阿姨，我時間多了，可以看書看報，充實自己。不過還是老了，記性差，眼睛也不行，那也無所謂，還是盡量看書的好。」

我查她的日記，寫這目錄之後，她還讀了十幾本書。母親一生所讀的最後一本書，是勞倫斯・卜洛克著《衣櫃裡的賊》。那是在她去世十個月前。日記有云：

「這系列看了兩本，大同小異，都是進屋偷東西，遇見有人死了，警察無能又壞，賊去破案。據說還有第三本。」

此後病情惡化，再也讀不了書了。

附帶說一句，《衣櫃裡的賊》當初我讀到一半，就放下了。母親去世後，我打算把它讀完，卻覺得那些字好像都在紙上漂浮，怎麼也讀不進去。一想到這是「最後一本」，我就痛徹地感覺到了生與死之間的界線。

前些時我整理家中藏書，光是推理小說就擺滿兩個櫃子。很多都是母親讀過的。記得《禮記・玉藻》云：「父沒而不能讀父之書，手澤存焉爾。」孔穎達疏：「謂其書有父平生所持手之潤澤存在焉，故不忍讀也。」那麼這些書上，也留有母親的手澤罷。

另外還有很多，是母親生前未及讀的，或者是她身後才出版的。有的我很喜歡，譬如東野圭吾的「加賀恭一郎系列」，母親只讀過《惡意》，其餘八本都讀不到了。其中《新參者》、《紅手指》寓人情於破案，是推理小說新的一路，應該是她愛看的作品。尤其是《紅手指》可與《惡意》對比著讀：在《惡意》裡，惡沒有底線；在《紅手指》

裡，善殘存於惡的底線之下。可惜這些都不能與母親談論了。

不久前我接受記者採訪，是「枕邊書」這個題目。我提到母親，她在病中每天還堅持讀書，中午、晚上躺在床上也讀。母親讀的推理小說，大多是我買的。現在她不在了，我買書時的感覺，真像古人所說「人琴俱亡」似的。

十幾年前我寫過一篇〈關於枕邊書〉，其中有一段：「家母每晚都要讀書，而且還是推理小說，不到兩年工夫，已讀畢『阿加莎・克里斯蒂作品全集』八十冊，『奎因現代探案小說集』二十五冊，我奇怪怎麼不大影響她的睡眠呢。她說這路作品開頭總是東拉西扯，睡前讀之並無大礙；待到進入緊張情節，那就白天去讀好了。」後來我看到一位署名「冰川」的博客寫道：「說來也奇怪，好幾次雨天的晚上偶然間就會想到止庵的母親，大概是這樣的夜晚比較適合讀書之故吧。……多有趣的老人，每晚有閒心看閒書，還有個愛閒問的兒子陪著，令人羨慕的一對母子。」

母親開始大量閱讀推理小說，大概就始於那套「阿加莎・克里斯蒂作品全集」。這是戴大洪送給她的，我還記得裝了一個紙箱，他和一位朋友一起拎來。母親給姊姊寫信一再提及：

「戴大洪送來八十本書，夠我看的，當然其中有些書已經看過，說是克里斯蒂所著的全部，也不知確否？你如去圖書館，能否設法打聽到Agatha Christie到底共有多少本著作？」

「戴大洪拿來這八十本書，使我不想放手，已看完兩本，方方說我這樣看不是一會就看完了嗎？可我對推理小說有特大的興趣。」

「我每天稍空就沉醉於看小說，八十本，夠我看的。」

以後戴大洪又送給她一套S．S．范戴恩著「菲洛．萬斯探案精選」。母親對此的興趣似乎更大：

「晚上看書，是美國元老級的偵探小說，戴大洪送我的。我看了第一篇覺得很熟悉，才想起我在上海讀高中時家中曾買過這本書，挺好看的。」

過了幾年，又說：

「今天上午躺在床上看了一段小說，這個作者是美國推理小說的鼻祖，叫S. S. Van Dine。我在四〇年代上海讀書時就買過他兩本小說，幾十年來我看過無數本推理小說，可那兩本的情節我至今不忘，我一直想找他的小說。除夕那天在三聯書店發現他兩本小說，其中一本是我看過的書之一，但我還是買回，另外還有兩本書店無貨，以後再設法買到，你一定也愛看的。」

「從前天津的大伯伯，八九十歲思路敏捷，就是愛看英文的推理小說，他也看得很快。老年人看這種小說有好處，讓我一面看一面思索。」

母親讀完一本推理小說，常常和我討論，有時還在日記裡寫下讀後感：

「看完了《逆轉死局》，約翰・狄克森・卡爾的推理小說不如克里斯蒂的小說好看，有故弄玄虛之感。」

「看完一本《女巫角》，台灣翻譯的，實在難以接受，字句太俗。接著又看他的《耳語之人》，此書翻譯得可以。老的偵探小說，情節扣人心弦，總想一氣看完，得知謎底。」

「《女郎她死了》看完了，這本書寫得不錯，書前也稱為他的經典之作。」

「我看完了〔海倫・麥克洛伊著〕《死亡之舞》，這書寫得好，用心理的方法推理破案，複雜而合理，讓讀者想不到結果。」

「〔彼得・狄克森著〕《英雄之傲》看完了，以前還看了一本〔朱莉婭・沃特斯・馬丁著〕《女屍》，都寫了好多與故事無關的事，這可能是現在寫推理小說的通病。」

「看完了〔傑佛瑞・迪佛著〕《空椅子》，情節特別曲折，但主要的開端即不合理：去請紐約警方來查案子的人最後被查出是壞人，他又何必去請人來破案呢？此外女警槍殺了另一當地的警察，本該有罪，而後來又寫被殺的是壞人所以免於刑事處分，槍殺人這是事實，不能因此而無罪，情節編得離奇而無法讓人信服。」

「《惡魔的淚珠》還在看，這位作者的小說我看了好幾部，都特別長，我覺得太嘮叨，旁枝末節寫得太多，把書寫得像沖了太多水的咖啡。兇手都是特高級的智商，所以破案也極困難，這樣書就可以寫得長而又長。」

「差不多快看完〔保羅・霍爾特著〕《第四扇門》，這書是密室殺人，又有轉世報仇，情節還是很吸引人，中間還加了一章，與本書中的人物不同的人，有點莫名其妙，完全不必有那章。」

「〔威爾・拉凡德的〕《失控的邏輯課》整個是個騙局，不但騙書中兩個學生，也騙了讀者，我認為這本書可以不看，對我目前的情況是浪費時間。」

「〔有栖川有栖著〕《亂鴉之島》不好看，太囉唆了，興趣不大，只好慢慢看完。」

「我認為推理小說故事情節要新穎，不能落俗套，看了幾本寫女法醫的書，都是思路情節相仿，也不知誰抄誰的，看起來好像又看一遍，不過書還是要看完的。」

「推理小說短篇很少寫得好的，太簡單了。」

母親在寫下自己的感想後，常常在後面加上一句：「這是個人的看法。」這完全是她當初和我談論時的語氣。母親當然不是批評家；這些意見，無非只是一位普通讀者的一點心得而已。她談到所讀的別的書，談到所看的電影，也是如此。

母親記的書目中，有些書後面注明「看過」，如日記所說：

「看完了〔艾勒里・昆恩著〕《法蘭西白粉的祕密》，又接著看《中國橘子的祕密》，這四本書是看過的，我只記得凶殺的情況，至於情節凶手都不記得了，再看看也不妨，這些老書比現在寫的書容易看，我不就是為了消遣嗎？」

個別幾本則注明「未看完」，如：

「這本〈邁克爾・馬隆著〉《父親失蹤後》我想先擱擱，還是找自己想看的書先看，不必那麼費勁。我這情況還是先看可看的書，好看的書。」

隨著母親的病情逐漸加重，閱讀越來越困難，時間焦慮也增多了：

「方方又給我很多書看，但眼睛一點不跟勁。」

「昨晚方方又拿來一本〈卜洛克著〉《別無選擇的賊》，書薄點，舉著看可以省力一點。」

「看完了《別無選擇的賊》，現在眼睛不好，不能多看書，只有臨睡前在檯燈下可以看點書。」

「這本〈馬隆著〉《下雪天請勿殺人》實在是寫得拖拉，那麼長，希望這禮拜看完這本書，眼睛也要愛護。」

「我終於把《下雪天請勿殺人》看完，真漫長，書名與內容好像也不符。」

「〈狄克森・卡爾著〉《紅寡婦謀殺案》快看完了，書很繁瑣，看此書費時不少。」

母親住院後，一度因為使用激素，稍為清醒，我打算每天給她念點推理小說。挑中了派翠西亞・康薇爾著《首席女法醫：波特墓園》，還是該書的責任編輯小熊推薦給我的。大哥、姊姊和我輪流在醫院陪護，三人接替給母親念書。每次開始前，我都問她，還記得上次念到哪裡麼。她點點頭。但是一次所念無多，情節進展不大，持續三天，遂告停止，改為念報紙了。總共不過念了六十頁。現在我找出那本書，腰封就夾在當時中斷的地方。

讀書是母親保持一生的愛好。一九八三年的日記中，有讀西格麗德・溫塞特著《桀驁不馴的女性——維格迪絲》，夏目漱石著《心》、《三四郎》、《從此以後》，菊池寬著《結婚二重奏》等的記載。她說，《三四郎》「開頭就能吸引人」，而《從此以後》「讀了使人徬徨、壓抑」。母親晚年病中，除了推理小說，也讀了不少別的文學作品，書目中就有珍・奧斯汀著《曼斯菲爾德莊園》（注明「看過」）、《諾桑覺寺》，格雷安・葛林著《文靜的美國人》、《我們在哈瓦納的人》、《名譽領事》、《祕密使節》、《布萊頓硬糖》、《東方快車》、《恐怖部》、《一個自行發完病毒的病例》，蓓納蘿・費滋吉羅著《天使之門》、《離岸》，柯慈著《屈辱》、《慢人》，江國香織著《沉落的黃昏》，柳美里著《生》，青山七惠著《一個人的好天氣》，等等。

母親還讀了我主編的「張愛玲全集」中的幾本，日記也有記載：

「方方收到寄來的快件，是一本最先出版的大陸版《小團圓》，他讓我看，說我是國內看《小團圓》的第一個讀者。」

「午睡後看了《小團圓》，張的筆鋒尖刻，刻畫人物一針見血，我慢慢看吧。」

「九點多鐘，我就上床躺下，看《小團圓》了。這本小說太吸引人了，但我不能看得太久，服安眠藥。」

「我躺下午睡，被樓上的腳步吵醒，繼續看《小團圓》。張愛玲的身世，使人毛骨悚然，生於那麼殘酷的家庭，沒有愛，連起碼的父母之愛都沒有，所以她會那麼冷漠。她那麼愛的人也是一個虛偽、縹緲、不可依靠的人。我覺得她是太值得人們同情的女人。」

「晚飯後又聊會兒，就躺下看《小團圓》，還有一小部分沒看完，太晚了，還是服安眠藥，慢慢入睡。」

「午睡看完《小團圓》，她寫的文章真深刻，她所愛的人都那麼不值得她去愛。」

母親又寫道：

「我看了張愛玲的散文集《流言》中的幾篇，我過去沒看過她的散文，每篇都寫得深刻。她寫的影評，那些電影我都沒看過，過去我是不看中國電影的，想她評論也是很中肯的。」

「看張愛玲的散文，她的古文底子很深厚，很小就有創作才能，對社會中各種現象又觀察得深刻，所以才能寫出那麼好的文章來。看她的散文也收益匪淺。」

「張愛玲的《流言》看完。由於張的家庭環境複雜，又缺少愛，她受繼母迫害（父親也由此成『繼父』），所以才有她的個性。她看事與人都很冷酷，即使形容詞也是那麼尖刻無情。有她這樣遭遇，加上她的文才，才能寫出這樣與眾作家不同的作品來。」

「又看張愛玲的〈重訪邊城〉，她對衣著、飲食非常有研究，她去世界各地，更是寫得頭頭是道，還特別愛買花布，對服裝獨出心裁。」

台灣皇冠印行趙丕慧譯張愛玲著英文作品*The Fall of the Pagoda*（《雷峰塔》）之前，編輯曾將譯稿發來囑我校訂。全書唯第十六節中的一處疑問，我實在解決不了。原文為：

「『Yesterday I go Kachow.』She made swimming motions.

「『Oh, Went to Gaochiao,』Dry Ho said.

「『Yes, yes, Kachow. Very nice. ……』」

譯者譯為：

「『昨天我去戛秋。』她做出游泳的姿態。

「『喔，上高橋去了。』何干說。

「『對，對，戛秋。非常好。……』」

編輯來信云，這裡的兩處地名都查不到。當時母親已經住院，雖然神志稍差，但尚能說話。我問她，上海有無「高橋」這個地方。母親說，有，在浦東。我再看上文，「When Lute first came to her they had not been able to talk much to each other. The teacher had to call in her cook boy to help explain. He being from Shangtung.」明白「戛秋」是充當通譯的廚子用山東口音念的「高橋」，譯者翻譯無誤。這是在母親病情惡化之前三天，也是她一生最後所給予我的幫助了。

閱讀常常引發母親回憶往事，如：

「看葛林的《東方快車》，看到二十二頁寫道：『她這樣對自己說：即使我有梅斯丹蓋特那樣的腿，他也不會注意。』頁下面的注解：『梅斯丹蓋特（1875–1956），法國著名女演員。』我想到一九三五年我隨父母從倫敦去巴黎遊玩，有一天晚上去看了她的歌舞團的演出，都要穿禮服去的，我穿了我舅舅送我的藍絲絨白羅絲領的裙衣，小孩只要穿過膝就算禮服了。這個歌舞團是高級的，跳舞女郎不是全裸，必要的地方都有各樣的物件遮擋。她是團長，反正她最後出場，那時她已六十歲了。據說她的腿保了幾萬美金（當時很高的價）的險，我記得她上場了，將裙子撩了起來，露出她那雙玉腿，觀眾都鼓掌歡迎，那腿保養得有如妙齡女郎的腿，她以此著名。最後一幕是婚禮，台中間有一處可升起，一對男女全裸對面躺著，男的背對觀眾，升起再落入舞台下。為了看這場歌舞，公公花了不少錢。我們把那說明書保存了好久，因為有好多演員的相片，都是特漂亮的。」

「張愛玲的〈私語〉稱傭人為×幹，我不知道這是哪省的叫法。我們在天津時，照看鴻孫的叫大媽媽，她為人正派，非常負責認真，一直跟我們到上海，家裡去了內地，只好把她送回，她姓李，在我家有近二十年之久。看我的先是小張媽，後來是張媽，一九四九年我回到天津，她和我說，她根本不姓張，只是母親怕我年小，走了小張媽，所以讓她改姓張。照看小弟的為小劉媽，為人輕浮，當我們去英國時，把兩個弟弟留在青島，被二伯母給開了。她家是老徐媽，能幹，一人照看五六個孩子，一直跟二伯母家去了四川。我大姑家的阿姨叫陸媽，她燒的紅燒鴨絕了。我大伯父家請的做飯的叫老張媽，她做的油爆蝦味道極鮮，疙瘩湯疙瘩小似米粒。至於男傭，陳二是當差，還管拉車（我出外有時就坐他拉的車）。中廚因他沒有牙就叫他老頭，本來可能姓馮，在母親指導下做了一手好菜，他原來偷偷吸大煙，天津發大水，無法吸了，就死了。西廚為凌師傅。銀行常來的當差為唐三，開汽車的司機叫董三，他們一定有名字，我從來不知道。後來英工部局給父親派來的保鏢叫老徐。我們去了上海，外婆家的阿姨叫老王媽。這些都在我的記憶中。」

友人謝其章所著《書蠹豔異錄》中，涉及一九七〇年北京公交車的票價問題。母親在日記中寫道：

「方方問起我過去的公共汽車票多少錢一張，因為謝其章的書寫到這事。我們那時住在西頌年五十一號，父親住在紅星胡同，如往他們家去，我們就從九條上二十四路，到祿米倉下車，四站，買五分錢票，如到離家近的海運倉上車，五站，就要一毛錢車票，這樣來回可以省一毛錢。我們如去北海遊玩，就從十條上車，到地安門下車，再走到北海，每個人可以省一毛錢。那時生活困難，為五分錢也要算算，因為五分錢可以買一根奶油冰棍。當時我年輕，孩子們也能走路。我『改正』為退休後去西郊，買月票七塊錢，從西直門要坐三三二路，或三〇二路，那就是郊區車了，七元是城郊公共汽車的月票。之後改為離休，不買票，可乘公交車或地鐵了。想想這真是遙遠的年代了，我們同事之間說，那時如不是不斷地搞運動，生活還是好過的。」

找到幾封母親一九八六年初去香港時寫給我的信，使我回憶起她曾經幫我買書之事。信中說：

「再給我一個書單。舅媽給了我一張優待券，打六折，就不知道那個書店有你要的書嗎？」

「方方要的書，我只買到一本④，①——③店員要你寫明出版處，⑤這裡有《中國現代小說史》，是夏志清著，據店員說夏志清只著此書，是否？書價五十五元。這些書都是中華書局賣嗎？我去了兩個中華書局了。我已能自己去購，不必煩人的。」

我忘記這裡①到④具體列的是哪些了，大概都是台灣志文出版社「新潮文庫」裡的，當時我最感興趣的是西格蒙德・佛洛伊德、弗里德里希・尼采和尚—保羅・沙特，而這裡找不到他們的書。「新潮文庫」裡佛洛伊德的《佛洛伊德傳》、《日常生活的心理分析》、《性學三論・愛情心理學》、《少女杜拉的故事》、《夢的解析》、《圖騰與禁忌》，尼采的《上帝之死（反基督）》、《瞧！這個人》、《悲劇的誕生》，還有卡繆的《薛西弗斯的神話》、《卡繆雜文集》等，現在還放在我的書櫃裡，其中有幾種就是母親幫我買的，包括《薛西弗斯的神話》。此前一年我在從成都到北京的火車上結識一位女導演，她正在讀這本書，我看了第一句「只有一個哲學問題是真正嚴肅的，那就是自殺」，就想著一定要買。這些書曾經對我的思想有很大影響，雖然後來大多另外買了替代譯本。

「今天我去中華書局買到一本《誘惑者的日記》（十七元），是我自己在書架上找到的，店鋪內較暗，又擁擠，窄小，很是不便。抄了佛氏書名，有的勾在書後，有的附條。以後我會經常去書店，還要去別的書店，以後我要自己過海去轉轉，那裡也有不少書店。不過書價很貴啊。」

我對索倫・齊克果感興趣，是讀了一本《理想的衝突》，知道存在主義可以上溯於他。但是《誘惑者的日記》並非我想讀的那種哲學著作。

「我跑了不下十多個書局，都沒有你要買的書，我只買了一本夏志清著小說史（這書有點摺角，只此一本了），是香港翻版的，我逐章逐句對過，也問過售貨員，是完全一樣的，就便宜多了，原版是五十五元五角，翻版是三十五元，打了折扣（正在春季大減價），為二十八元八角，只是很重，誰知何人肯帶去？明天我將按報上登的書局過海去找，也許能買到。我在一小書店見有志文出版社出的《世界電影新潮》，還有一本《電影藝術》，不過是港人所寫，都打六折，沒敢買。上次我給你買的那兩本書已都售完了。買書是我的一項事情，我會按你要的去物色。書局雖多，卻賣的一些無聊書籍，當然也有一些好的書籍。張愛玲的書要嗎？」

這本夏志清著《中國現代小說史》令我大開眼界。按照當時的黑市滙率，它足足花掉了我整整半個月的工資。張愛玲的書，那回只捨得託母親買了一本《秧歌》。

母親還說：

「我是很能適應環境的，而且很快達到自如的境界，我知道我不能成為別人的負擔，親戚管我吃、住，尤其他們那麼繁忙辛苦，我不能再增加負擔，我就自己出去鍛鍊，我仔細地聽廣東話、英語，現在已能聽懂很多廣東話了。我出外買東西，那天我自己過海去，去灣仔給你買書，還買了些別的東西。過了幾天劉祕來電話問我要書單，想替我去買，可我早已自己買回來了。這裡就需要這樣，要比別人強才成，什麼都得靠別人就不吃香了，自己苦惱。我自己去看電影，珍・芳達的。還要去呢。當然要精選，票價太貴了。」

母親是個興致一向很高的人，以後去長沙，也曾到嶽麓書社發行部幫我買書。回來還告訴我，那裡的工作人員說你要的都是好書啊。

母親留下的另外一份目錄，列著她生病以後所看的DVD，計二十三頁。母親是個影迷。言談之中，常常憶起早年看電影之事，聊到的多是四〇年代美國影星，譬如金潔・羅傑斯等。日記裡也有一些記載：

「方方說瑪麗・碧克馥是一九二九年第二屆奧斯卡影后。這引起我的回憶，那時我也就有六七歲，顧老師帶我們小學生去看電影，都是無聲片，第一部我只記得一個場面，一個女人要上斷頭台，有人騎馬來相救，情節很緊張，我們幾個孩子大叫快點，快點，焦急地怕把那女人處死。我再看的一部，大兒子虐待媽媽，小兒子趕回來要打那哥哥，我也記得那場面，是在一條有點化的大冰塊上，弟弟追，哥哥跑，都是在那起伏上下的冰塊上追打。這兩部電影啟蒙我後來愛看外國電影，雖然已是八十多年前，我對這兩個場面還記憶猶新。」

「我在一九三五年隨父母去了好萊塢的拍攝現場，看見秀蘭・鄧波兒（當時我最迷的影星）和她媽媽坐在汽車中，我們請她簽字，我當時太興奮了。之後我們又去舊金山一位朋友家，他們送我一個秀蘭・鄧波兒的娃娃，穿了一件大紅色白圓點的裙衣，胸前還別著一個秀蘭的像章，金黃色的鬈髮，一縷一縷垂到耳邊，滿臉的笑容，嘴角邊還有兩個小酒窩，和她非常像，可愛極了。當時我回國後，我的小朋友多麼羡慕我，我是多幸運的女孩啊。七十多年了，我還清晰記在腦中。」

「今天《新京報》登載海蒂・拉瑪的相片和她曾是『擴頻之母』，為3G通訊奠基的報導。我小時在天津最先看她拍的裸體電影，那是她還是捷克軍火商之妻，在那個時代，拍了這種電影引起很大的轟動。我看過的影片已經是經過檢查後剪過的，我記得她是淡色頭髮，也不像她去好萊塢後成為黑髮美人。她太吸引人了，她拍的片子我都看過，後來不知為何就再不拍片了。今天看報上有她的事蹟，實在驚喜，這一晃是七十多年前的事了。」

有一次母親讀了山口淑子即李香蘭與藤原作彌合著的《李香蘭之謎》，在日記中寫道：

「李香蘭的書看完，她說那時雖然蘇聯要求日軍在上海放映蘇聯電影，日軍沒答應，這是不確實的。我在一九四二年離家前，多次去杜美路杜美電影院看蘇聯電影。要不是那麼嚮往蘇聯的『自由幸福』的生活，還不會離家去參加革命呢。她好像不了解當時上海法租界之事似的。」

最早是什麼時候開始陪母親看電影的，我已經記不清了。能想起來的是「文革」

後重映《龍鬚溝》，看到一半母親和我都哭起來——我們不約而同地聯想到家裡住的房子，下大雨時到處漏水的慘狀。現在那一幕還在我的眼前：紙糊的頂棚上鼓起一個個大包，如不趕緊捅個窟窿洩下積水，那麼整張紙都掉落下來了。再就是母親一連到電影院看了七遍日本電影《追捕》，其中至少有五遍是和我一起去的，這件事她晚年還常常提到。當初公映此片刪節頗多，後來我買到完整版的DVD，可惜沒有給母親再放一遍。

前些時報紙上有一條消息：「日本演員竹脅無我因腦溢血在東京去世，享年六十七歲。他因曾出演電視劇《姿三四郎》被中國觀眾熟悉。」我又想到了母親。她曾給姊姊寫信說：

「我在口腔醫院開腮腺混合瘤時，電視裡正演《姿三四郎》，我手術第二天就爬起來去看。醫生護士都找不到我，一瞧休息室裡坐滿了病人，都看得津津有味，大夫笑笑也不說什麼了。我和董琦去泰山玩，住在濟南，早上去泰山晚上再坐火車回濟南，就為了看電視劇《阿信》。第二天一早又坐火車到曲阜，晚上又回濟南，不能差一集。在避暑山莊，我和崔大姊打著傘去看《阿信》。誰知回到北京家裡，因為停電，差看一集，是阿信的丈夫死的那集，真是懊喪極了。我就這麼執著地堅持看下去，如果我喜歡這片子。」

上世紀八〇年代，北京先後舉辦了英國、義大利、法國、蘇聯、日本、瑞典和美國的電影回顧展，每次大約為時二十天，放映影片三四十部，每次一般演兩部，長者則為一部，如《桂河大橋》、《甘地》和《阿拉伯的勞倫斯》。地點多在小西天電影資料館，偶爾也在北展劇場或人民劇場。母親和我都去看了。我還記得法國電影回顧展第一輪有部尚—雅克·阿諾導演的《火之戰》（*Guerre du Feu*），因多有裸體鏡頭或者別的什麼原因，第二輪臨時換成黛安娜·克里斯導演的《晴天霹靂》（*Coup de foudre*），卻是女同性戀題材的。我們兩部片子都看了，覺得很奇怪：以「精神汙染」論，換上的這部也不差啊。那次回顧展，北京同時還有美國電影週，上映《克拉瑪對克拉瑪》、《礦工的女兒》、《金池塘》等，母親和我兩邊都不願捨棄，有一天早、中、晚跑了三個地方，看了六部電影。

日本電影回顧展在八一電影製片廠舉辦，從我們所住的紅星胡同的西口乘電車到紅橋，換乘一路公共汽車到灣子，再換乘另一路公共汽車到六里橋，再走到電影廠裡的放映廳，來回至少需要三個小時。我的組詩《如逝如歌》裡有一句「我的一生都擠在汗熏的車廂裡」，就是那時的真切感受。母親卻一場也沒有拉下，可見興致之高。我們在這裡首次看到小津安二郎的電影，一部是《晚春》，一部是《秋刀魚之味》。放映中有位後來很出名的喜劇演員打了個特別大聲的呵欠，引得滿堂哄笑。說實話當時我也不太懂《秋刀魚之味》何以要把《晚春》曾經講過的類似故事再講一遍，多年後重看才明白。

等我們活到一定的年齡，慢慢就活到小津的電影裡了，他是在人生安穩的地方等著我們。

離我們住處不遠有幾家電影院，其中母親去的最多的是大華，此外東四、長虹和東四工人俱樂部也時常光顧。我那時的日記裡，有不少陪她看電影的紀錄。小舅曾送給母親一張卡，每週可以在外交部街的某個地方看一部電影，演的多是國產片，常常令她失望。我們搬到望京後，起初她還大老遠地進城去看電影。在給姊姊的信中說：

「我去大華看電影了，現在離退休老人都半價，花了十元，看了黎明、張曼玉的《甜蜜蜜》，很好看，也是得獎的。有了這半價，我每星期進城就可以看電影了，不然我這個影迷一直沒怎麼看電影。」

後來中國電影資料館影院舉辦「九〇年代日本電影回顧展」，一連七個晚上，上映十三部電影。我們也去看了。一起買票的幾位年輕朋友，均半途而廢，母親卻堅持始終。每天回到家裡，都快到半夜了。在她的遺物裡，還保存著一本《日本電影回顧展觀摩材料》。

這之後母親就不大出去看電影了。她在信中說：

「義大利安東尼奧尼的電影展演四晚，我已量力不參加了，跑老遠，吃不好飯，尤其很晚回來，太緊張了。我已有過去看電影的輝煌成果，現在也得服老，在這冬季時光，老老實實在家待著吧。」

大概從這個時候起，我們就在每天吃過晚飯之後看DVD了。母親給姊姊寫信說：

「我們現在每晚都看一張片，如是英語對白，就很好，可以提高自己的聽力，如是別的語言就糟了。」

她不看國產電視劇，曾評論道：

「編電視劇的沒有生活，沒有體會，也不了解當時的情況，憑空一想寫出來騙人，可笑，沒法看，所以我只有等方方晚上放些好的有價值的電影給我看。」

看DVD這事前後持續了將近十年。即使在母親生病後，除了她幾次住院，幾乎未曾中斷。我晚上偶爾外出，也儘早趕回去，無論多晚，都要看一張碟。母親則坐在沙發上看書，等我回來。說來我也不知道是她陪我看，還是我陪她看，反正我努力挑選她可能喜歡看的，至少是能夠看的；有時候我同時找出幾張請她取捨，她總是說：看哪個都成，反正都得看。母親在信中說：

「我們看碟，有時一部，有時兩部，這是方方最高興的事，我當然奉陪，不看也沒事可幹。」

「方方放什麼我看什麼，不過有時也對一些太暴力的無法忍受，讓他換片。」

「我認為好的電影，會在看完後左思右想，影響睡眠，至於我認為一般或很差的電影，看過後就不記得了，不進腦中。」

我們看DVD時從不聊天，其間有電話打來，也是應付一兩句就掛上。電影放完了，往往還要議論幾句。母親的信和日記中提起看過的電影，記下的大多是她當初對我說過的話。如：

「最近看的兩部都好看，一為俄國片《俄羅斯大亨》〔*Олигарх*，帕維爾・隆金導演〕，演得真好；一為日本片《源氏物語》〔『千年の戀　ひかる源氏物語』，崛川頓幸導演〕，拍得真美，服裝也漂亮，真下本。如果咱們的《紅樓夢》也像這樣拍就好了，結果賈寶玉是那個歐陽奮強演的，真差，這電影中的源氏是女扮男裝，真漂亮，可顯得那麼多的女角就差了。你有機會借來看看。每天看也不是部部都好的，尤其是法國電影，好的少。看了一部根據屠格涅夫的《春潮》改編的電影〔*Torrents of Spring*，傑茲・斯科利莫夫斯基導演〕還不錯，改得與原書完全不同了，金斯基演的。」

「昨天看的是英國吸血鬼故事，叫《千年血后》〔*The Hunger*，東尼・史考特導演〕，這天又看了日本同性戀的故事，叫《像貓一樣生活》〔『貓のように』，中原俊導演〕，小女演員演得那麼逼真，演一個不正常的小女生，太可怕了。這些電影我都不感興趣，但都是名大導演拍的，看就看吧。倒不影響睡眠。我愛看的電影，看過我常常會琢磨，反而影響睡眠。」

「看的片子是《空房間》（「빈집」），韓國導演金基德拍的，看後心情不好，讓人思索。」

「晚飯後看了金基德的電影《收信人不詳》（「수취인불명」），看後很壓抑，我不明白韓國人怎麼會有那麼大的憤恨，仇恨歷史或世界對他的不公，永遠是氣狠狠的，都欠他們似的。」

「《衝擊效應》（*Crash*，保羅・哈吉斯導演）前些日子就看過，那麼多的人最後都歸於一處的情節，編劇很不容易，又包括各種民族生活在一個城市。我昨天看了女礦工反抗性騷擾的片子（《北國性騷擾》，妮琪・卡羅導演），這片中的三個女演員都是得過奧斯卡獎的，都演得特棒，演母親的是過去演《礦工的女兒》的。你一定要借來看看這個*North Country*。我對被人誤解，孤立無援而又要堅決抗爭的女性，是太同情了，因而流下眼淚。」

「昨晚陪方方看了一部日本電影（《赤目四十八瀧心中未遂》，荒戶源次郎導演），兩小時三十八分，真叫慢慢慢，只有我們倆有這耐性看完，別人不走也睡著了。也太細膩了，很簡單的事就會拖那麼長。」

「晚上還看了一個瑞典電影《苗條的蘇茜》（*Smala Sussie*，尤爾夫・馬爾勞斯導演），現在的電影拍法與過去不同，拍得很複雜，前前後後，到看完才明白所以然。」

「又看了一部《屍體》（*Dead Bodies*，羅伯特・奎因導演）的電影，有懸念，有隱諱，要觀眾思考理解。我和方方講了，他贊同我的看法，我覺得這樣才能不使自己腦子老化，愈多思考，愈能保持敏捷。」

「晚上看了波蘭影片《卡廷慘案》〔*Katyń*，安傑依・瓦伊達導演〕，想想自己年輕時多幼稚，對蘇聯無限崇拜，過去的宣傳是欺騙人的。一九四〇年我在上海培成讀書時，我的好同學何婉毓告訴我，她的表兄去過蘇聯，實際情況根本不像宣傳的那樣，可我聽不進，熱中於看蘇聯小說、電影，吃羅宋小館，還穿了母親的皮夾克，把那裡想像成天堂似的。」

「看了美國片《勇敢復仇人》〔*The Brave One*，尼爾・喬丹導演〕，福斯特演得真好，方方說我愛看這種電影：正義戰勝邪惡。」

母親看電影，可以接受好人有壞結局，也就是一般的悲劇；但不大接受壞人有好結局，如某些黑色電影。這反映了她的思想，也折射了她的人生。

我曾起意寫一本對比原著小說和據此改編的電影的書，原定二十篇，但只完成一半就停筆了。母親在給姊姊寫信說：

「我們看DVD，方方也是為了寫書，他要將多本小說與改編的電影對照寫一本書，已經動手，而我同看，還要和他討論。前三晚有朋友推薦了一部說好得很的法國電影，我們看了，我早就坐不住了，這片子混亂，多少細節都沒有交代，我就和方方說了。那朋友來電話堅持說好，方方把細節和他說，辯論許久。他根本沒有好好看，只認為是另類電影，許多細節都沒注意。我看每部電影都是全神貫注的，我能說出好與壞，盡量用我的腦子，讓它活動。」

所提到的電影是塞德瑞克・卡恩導演的《羅貝托・蘇科》〔*Roberto Succo*〕，改編自小說《我要殺了你：羅貝托・蘇科的真實故事》，原著尚未譯為中文，我也就沒寫文章。母親又說：

「晚上看了根據哈代小說改編的電影叫『裘德』〔*Jude*〕的，方方為了寫書，我們仔細看，互相說心得，指出比原著不足的地方太多，實在是一部失敗之作。有朋友曾大為誇獎，方方才定了此片作為文章中的一篇。我覺得有些人看電影不那麼細心，一帶而過，不求甚解。」

這是邁克爾・溫特伯頓一九九六年根據《無名的裘德》所拍電影，我在這篇和其他幾篇談電影的文章中，都融入了母親的意見。

現在回想起來，母親的人生享受，很大一部分是視覺意義上的。她對於視覺的興趣遠遠大於聽覺，曾在給姊姊的信中提到「我的敏感耳朵」，稍有吵鬧，她就覺得不舒服。常問我，屋裡有什麼聲音。我曾在《如逝如歌》中寫過一句：「母親惴恐地守候門鈴鳴響」。

母親留下的那份目錄，上面記著她從二〇〇八年一月一日到二〇〇九年十月三十一日看的DVD，計外國和港台電影四百五十部，另有電視劇集《神探伽利略》、《結案高手》（*The Closer*）四季、《重返犯罪現場》（*NCIS*）五季和《識骨尋蹤》（*Bones*）兩季。查母親和我的日記，這之後她還看了電影一百四十一部，以及電視劇集《識骨尋蹤》兩季、《謊言終結者》（*Lie to me*）一季、《犯罪心理》（*Criminal Minds*）四季和《腦偵探》。

我們看DVD，本來是在晚飯後；母親病重不能看書，就對我說，白天也看個電影罷。那時她已經不能久坐，在她的座位上加個棉墊子，前面放著助步器讓她扶住，片子放到一半，還要攙她站起來拍拍身子。這樣一直堅持到她住院的前一天。那晚上看的是荷蘭導演班．松柏加特的《暴風雨》（*De Storm*）。因為第二天要早起，我看這片子只有九十六分鐘，算是短的，就挑了它。沒想到竟是母親一生中所看的最後一部電影了。

母親住院前不久，看見報上提到一部英國電影《此情可問天》（*Howards End*，詹姆斯．艾弗里導演），對我說，我倒想看看呢。可是家中的DVD太多，放得又亂，我一直未找出來，母親也就永遠沒有看到這部片子。所看的幾部美劇，《結案高手》共七季，《海軍罪案調查處》共十季，《識骨尋蹤》共九季，《別對我說謊》共三季，《罪犯解碼》共七季，她都沒有看全。

母親去世後，有一回我尋找一張DVD，從櫃子裡逐一抽出之際，忽然想起這些都是與母親一起看過的，我還記得是在什麼時候，當時她喜歡與否，正所謂「睹物思人」——這種「思」鮮明、強烈到有種將人逼至角落之感，簡直難以承受。這與整理母親曾經讀過的書的感覺還是有所不同。

自從中央電視台電影頻道開始轉播奧斯卡金像獎頒獎典禮，母親就是熱心觀眾，雖然平時她很少看別的電視節目。轉播時插入很多廣告，所以拖得很長，看完已是半夜了。她有時為此抱怨，我勸她說，要是不插廣告，人家還不播這節目呢。母親一生中最後一次看的是第八十二屆頒獎，日記有云：

「今晚十時十七分要看奧斯卡發獎大會的盛況，臥室裡的電視可以看到，我將躺在床上看了，可以省點力，一定會睡得很晚。……我躺在床上，背後靠了好多墊子，把奧斯卡發獎典禮看完。女演員們的衣著特別漂亮，得獎的演員講演令人感動，舞跳得好。」

這一屆獲提名和得獎的影片，如《危機倒數》（*The Hurt Locker*）、《謎一樣的雙眼》（*El secreto de sus ojos*）、《攻其不備》（*The Blind Side*）、《惡棍特工》

（*Inglourious Basterds*）、《維多莉亞女王：風華絕代》（*The Young Victoria*）和《瘋狂的心》（*Crazy Heart*），此前她都看了。

母親去世的第二年，電視裡又如期轉播了奧斯卡獎頒獎典禮。當我看到例行的那個紀念前一年辭世的電影人的環節，覺得特別難過。提名「最佳歌曲」時，男女歌手唱電影《一二七小時》（*127 Hours*）的主題歌，我也深受觸動。那歌詞是：「假如我復活，／我將再嘗試一次，／我相信我將給予的不止於此。／／假如我復活，／我將再嘗試一次，／我相信我將給予得更多。」這一屆得獎的《王者之聲：宣戰時刻》（*The King's Speech*），還有獲最佳影片提名的《冰封之心》（*Winter's Bone*），母親大概都會喜歡的。

如今母親看過的書和DVD都還在那兒放著，只是母親不在了。有一天我偶然想到：她所看過的書和電影裡的那些內容，在哪兒呢？她因為看到這些所獲得的滿足；反過來說，她因為沒有看到這些所產生的遺憾；或者再進一步講，她的快樂，她的痛苦，又在哪兒呢？

這念頭陷我於困惑不解：滿足，遺憾，快樂，痛苦，這些感覺彷彿很堅實，又彷彿很脆弱——它們太依附於生了，它們無法超越死。如果人的一生無可避免地要歸結為一個「死」字，那麼此前所經歷或未經歷的一切，可能都在這種概括、這種定義裡成為細微末節，無關緊要，乃至完全可以忽略不計。當然也可以說，它們因而變得至關重要，因為有過就是有過，沒有過就是沒有過。

所以從一種意義上說，母親生前讀過一本書，或沒讀過一本書，看過一部電影，或沒看過一部電影，可能其間區別甚大，且已無可更易，因為她已經死了。而從另一種意義上說，可能彼此根本沒有區別，同樣因為她已經死了。死之確定，可能使生更其確定，也可能使生很不確定。滿足或遺憾，快樂或痛苦，也許像大家一貫認定的那樣處於人生對立的兩極，也許它們根本就是一回事。

我們只能站在「曾經存在」之外去看它；同樣，我們無法站在「曾經存在」之外去看它。

此其我想到《列子・楊朱》所云：

「萬物所異者生也，所同者死也。生則有賢愚貴賤，是所異也；死則有臭腐消滅，是所同也。雖然，賢愚貴賤非所能也，臭腐消滅亦非所能也。故生非所生，死非所死；賢非所賢，愚非所愚；貴非所貴，賤非所賤。然而萬物齊生齊死，齊賢齊愚，齊貴齊賤。十年亦死，百年亦死。仁聖亦死，凶愚亦死。生則堯舜，死則腐骨；生則桀紂，死則腐骨。腐骨一矣，孰知其異？且趣當生，奚遑死後？」

在我看來，作者——當然不是先於莊子的那一位，而是魏晉時人偽托的——從莊子那兒借來一副「生之我」之外的眼光，再一次審視生死問題。他也說「齊生齊死」，卻只「齊死」，不「齊生」，由此重新釐清了「生」的意義。而看該文另一處所說：

「太古之人知生之暫來，知死之暫往，故從心而動，不違自然所好，當身之娛非所去也，故不為名所勸；從性而遊，不逆萬物所好，死後之名非所取也，故不為刑所及。名譽先後，年命多少，非所量也。」

則所主張的「且趣當生」，乃是繞開世俗所謂壽夭、賢愚、貴賤等等之分，亦只如《莊子．大宗師》講的「自適其適」而已。

對於〈楊朱〉這番意見，一方面，我多少能夠接受，是否「且趣當生」，的確大有不同；另一方面，我又覺得自己的想法仍然無法確定。

母親練過多年毛筆字。大概「文革」剛過就開始練了，學的是蘇體，——當時家裡只有一冊字帖，不知道是《表忠觀碑》還是《醉翁亭記》，反正只有蘇東坡的，所以她就練這個了。後來我陪母親參加一位老朋友的遺體告別儀式，她簽了名字，旁邊還有人說，哦，蘇體。

母親一九八三年的日記中，有些關於練字的記載：

「想寫大字，沒地方，想做點活也沒地方，東摸摸西轉轉，一天就過去了。」

「看完電影回來，又接著寫了大字，本來寫大字不能間斷，在手術前確實能做到，手術後卻不行，家中來人太多，一張桌子，不得抽時間寫大字。我很喜歡書法，也願意看書法，真後悔年輕時沒有練字。」

「心煩我就寫了大字，上午寫了一些，下午又接著寫。想在琉璃廠買本字帖，沒買到合適的。每當我寫大字，心裡比較豁達。」

「民警小張來，我正在寫大字，他說我的字有進步，老楊也說，但一勸我別練小字，一勸我要練小字，不知聽誰的好，我是想練練小字的。」

「抄《道德經》，寫字六十五個，其中有幾個較難看。」

「我寫了《道德經》，看見自己寫的順眼多了，心裡很快活，什麼努力都不會是沒有收穫的。」

「寫了《道德經》，一百四十個字，還有不少的字寫得難看，還需加倍努力用心，有的字寫得好看，卻沒有勁。」

「寫中楷的同時還要不斷地複習大字，只有把蘇體字掌握好，在這樣的基礎上，中楷小楷都能寫好了。還得努力，不斷地練。如果再能多一些蘇東坡的字跡讓我看看就好了。」

「開始寫新字帖了，正像方方說的，夠我寫的了。」

「近來寫大字沒有什麼進步，追其原因，可能是我重於字數。不夠用心於質量。明天起努力用心寫，不論寫幾個字，一定要保證質量。不然徒勞無功，有什麼意思呢。」

母親寫的毛筆字，保存下來的只有為我抄的一本《老子》，寫在小學生用的米字格紙上，共九十六頁。

家裡有幾本字帖，都是母親的遺物：《宋人楷書選字帖》（上海書店出版社一九七七年八月）、《柳公權大楷字帖》（上海書店出版社一九七九年八月）、《蘇東坡字帖》（四川人民出版社一九八一年十一月）、《醉翁亭記》（安徽人民出版社一九八三年九月）、《蘇東坡墨蹟選》（上海書店一九八四年七月）、《散木手臨九成宮醴泉銘》（哈爾濱地圖出版社一九八七年七月）、《黃庭堅行書》（陝西旅遊出版社一九九一年九月）、《玄秘塔》（西安地圖出版社一九九三年三月）、《宋拓柳公權玄祕塔》（武漢市古籍書店）。《宋人楷書選字帖》沾了不少墨蹟，想必是母親臨摹過的。另外還有一封母親的信，是寫給我表哥的兒子的，不知為何沒有發出：

「邦邦：你還記得姑婆嗎？聽說你能用楷書寫信，我真是驚喜萬分，現送給你一冊字帖，是我去年去西安碑林旅遊買的，不知你喜歡嗎？我非常想念你，代我問候你爸媽好。姑婆，草於北京。」

母親虛歲滿八十八歲時，我對她說，這是「米壽」，照例她應該用毛筆寫個「米」字。母親說，現在我也能寫啊。然而當時她已病重，手抖得很厲害，此前最後一次去中華慈善總會領易瑞沙（按：抗癌藥物之名稱），所簽的名字已經不成形了。我沒堅持讓她寫，於是也就永遠沒有機會了。

多年前父親教我寫詩，他有一部《詩韻新編》（中華書局上海編輯所編，上海古籍出版社一九六五年四月出版），對當時我們寫那類押韻的詩非常有用。父親回黑龍江要把書帶走，母親就說，方方，我來給你抄一本罷。那時家裡連張用來寫字的桌子都沒有，我還記得她或伏在飯桌上，或伏在凳子上，忙著抄寫。兩個塑料皮的筆記本，共四百四十頁，正好抄完，鋼筆字跡工工整整，通篇沒有一處塗改，每頁連書眉都標上了。末綴一行：「抄於一九七四年六月一日」。

這兩個本子我保存下來了，可是說實話當初我寫詩時並未充分利用，而最後一次翻看至少也在三十年前了。

母親去世後，我的表姊和我談到母親對我的「無條件的支持」，我就想那是一種大地似的支持，沉默，然而切實。只是我一向把這當成生活的常態了。就像我們每天行走，站立，未必意識到腳下的大地——也許直到有朝一日大地塌陷，我們才能意識到它的存在。

母親的遺物中有一小疊紙條，上面寫著我的文章的一些標題，這是她為我編選

「三十年集」時所做的紀錄。出版社編輯來電話約稿，正趕上我看見母親做腦部核磁共振的報告，顯示再次發生腫瘤轉移，我有關她病情已經得到控制的希望遂告破滅，就想讓她做點什麼留個紀念——雖然我並未對她講明。

母親前後花了五天時間編選的這本書，後來取名《河東輯》。她在日記中寫道：

「方方應邀編一本三十年集，他說讓我協助他選他的文章，我有能力嗎？試試吧。」

「上午給方方的書挑選，他的創作從一九九七年起更趨成熟，以後是他創作的高峰，他那時還在公司工作，並沒妨礙創作。很難挑選，我試試看吧。」

「上午我還在看方方在他的著作中挑出的文章，再讓我精選一遍，我看重這個工作，或許經我再挑選，可以助他一臂之力。」

「方方繼續讓我代選他的文章，我已弄好，不知如何。我想他所以讓我幫助他編此書，也是要給我增加自信力，讓我覺得自己還能為孩子做些事情，打發掉我因病而帶來的悲觀。他用心良苦。我確是這樣，我一直要做一個有用的人，過去不給我工作，我是那麼無著無落，我只能把心思全用在家務上，就是現在除了看書、看報之外，我也是找出毛線，織成一個成品，其實我根本不需要這作品，只說明我還能做些什麼。」

過了半年，出版社寄來校樣。母親在日記裡寫道：

「送快遞來了，是方方的三十年集，好重，序言中感謝我幫他編輯，祝我健康長壽，我看得眼淚都出來了。」

這之後編輯不斷告訴我書快印出來了，但就是總也印不出來。整整一年過去，終於拿到樣書，而母親已經陷入昏迷了。有一天因為使用激素稍稍清醒，我把書舉到她的眼前，對她說，本來我想請您簽個名字的。她帶點歉意地說，怎麼簽呢。我這願望也就沒能實現。後來我寫文章說，西諺有云「遲做總比不做好（Better late than never）」，可是有的時候，遲做與不做其實沒有多大區別。

母親去世後，姊姊從美國託人帶來母親寫給她的信，每封都密密麻麻寫滿三頁A4信紙的正背面，計四百七十封。我總共裝了十二個資料冊。姊姊一九九七年夏天去美國，母親開始給她寫信，一直到二〇〇七年自己生病前為止。

我還記得母親那時每天一有空，就伏在梳妝檯上寫信。少則一星期，多則十天，總要發出一封。起初我們住的小區只能收信，卻無處寄信，她須得專門乘公共汽車進城去發。母親在一封信裡說：

「北京在今年二〇〇〇年要辦六十件大事，第三十一件就是在我們院裡開辦一個郵電所，不是局，所就所吧，像外交部街、沙灘那樣的所。再不用為寄信跑那麼多的路。在今年也不知什麼時候，也許還要費些時候的事，不過總有盼頭了。本來這麼大的小區，連個信筒都沒有，真成問題。」

後來在母親的小區門口，又增設了一個郵筒。記得她特別高興，但又擔心尚未啟用，還特地要我在上面注明的開箱時間去核實一下，有沒有郵遞員來收取信件。這以後她寄信就方便多了。

站在我的住處的陽台上，能看見那個郵筒，就在馬路對面，母親的小區大門左邊不遠處。此刻我到陽台去看，郵筒被停在路邊的汽車擋住大半，彷彿是被人遺忘了。

母親在給姊姊的信中說：

「我一沒事就喜歡坐下來給你寫信，東拉西扯，告訴你一些事情，抒發一下自己的感情、想法。只有你會無條件接受我嘮叨，在京時你也許膩煩了，可是萬里以外的來函，你也許就愛看了，對你對我都是解悶的辦法，對嗎？嘮叨就嘮叨吧。」

「我一天找不出時間來，每星期要寫三頁六面的信紙給你，這是你最盼望的最有興趣的『讀物』，我能不滿足你嗎？從中你能知道我生活的點點滴滴，以及每天發生什麼事。可還有好多家務活要幹，但這都不是能原諒自己不堅持的理由。」

「我寫完信，寄出後，心裡特放鬆，好像完成什麼大事似的，你說有意思吧。我們之間的通信好像是我的主要任務似的，不寫不寄出就像有塊心病。我這人什麼事都特當真，執著得很。」

「時間過得真快，一晃一個禮拜。我發出一信後，就趕緊寫信，不然星六日都發不出，好像欠了功課，沒交卷似的。這幾年寫了多少信，也沒記錄，如果全是文章，那可有用了，而信中都是雞毛蒜皮的小事。」

「文具店愈來愈少，寫信的人卻少了。只有我們還用這老式的方式互通消息。多少人不明白我為什麼給你寫信，說應該發E-mail。我說我寫信可以不忘字，對我也是一種鍛鍊，腦力的，手臂力的，沒有什麼壞處，對嗎？他們說這得花多少錢。這我沒算過，去一次郵局買些郵票，每月有收入，這些小開銷就很少放在心上了。」

母親在給姊姊的信裡，事無巨細地記錄了十年裡她幾乎每一天的生活，都是日常瑣事，平淡無奇，但也真切得很，結實得很。我從頭到尾讀過之後，竟稍感釋然——母親的晚年，我總以為是倏忽之間就過去了；但一封封地看她的信，覺得還是有很多內容，發生了各種事情，她有快樂，有煩惱，也有痛苦。我好像是重新一天天地陪她走過這段歲月，畢竟還是很漫長的。

母親有些生活內容，我過去並不了解，也可能是忘記了。讀了她的信之後，我才知道或者回想起來了。舉個例子，母親曾經學過時裝表演，上過台，而且還教過別人，那時她已經七十多歲了：

「我的同事介紹錢韻和我去北京圖書館教模特步。共三十多個老太太，她們沒錢，要在圖書館建館八十五周年表演，請不起老師，我們白盡義務。地址就在北海前門旁邊。每週一次。今天去了第一次，她們對我們很熱情，口口聲聲『老師』，很不好意思。都誇我，這樣我的心情好多了。」

「我還是每星期五去教一上午。我真是將自己的本事都拿出來了，過去教我的老師都沒有這麼費力過。經過幾次練習，很多人走的有點樣了。有的根本不具備靈感，但願意參加，我們也沒法子。中午回來真累。」

「我昨天早上去演出，演出地點在玉泉路空政歌舞團的一個大廳中。來的是些老同志，男的居多，都是『首長』。我們演出不錯，學生們都比平時走得好，也沒走錯，又穿了織金的各色旗袍，還都挺漂亮。我和錢韻各自單獨走了，演出前隊長還把我們吹了一下。我的演出博得很多掌聲，觀眾都認為我那麼年輕，不像七十多歲的人，還都上來與我們握手，還向我獻花。之後大家下去，他們還留下我和他們個別合影。總之還是很風光的，由於我的年歲比人家大那麼些，所以更受歡迎了。下午午睡後，去『仁人』買了兩塊蛋糕慰勞自己。」

母親後來還說：

「你今天電話中說當初應花點錢請人給我錄一盤走時裝的帶子，主要咱們自己沒有錄像機。當時的情況和現在不一樣了，又過去那麼些年，人也變老了。那天我理髮，在那裡還有人說，覺得我像走過時裝的。」

這裡有一段小插曲：我表哥的辦公室在紐約世界貿易中心，母親託他帶給姊姊的東西放在那兒，還沒有來得及去取，就發生了九一一襲擊事件。母親在信中說：

「我早有預料，那東西沒有了。裡面那件大紅裡花綢的中式襯衫，我又花十元配的中式扣，只在表演時穿過，特顯眼。還有那一次沒穿的珠子背心（六十元），是那天碰了美簽證處一鼻子灰，方方在秀水街給我買的。另有一件藏藍底淺藍花中國綢的圓領短袖衫，為了你可穿裙子，上面好配。還有許多藥，如安神補心丸等。有一個鐲子是方方的福建讀者送的，可以按摩穴位，治關節炎的。」

讀到這一段，我忽然感覺我們小小的平凡生活，竟然通過這種方式與大時代掛上了鉤。

母親留下八本日記。除了一本是一九八三年即她六十歲時所記之外，其餘七本，都寫在晚年生病之後。日記起自二〇〇七年十一月十二日，那是在她從醫院回家半個月後。母親患肺癌腦轉移，導致半身不遂，經入院行伽瑪刀手術，情況逐漸好轉。她的日記最初寫在撕下的桌曆背面，字跡凌亂，難以辨認。以後她把這些散頁黏成一本，是為日記之第一冊。母親寫道：

「我昨天午後開始把去年十一月十二日起練筆的日記拿出，都貼成冊。有一段時間，筆跡都看不清，不知自己寫的什麼，我還要在每張寫的紙下『翻譯』過來。幾個月右手不能動，不能自理，從十一月中間我下定決心要練字，記日記至今日。我不能喪失起碼的技能，慢慢練，終於恢復成現在這樣。我是個不服輸的人，我不能成為一個廢物，我雖沒有成就，但不能什麼都靠別人。生活要能自理，活在世上還有點意思，我要找出事情幹，使我的生活豐富起來。」

「昨日午後還是繼續整理病後第一階段寫的日記，太難認了，自己寫的自己也認不得，要猜要想很費事。由此可見，我那時是多麼衰弱，右手不聽使喚，有多可憐。經歷這一場病，我把心思放開，只求一個平靜的心態。」

「我翻開去年十二月三十日的日記，那時我剛剛恢復能寫字不久，我的筆畫還是不能掌握。從這點看是有些進步的。」

「能寫字好久了，筆畫仍然無力，還得好好練，不能寫草了。」

母親寫道：

「新的一個月開始，新的日記本開始，記下我每天的生活和感受。」

「像我這樣平凡的人，目前過著極無什麼事的日子，而每天要寫日記，能寫什麼呢？」

「這本日記也隨著五月三十一日而寫完了。從六月份起又將在新的日記裡記下每天的零零碎碎的雜事。我的日記沒有什麼價值，是自二〇〇七年我右半身不能動後，經過鍛鍊能行動了，為了恢復右手，用杓，用筷子，學字（只能記日記），織毛衣，我不想做一個無用的人。記日記又沒有多少事能記。」

「我右手由於二〇〇七年曾經不能活動，又加上年老，寫字力氣就差，本來寫字底子就不行，那就更不行了，我盡量要寫好。其實我能記日記的時間不多，我又規定自己要寫兩面紙，就要想出寫什麼。每天的日子過得平凡，如有人來電話談談，還有點內容。寫吧，反正是鼓勵自己堅持下去。」

母親最後一冊日記，第一頁天頭寫著：「二〇一〇到了。」她的日記截止於這一年的三月三十一日，距離她去世還有七個多月。當時母親手臂顫抖，又動輒嘔吐，停下來就再未續寫。雖然未了一頁，筆畫還很工整。這一冊是個活頁本，只用到一半，後面有很多空白頁。

前些時有朋友來訪，我談到母親在倒數第三天的日記末尾記著：「吃了一個小布丁。」朋友說這裡的意味，別人未必理解，我也很難說明。凡此種種，總讓我的想法歸結到母親活著時的生意盎然和對生的執著，也就更覺得可憐，心酸。我想起張愛玲在〈花凋〉中所說：「然而現在，她一寸一寸地死去了，這可愛的世界也一寸一寸地死去了。」正因為母親生活質量很高，她的死特別令我惋惜。

母親晚年的生活一直很規律：八點左右起床，早飯後看報、讀書，與在美國的姊姊通電話。午飯比較簡單。午覺醒來，要喝下午茶。她在給姊姊寫信說：

「我坐在客廳的陽台的玻璃小桌旁，飲著熱熱的咖啡（宋阿姨哥哥送的，一包包的一大盒，我就自己享受吧），就著我剛剛在大超市買的黃油蒜蓉麵包，在太陽的餘暉下望著遠方，自己享受著。我能處於這種境地來之不易，一定要好好享受。當然，我一人獨飲有點寂寞，但也只能樂在其中了。」

「虹影送來英國紅茶一罐，還有一長筒裝的餅乾，筒特長，不知是薑餅嗎？我愛吃薑的餅乾。」

下午她也讀書，還要伺弄一下養的花草。晚飯後吃點水果，看DVD。躺下再讀點書，大約過十一點入睡。生病之後，她還在努力維持這種生活秩序，保持這種生活狀態。

母親吃小布丁的事我還記得，是我在小區附近的「7-ELEVEn」為她買的。不久後，她連這個也不能吃了。

從前母親身體好的時候，每次出去逛街購物，她都喜歡到咖啡廳坐坐。在信中說：「我們去了新鴻基（在北京站附近）的台灣人開的玫瑰園。店內布置高雅，特安靜，還展覽英國茶具。我們點了大吉嶺茶，還有兩種點心。茶壺剛一端上來，已是香味撲鼻了，小點心也不錯，一壺茶三人喝，不過外有冰水。」

「當年在上海時，我看見我奶奶八十歲還去排隊買米（分配幾斤米），感到特別可憐，而我現在比她那時還大。我總想多活動，身體好，能等你回來，我們可以一塊去逛街，喝咖啡，吃蛋糕。一九九七年我去港之前，請你在世都喝咖啡，你還記得嗎？原以為咱們一塊吃茶點是很普通的事，現在竟成為遙不可及的了，真沒想到。」

待到生病之後，她的日記中還寫道：

「我和小袁約好了，等她再來，我請她陪我去喝咖啡，在咖啡館坐坐，享受一下，回顧一下過去的情景。這是我多年想要的生活，一直我都想和知己共享咖啡館幽靜的情趣。由於病我不能出外，每天悶在家中，多麼無聊啊。」

「我和小袁步行至橋洞對面，乘出租去了麗都對面的咖啡廳。我們坐在院子裡，籐椅很舒服，喝了冰咖啡，吃了黑森林蛋糕。到六點覺得有點涼意，又打的回家。這樣的消遣在一年以前絕不會想到的，慶幸啊。」

「我昨天過了一個嚮往已久的享受的下午，藍天氣爽，讓人舒適。」

母親給姊姊的信，加上日記，差不多就涵蓋了她最後十幾年的人生。但我讀的時候卻總在想：到這一刻，母親的一輩子還剩下多少時間。當我們談論故者的生活，好像的確習慣於類似看法。然而一個人活著，又何嘗不是處於倒計時的過程中呢。只是誰都無法預先知道自己死亡的時間點而已。其實這比他出生的那個時間點意義大多了。

母親病重後的一個晚上，我扶她躺下，不久她就很難受，要吐。待到緩過勁來，她望望梳妝檯對我說，我過去的事情都寫在抽屜裡的那個本子上。後來我找出來，是個橫格本，共寫了五十多頁。記錄的是她童年的一些經歷，沒有題目。及至她住院，一度因為用了激素，稍稍清醒，我對她說，你寫的東西，我替你整理出來，好麼？她點點頭。這也就是她對我的唯一遺囑了。

我看母親給姊姊的信，她的回憶錄寫在十年之前：

「小舅他們讓我把記憶中的事都寫下來。在林家真是我算最大的了，當初公公活著的時候，有些事我應該問問他，還有大叔叔活著、大公公活著時，我都沒有想到。人去了，什麼都帶走了，留下的都是後人憑想像揣測而寫的，離真實太遠了，了解真情的人看了會不滿意。……方方忙於創作，我也不願在他創作時打電話干擾他，正好我在自己屋裡寫寫回憶錄，這樣我也不悶了。我已是一有空就寫，想寫哪段就寫哪段，等好天買些活頁紙，這樣以後整理起來就可按年代順序重新組合了，總算留下來點什麼。我已寫了六篇回憶小事。」

以後的信裡繼續談到這件事：

「我正在寫我小時出國那段，想起什麼寫什麼，只是記事情，沒有主題。」

「我現在幹不出什麼活，寫信要時間，有時提筆忘字，還要查字典，費點時間。由於筆不出水，回憶錄只好停了，買到這枝筆，又到了該給你寫信的時候了。等明天能把信發出，再寫回憶錄。頭頂上老有敲打之聲，也寫不出來。我給你寫這信，也是寫一會就到別的屋子轉轉，就我這間屋子鬧。等他們收工，我也該做晚飯了。」

「我現在寫在天津時的小事，從不到一歲時寫起，想到一段寫一段，有長有短，有事多寫，事少少寫。但不能寫得時間太長，時間太長低著頭就會頭暈。其實一週有兩天給你寫信，還剩五天，日常不少事，做三頓飯，還要收拾房間，織毛衣，看書，看報，時間不多，反正一天不寫就覺得欠帳了。」

「你說的四姑婆的事還得在後面寫，津中里的事都沒寫完呢。」

過了三個月，信中出現了這樣的話：

「我由於腿痛，回憶錄也停了。」

幾年後，她再次提到：

「我剛才翻看我曾寫過的二三十篇我的故事，有工夫可以改出來。」

然而我所看到的那個本子，還是她最初的草稿，而且並未寫完。如果我早些知道，一定勸她趁精力還好，自己整理出來。她去世後，我幾次著手謄抄，皆因原稿比較凌亂而暫且擱置，雖然這在我乃是非做不可之事。不少地方需要問她才能明白，但是她已經不在了。

在母親生病後的一本日記的末尾部分，也有十一頁是回憶錄，有標題云「往事零碎」，所寫亦係童年之事，與從前寫的那本內容不盡相同。母親寫道：「我還是經常要回憶過去。我的過去太豐富多彩，我沒有文采把這些都寫下來，真是浪費了。」不過也是沒有寫完。

母親給姊姊寫信說：

「你說你記性不好，我那天看書，有幾句話現在抄在後面：『人的最大煩惱，就是記性太好，如果你什麼都可以忘掉，以後的每一天將會是一個新的生活，那你說這有多麼開心。』」

在她的信和日記裡，也有很多回憶往事的內容。母親說：

「我每天家務事很多，有些過去值得回憶，想講出來讓人家聽聽，也許人家會記得，不然都悶在心裡，也就過去了。現在能找個人說說是很難的。」

「還有好多的趣事，慢慢告訴你。這雖然已經『Long long ago』，我卻仍然記憶猶新。」

「我現在很後悔，在父母活著的時候，沒有多知道一些往事。在世時事實都存在，去世了就都帶走了，無法挽回。」

「很多的事也會隨我而去，沒有記載，就什麼也都消失了。」

母親最後一次住院之前不久，香港書展邀請我去做講演，是內地作家在香港這麼一個題目。記得父親曾告訴我，一九四八年他在香港，有一次颱颱風，他要體驗一下，一個人到海邊，抱住電線杆子，直到颱風過去。我問母親，父親當時去的什麼地方。她告訴我是西環。到了講演那天，正好趕上颱風，外面大雨傾盆。我就說了這件事情，作為講演的開頭。

我想起V．S．奈波爾著《非洲的假面劇》所說：「在這裡，一個老人過世，我們就說一座圖書館燒毀了。」可惜在母親生前，我對她的回憶缺乏足夠的興趣，從來沒有鼓勵她完整地寫一本書，結果只剩下一些零零碎碎的片段，——對我來說，感覺就像是望著黑暗中的茫茫大海上浮現出來的幾塊礁石似的。

母親一直有從事寫作的願望。她對姊姊說：

「你不要誇我什麼文學修養之類的話，如我有這方面的特長，我會寫出比有些人編造出來的可信得多的書。我記得好多的故事。」

在她的遺物中有個紙盒子，放著她的一些文稿，包括一小冊新詩，兩個完整的短篇小說，以及四五篇小說的殘稿。八〇年代初期，母親用「沈蘇」的筆名在雜誌上發表過幾首詩，那些雜誌她一直留著。還有一個本子，抄著母親寫的一篇遊記，共三十七頁。母親在一九八三年的日記裡就說：

「翻出八〇年我遊杭州的信，讀了一封，很有意思，我想去掉不必要的，把這些信抄在一個本子上，以後翻翻也可重溫南遊的情景。」

十八年後，她給姊姊寫信說：

「還整理了八〇年去杭州遊玩給你和方方寫的信，共廿封，將來訂成冊，也算留給你們的紀念。」

作為底稿的原信保存下來了幾封，上面有她刪改的筆跡。母親每次出遊，都詳細來信報告行蹤，記錄見聞，描繪景色。可惜這些信大部分已經散失了。我還找到她三十多年前寫給我的幾封信。其中一封信裡說：

「你今天走後，我生起爐子，就開始寫我的短篇，一直寫到晚上十點三刻，完成了。題目叫『空殼』，共三十頁，即六千二百字，當然太長了，等你回來砍吧。如果這篇能使你稍為有點心動，那將是我最大的安慰。好，等你回來。」

那時我還在上大學。我已不記得我是如何回應的了，只怕當時不夠熱情，掃了母親的興致。這篇小說保存了下來，取材於她自己「文革」中的親身經歷。

那個紙盒裡還有一張剪報，是母親搬來城外不久，在《北京晚報》上發表的一篇文章，署名還是「沈蘇」。

短暫的視野

兒子在城區的邊緣買了房子。我隨著搬來之後，陸續有親戚朋友來訪。除誇獎房間的裝飾布置外，最滿意的還是從寬敞明亮的窗戶向外眺望，都稱讚視野很好。有的還總結說：「買房就是要挑視野開闊的。」大家對我們新居的肯定，多少沖淡了當初為裝修搬遷花去的勞累之苦，我也就盡情享受視野帶給我的歡樂。

坐在陽台的籐椅上，看見太陽升起來了，白雲飄在藍天，大片樹林直抵天邊，遠山隱約一脈。夜晚窗外掛著一輪又圓又亮的月亮。去年冬天初雪之後，大地白茫茫的，從來沒有過的寂靜，我彷彿看見雪地裡有隻狼緩緩而行。這種近乎犯傻的浮想聯翩，給我很大樂趣。雖然將近老耄之年才住上這樣的房子，我還是心滿意足了。

沒想到視野的賞心悅目竟如此短暫。好像頃刻之間，原來我們視野裡的大片荒地就變成日夜喧騰的工地了。對著我們的北窗，已經矗立起一幢二十多層的高樓——當然現在還只是個水泥骨架而已，我這才覺得樓要光是水泥骨架實在太難看了。東窗外接著在為另幾幢高樓打地基，整天轟隆轟隆吵個不停。當然在這種邊緣地方是沒有人來測分貝的。別說白天的視野了，晚上睡覺也成為難事。我想起當初買房時對視野的考慮，原來是一種短視。如果挑視野不那麼好的，也就是說，跟別的樓挨得比較緊的，可能反倒要舒服得多。我想還是把這個經驗或者說教訓告訴別人吧。

兒子安慰說：「要不多蓋些樓，這兒怎麼能繁榮呢，是不是，媽媽？」當然是這樣了，那就忍耐，盼望，直到繁榮的到來吧。到那時我也就不會想到有什麼狼了。

多年以後重讀母親的文章，覺得她的興致、寄託，她的寂寞，她對聲音的敏感，都表現出來了。只是所提到窗外的幾幢樓，已經都很老舊了。

母親給姊姊寫信提到此事：

「我寫了一篇東西。是因方方不適合給《北京晚報》發東西，他寫得太深，不大合乎那報紙的口味，約稿的人說讓他隨便寫點，可以用別人名字，說只要媽媽（指我）看得懂即成。方方說那還不如讓我媽寫呢。這樣我就自告奮勇寫了一篇。方方說寫的不錯，只是短點，也成了。編輯叫王東，打電話來誇獎說比方方寫得好，這怎麼可能呢。」

母親在信中說：

「虹影又要寫小說了。那天她來辭行，要回英國去，談起她要寫曾在上海演過話劇的叫英茵的女演員的事。當時我正在上海上高中。我告訴她，我看過英茵演的《武則天》，第一幕尼姑庵中，是她背對著觀眾，演技全在她的身上的戲。她的演技很高。結果自殺了，當時說是被特務逼的。虹影聽了很滿意我的敘述，回英國後拉出多少問題問我，題目出得很特別，我當答覆。」

「虹影的新書出版了，叫《綠袖子》，後面附了不少回答她的問題。用了我的一段話，把我的名字寫成『林偉』，而且是『教授』。方方說這麼多年都不知我媽的名字。幸好寫錯，不然人家該說我胡吹成教授了。我認為我寫的最精采的一段她沒用，就是只要生活在上層，不管是哪國人都好。」

這裡是她所寫的全文。

答虹影問

一，你知道「滿映」（滿洲株式會社映畫協會）嗎？

一九三六年冬天，我因病住進北平協和醫院。家裡的朋友，在長春醫學院讀書的潘君，適逢寒假回北平來探望我，帶來了幾本「滿映」畫報，印刷精良，裡面有很多中日女影星的照片，其中有李香蘭，印象中她挺漂亮的。

我住的是單間病室。當天夜裡，房門輕輕開了，閃進一個黑影。我剛做過手術，因為疼痛，睡得不好，著實被嚇了一跳。在地燈微弱的光下，看清原來是位披著外面是黑色，裡子是大紅色的斗篷的護士。她悄悄地將放在茶几上的「滿映」畫報抱走了。

第二天清晨我醒來，發現茶几上放著那幾本「滿映」畫報。我把這事告訴來陪我的母親，她說你是不是作了噩夢？可我心裡明白，這不是夢，是「滿映」畫報吸引了那位護士，讓她做出如此大膽的舉動。

二，你看過長春電影製片廠的電影嗎？

長春電影製片廠的《冰山上的來客》，給我印象很深。編劇是烏白辛，赫哲族，是沙鷗的好朋友。當時他們都在哈爾濱。「文革」中烏白辛受到迫害，他獨自到太陽島，喝一口白酒，再喝一口敵敵畏；結果白酒喝了一瓶，敵敵畏喝了半瓶，就死了。

三，你看過李香蘭（山口淑子）的電影或聽過她的歌，比如〈何日君再來〉？

日軍進入上海租界後，不論是無線電收音機，還是舞場，經常放〈何日君再來〉，不知道是不是她唱的。那時我在高中讀書，接受進步思想的影響，認為是亡國之音，所以很反感。

四，你知道長春作為「新京」時發生的有意思的事嗎？

不知道。

五，你對二戰時，美國在日本投下兩顆原子彈怎麼看？

當時我們都盼著早日結束戰爭，打敗日本。後來看報紙和紀錄片，才知道原子彈給日本人民造成的後果，感到了震動和不安。

六，你認為中國女人穿連衣裙漂亮嗎？連衣裙來自俄國，叫布拉吉，符合中國女人的身材嗎？

身材決定一切，比較豐滿高挑的女性穿連衣裙比較好看。

七，你是否認為戀愛中的男女年齡需要一樣大，若有差距，應該是多大才合適呢？

男方應該比女方年齡略大一點，因為女人容易顯老。

八，你覺得發生在戰爭年代，人們有沒有談戀愛的權利？或是身邊在發生天翻地覆的變化中，人們是更想戀愛還是無暇戀愛？

戰爭年代或者身邊發生天翻地覆的變化，人們可能更需要愛，可往往因為突發的原因，一對情侶天各一方，帶來的是終身遺憾。

九，你覺得一個女演員一輩子在跑龍套，到了三十多歲，第一次也是最後一次演主角，也正是她第一次真正談戀愛，她應該如何選擇？

演員演戲是事業，不應與戀愛發生什麼矛盾。男方如果真愛她，一定會支持她的。

十，你認為一個人做中國人好，做俄國人好，做日本人好？如果一個人的血脈中既是中國人又是日本人，既是俄國人又是中國人，他／她應該選擇做哪一種人，如果他／她不能選擇做另外兩種人，他／她的國家有沒有認為他／她是叛徒？

在這個問題裡，做哪國人好，要看他／她在那個國家中的社會地位和生存條件；能生活在上層社會，至少不生活在底層社會，哪個國家都行，談不上什麼叛徒。

母親留下了十幾本相冊。幾乎都是晚年的照片，年輕時的差不多均已毀於「文革」之中。保存下來的最早的一張，母親在給姊姊的信中曾經提到：

「我吃了飯，又吃了一個自蒸的芝麻醬花卷，我就想到我祖父每晚必吃一個高莊饅頭，是從山東饅頭鋪買的，很結實的饅頭。那時他已七十多歲了。他每天的飯量都是一定的，不論什麼菜都是自己定量，絕不暴飲暴食，也不喝酒，不抽菸，身材不像公公，非常直，整齊乾淨，衣服穿得板板的，每晚睡覺前自己把衣服都疊得好好的，一絲不亂，思想也很新潮，是浪漫的老人家。如果不是從天津躲大水去了上海，得活得更長。可我看他的後輩，除了德孫的父親，別人都是邋邋遢遢的，沒有我祖父那樣神氣。最近薛家小弟從他姑母的遺物中看到一張我祖父母、我還有甲孫的相片。相片中祖父就是那麼威嚴（你說我從血緣中帶來的氣質，可能是從祖父來的）。我是那麼醜，不過很可愛。現在相片立在我客廳的玻璃櫃中，這是八十年前照的，我那時也就一兩歲。」

母親年輕時的照片，幾乎都在「文革」中毀掉了。我還記得那天聽說紅衛兵要來「破四舊」，一家人趕緊忙乎起來：砸爛唱片，剪碎旗袍，剁去高跟鞋跟，撕掉整本的相冊……。只有一張照片保存在我姊姊那兒，係一九四九年春天母親在香港，外祖母從印度去看她時拍的。母親年輕時見過她的人都說她是個美人，現在只剩下這張照片可以「為證」了。

另外一張照片，背面有父親的筆跡：「一九五一年一月」。母親穿著單位統一發給的制服，站在北京西頌年三十號北屋廊下，抱著我姊姊。

我的《插花地冊子》出版時，因為屬於自傳性質，出版社要在卷首放幾張照片，我就用了母親的一張頭像，是從五〇年代初她的一本什麼證件上撕下來的，一個角上還蓋著鋼印。大家看了說你母親真漂亮，她自己卻不以為然，說有很多比這好得多的照片都沒保存下來。她給姊姊寫信說：

「可惜我年輕時的相片都沒有了，只剩下現在又老又醜的相片了。」

信中還有這樣一段：

「我記得有一次聶魯達來華，作家協會開招待會，還有詩人朗誦。我只穿了婆婆的一件肉色（也叫妃色）的旗袍，做了頭髮，穿上白色皮高跟涼鞋。在打扮時，吳大媽和三大媽就說我賽過梅蘭芳。我一到場，引起了人們注意，艾青向聶魯達介紹你爸和我，聶魯達說我是人家給我寫詩的人。那時多漂亮，不到二尺的腰，其實已生了五個孩子。」

這件事我也聽她講過。

還有一張照片，下角印著「上海王開照相」，我本以為是她二十幾歲時拍的。但後來姊姊來信說：「媽媽那張單人側半身照，是她五七年隨作家訪問團到上海時照的，應該不是四〇年代的照片。」這種事要是在母親生前問她一下就好了。然而當初沒想到，如今也就做不到了。

這照片和另外幾張，專門放在一本相冊裡。母親去世那年的春天，有一回拿給來訪的客人看，她在日記裡寫道：

「現在看看那麼些年前的相片，回味無窮。光陰飛逝，我已經是一個衰老重病的人了。」

我們曾經照過一張，也是唯一的一張「全家福」。上面有父親、母親、大哥、姊姊、二哥和我，攝於一九七二年。我本來想用在《插花地冊子》裡的，這照片卻怎麼也找不到了。待到出《止庵序跋》，也需要照片，但這一張還是沒找到。以後母親收拾東西，意外地看到這「全家福」的底片，非常高興，特地和我一起去王府井的中國照相館印了好幾張，分送給各位子女。我出《河東輯》時，又需要照片，母親叮囑我，這回一定要用上啊。

母親去世後，我將她一九八五年在北戴河的一張黑白留影放大，掛在我的書房的牆上。我覺得這是母親一生拍得最好的一張照片。有朋友說有點像原節子。但原節子四十二歲息影，我們最後看見的係其四十一歲演《小早川家之秋》時的形象，而母親拍這張照片時，已經六十二歲了。那年她改為「離休」，心情愉快多了。而此前「文革」及其後一段時間留下的照片，則如看過的人所說，生活艱難，人都不漂亮了。母親自己也說：

「我翻看過去的相片，雖是十幾年前，相片中的我，還沒有我現在顯得年輕呢。主要是頭髮，髮型不對，人顯得很疲憊，一點沒有精神，氣質更別提了。」

母親給姊姊寫信說：

「媽媽是非常非常平凡的人，唯一能自豪的，是到處碰到誰都說我看不出是七十九歲的人，但也僅僅這一點了。」

但她又說：

「我老了，也不希望讓人多見了，多留下過去的印象反而更好，這次照的相片你就可看見了，真是老態龍鍾，雖然我自己盡量想保持過去的樣子也不行。別人看我只有六十多歲，上公共汽車售票員從來不招呼讓座，可我自己很悲觀，沒法子，不能違背自然法則，尤其在相片上更顯出老態了。若不是想讓你看看，也可以說你想看看，這才照相。別再向人炫耀了，人家會笑話的。」

母親平時特別在意自己的形象。直到病重了，看DVD時還是一如既往地腰板挺直，我要她靠在椅背上休息，她也不肯。

二〇〇九年的最後一天，母親在日記裡寫道：

「晚飯後，趙一虹給我照了相片，用索尼小相機照的，用數碼打印機印出，方方讓我簽名，以為留念。二〇〇九年馬上就要過去了。」

不到一年後，母親的葬禮上用的就是這張照片。見過母親的人，都誇讚她高貴、優雅，又很詼諧、幽默。友人過士行所著《空腹》一書有云，母親是「大家閨秀出身，待人接物都是一派大家風範」，所說還是「文革」期間的印象。友人徐峙立說：「我愛止庵的母親，我記得第一次是在小區花園見到她，初夏，她穿碎花旗袍，戴綠珠鏈，銀髮，是有品味有氣場的老太太。」這些都隨著她不在人世而煙消雲散了。唯獨這張照片，多少傳達出一點她的氣象。儘管此時她已病了很久，簡直是老態盡顯了。

母親最後在醫院裡，已經昏迷不醒，有一天隔壁病房的護工進來，突然說了一句，這老太太真漂亮。

母親去世後，在殯儀館舉行告別儀式。我關於她的最後印象，是雖然化過妝，但臉上仍是那種黯淡無光、全無生命的顏色，鼻孔也因為塞過棉花而被撐大了。我的母親比這要美。

我的陽台上擺滿了母親留下的花。前幾天有朋友來，誇讚花長得很好。我說，這在我其實是被動的——我要把母親的這些花養下去，此外不擬再擴大範圍。

母親去世一年多後，我才開始留意她的花；此前雖然也不時為它們澆澆水，但那段時間我一直處於一種迷濛狀態，幹別的事情也是一樣。這期間有些花已經死了。我查看母親的日記，最多時有四十來盆，現在少了不少了。

母親很愛她的花。在給姊姊的信中，常有類似的描述：

「上星期日給你去寄信，我在路上買了兩盆花。一盆是馬路上蹬車的人賣的，說是四季杜鵑，花朵較小很好看，是大紅的；另一盆是我們院裡兩個女青年在路邊上賣的，說是進口花籽長出來的，叫天竺葵，花朵上有黑圈，顏色特別。共花去二十元。第二天四季杜鵑已乾掉，我懷疑沒根（可又不像），騙我五元去了。另一盆還不錯，給我陽台增色。朱大姐送我的仙客來，現在開了十三朵花，還有無數的花蕾，時間這樣長，人家都以為是假花。我想買盆米蘭，可香點。這是我的樂趣，我對花好，花有反饋，使我心滿意足。」

「仙客來終於不行了，雖然還有幾朵花，一看就是老態龍鍾了（與我一樣）。可我的扶桑又開始長了十個花蕾，有一朵今早已開成大花，只是這花的花期太短，我冬天時把尖枝剪下，現在成兩枝，各五個花蕾，下面又有一新杈，等花開完了，要換大盆了，不然小盆實在難以滿足它的成長。我買的天竺葵（據說是進口的，你在那裡看見過嗎？）現在又開一朵，還有兩個花蕾。那天和小林一塊買的兩種花還可以，長壽花沒開，別一種吊的開粉色小花，多少細瓣組成一朵小花，白天開，晚上閉，第二天再開。天竺葵的花也是這樣，能開幾天，還不錯。你記得你送我的小盆仙人掌上面有乾花，現在已經變成很長，往高長，誰知自己會開出花來呢。那天小雲來，就誇獎我的小花們了。」

「我的小花們」——母親常常這麼說。她寫道：

「我每天澆澆弄弄我的花，看見滿陽台綠意叢叢，夾著幾朵開花的花，感到很滿足。」

「花木是我的無聲的伴侶，我對它們充滿了愛，我對它們盡心，它們也會給我回報。」

「自己種的花開了，覺得辛苦沒白費，這可能與對自己的孩子似的，終於有了成就，沒有白費力，有得意之感。」

母親養的花，說來未必是什麼名貴品種，但無不經過她的精心呵護，都是她的心血所繫。看母親談論花，最能感到她晚年生活的充實了。

母親的信和日記，就像是給她的那些花作「起居注」似的，對每一盆都記錄得非常詳盡，同時也寫下一己的細微感受：

「我買過一棵小小的茉莉，來時是雙瓣的，開完那些花，休整一段時間，變成單瓣的了，香味不那麼濃，真是怪哉。」

「我曾有一小盆仙客來是紫色的，天熱後葉子逐漸黃了，我都摘掉，我希望葉子別全黃了，那到冬天就完了。結果是又長出點小葉子，還開了一朵小小的花，真稀奇。但此花已變色，由紫變紅了。只要它不死，開什麼色的花都可以啊。」

「朋友送來的百合花香味膩人，我原來很喜歡這種花，花名又是Lily，與我的小名相同，但可憐水仙花開了多朵，香氣卻被壓得一點聞不到了。屋裡還是熱，開不到春節了。」

「去年那盆顏色老氣橫秋的蝴蝶蘭重新栽過，除了一盆以外，都長了新莖，有的上面已有花苞，不知開出花來顏色能鮮豔一些嗎？」

「重栽的蝴蝶蘭要開花，但還是原來那老氣橫秋的顏色。總之能開就好。」

「蝴蝶蘭已全部開完，讓阿姨挑好的重種了，共有四棵。開完的在盆裡不拿出，久了葉子就乾了，不能再種了。本來能重開花已屬不易，沒想到老氣橫秋的蝴蝶蘭再種後能開五盆花，而且開的花多經久不敗，很是意外，我也就稀罕它們了。」

母親一再提到的「顏色老氣橫秋」的蝴蝶蘭，現在家裡已經不見它們的蹤影了。

說來使我真正開始關注這些花的，並不是因為它們死了，或快要死了，而是它們仍然活著，而且竟然開花了。一種不屈不撓的生意，觸動了我。最初是一盆中，忽然綻放了兩朵燈籠似的小紅花。第二天再看，仍開得很好。另外還有好些花骨朵兒，以後幾天也陸續開了。我不知道它叫什麼名字，拍下照片發給姊姊。她回信告訴我，「這是蟹爪蘭，專門在聖誕節左右開花的。喜陽光，但不能曝曬以防葉片受傷。不喜太熱，低溫即可。等花期過，使之處於休息狀態，不要給太多水，不乾就行，要到第二年九、十月再加肥。你運氣好，正逢聖誕節，我那盆已經開過，都養了十三年了。」

我記起岑參的〈山房春事〉：「梁園日暮亂飛鴉，極目蕭條三兩家。庭樹不知人去盡，春來還發舊時花。」正所謂人世滄桑，自然長久。然而，「庭樹」自己能夠活下去，盆花卻是需要有人照管的，情況還是不大一樣。我在給花澆水施肥時就想，真是草木無情啊，它們照舊長葉、開花，卻不知道照管的早已換了別的人。它們不知道，曾經有個人對它們念茲在茲。

又記起元稹的〈行宮〉：「寥落古行宮，宮花寂寞紅。白頭宮女在，閒坐說玄宗。」意思似乎高出岑參之上：一磚一瓦，一草一木，或許比人還重情意，而「寂寞」較之「寥落」牽掛更多，——所有這些都被敏感的詩人體會到了。

那麼也可以說，母親生前養的這些花，或許比她留下的其他遺物，包括她曾經居住過的這所房子，都更在苦苦期盼她重新歸來罷。別的東西是「過去的歲月」，在那兒好好放著，引人懷舊；而這些花既是活著的遺物，又是容易喪失的遺物，是「現在的存在」，它們的榮枯生死，讓我時時關心。它們好像透露了母親——儘管她已不存在——生命的一點信息，尤其是長葉開花的時候。它們是曾經存在的生命所留下的生命，猶如在替代主人繼續陪伴著我——這感受有點奇異，卻令人神往。而我繼續養護它們，又彷彿是在維持著什麼，雖然那東西已經沒有了。

母親去世兩年半後，正逢五月，陽台上蟹爪蘭還在開著，紅掌、仙人掌和君子蘭也都開了。在母親的信和日記中，都有關於它們的記載。如蟹爪蘭：

「最讓我興奮的是毛毛在京時買的蟹爪蘭又有很大花蕾，太好了。」

「蝴蝶蘭還有三十五朵花，經久不敗，君子蘭葉子綠油油的，蟹爪蘭快開花了（沒有太陽曬，開得慢），紫葉蘭也有花朵，一切欣欣向榮，給我巨大的鼓舞，我的健康要像這樣就好了。」

「蟹爪蘭開了白色帶粉邊的花，花朵還挺大，早知開花應該換個大盆，多點土就好了。」

「我還告訴毛毛，她買的蟹爪蘭又盛開花朵，我特別開心，不能出外春遊賞花，只好在家裡欣賞了。」

又如紅掌：

「我今天發現去年吳環送的紅掌又有花蕾，真是不負有心人。」

「我把紅掌拿出重栽，分了兩盆。」

「阿姨來，把蠟梅與鬱金香等扔掉，把韓國蕙蘭、蝴蝶蘭（小朵的）和紅掌放好，陽台上都擺滿了花，非常氣派與美觀。」

「小劉建議我每天在客廳的陽台花盤中間坐坐，吸吸氧氣。我由於摔了住院，也沒給花上肥，居然看見蝴蝶蘭的一盆中長了兩個花苞，太稀奇了，無人管它們還能長花苞，真是對我太恩賜了。紅掌還在開，小馬送的菠蘿花也還很鮮豔，文竹茂盛，攀到蘆薈後都長到窗台上了。等我行動再自由些，我再用心栽培它們。」

又如仙人掌：

「你也許不記得我有一棵綠葉上有斑點的小棵，種在紫羅蘭防曬霜的小瓶內，後來我拿到望京，將它移到一個一九九七年我從香港買的較大的花盆中，現在長出一長莛，莛尖上有好多小瓣，瓣是綠加杏紅，是不是還能開花，或者這就是花，也搞不清，仙人掌類大概都能開花，只是花開得不同罷了。」

「有一棵仙人掌已開過兩次花，如今又有花了。這種仙人掌之類的花是很特別的，開起來像麥穗，不過是紅色的，我想經我細心也可以說苦心搬出搬進，爭取多曬點太陽，也應該給我一些回報吧。」

還有君子蘭：

「君子蘭雖然長歪了，可是開了花，顏色鮮豔，還是第一次再開花，也趕在春節之際，還是很可喜的事。」

「我養的君子蘭今年第一次開花，另兩盆花都夾在葉中，澆了啤酒稍長，主要是沒在葉子中間出花，葉子都把花蕾擋著，見不到陽光，所以長得很慢，誰知第二、三盆能否出花莛。」

母親最後一個月的日記裡寫道：

「今年真可惜，君子蘭沒開花。」

了。

現在開花的君子蘭，正是那棵長歪了的；而原來的三盆之中另有一盆卻已奄奄一息了。

母親有一棵曇花，後來長得不太好了。把她的花搬來我處的時候，幫忙的朋友說這盆就不要了罷。我說這得留下，因為關於它的故事最多。當初我們住在城裡就開始養了，每年都能開兩三次，每次開花母親都要我給它照相。現在照片都留著，可以看見背景裡我家當時狹小破爛的樣子。

母親在給姊姊的信裡，一再講到這棵曇花：

「我的曇花開了，特大朵，香極了，開了陽台燈坐在籐椅上欣賞。可惜只是一現。」

「晚上看了兩部電影共四小時，中間去陽台看看曇花，三朵花又大，又奇香。等戴大洪來有力氣換大盆，現在追太陽長得高高的，如加肥料，可能還會長花蕾。看完電影再欣賞花，已十二時多，方方又送我回自己的房子。」

「我的曇花今晚又要開了，可我晚上都得到自己的房子，只能看看就走，我已泡了一枝，如有根，在我那邊也種一盆，不過要好幾年才能開花呢。……昨天也因為看開的曇花（滿屋的曇香味），又因為十點多鐘突然雷雨交夾（像似夏天的雷閃），把我樓下外面街上的小吃攤全部澆亂，我趕快關窗，雨還真大，為此我們只好在方方那裡看一部黑澤明拍的片子《野狗》（『野良犬』），還真不錯，是大師到底不一樣。電影看完，曇花也看了開得最盛的時候，雨停了，方方送我回家。」

「晚上曇花開了一朵，我們晚上吃了油菜麵條，看了電視，又一塊回到方方那裡，一開門曇香味撲鼻，曇花怒放，太漂亮了，我真捨不得睡覺。於是方方去我的房子，我住在他的床上，又洗了澡，磨磨蹭蹭還是得睡覺，可曇香味使我難以入睡。」

「我十點去了方方那裡，把曇花盆內的土慢慢刨出，根鬚都長到盆邊與盆底眼外，非常費力，後來讓方方幫忙，居然把高大的曇花拔出，放入大花盆中，加曇花肥及土，又修剪了一下，把剪下的又插入盆中。再收拾別的花盆，掃、擦地，汗都從臉上流下，衣服也濕了，用力大了。」

後來把曇花移到母親那裡，每年它繼續開放：

「一朵曇花盛開，幾間房間都聞到了那奇香，也影響睡眠。我看一會書就起來看看它，太美麗了，有飯碗那麼大，略帶微微的綠色，等開大了就全白色了。只有我一人欣賞，略嫌孤單。這棵曇花是我重新培植的，原來的長得太高了，昨天移移地方，把大盆移向陽台靠有陽光處，曇花喜歡曬，沒有陽光長不好。」

「看完碟，就是那部得奧斯卡外語片獎的電影《黑幫暴徒》（*Tsotsi*，蓋文・胡德導演），真好，非常感人，所以就睡了。結果錯過兩朵曇花的開放，早起一看已敗了，很懊喪。等了好幾天，結果沒看到，真有點對不起花的感覺，只好再等有花蕾時。其實頭幾天我突然發現已出很長的花蕾，是在意料之外的，沒看到，也同樣是意料之外了。」

這是母親生病的前一年，以後曇花再未開過，大概她沒有精力好好伺弄了。現在我也只能做到勉強維持這棵曇花繼續活著而已。

母親留下的花裡，有兩盆綠蘿。今年初我忽然發現，其中一盆整個蔫了。我把花盆搬開，看見底下的套盆裡積著不少水。我曾見母親的日記寫道，「植物好看，需要精心照料。照料也是要有度，過分澆水，反而爛根。」沒準我就是犯了這個錯兒。好歹剪下幾枝末梢，泡在瓶中。慢慢有幾枝長出根鬚，我重新給種回那個盆裡。其中有三枝活了，但現在長的不過二十釐米，短的才十釐米，不知還要多長時間，才能長成原來的樣子。

這棵綠蘿，也曾在母親的日記中屢次出現：

「我的花草經過一凍罩著塑料袋，一般都活過嚴冬，就是綠蘿葉子掉得太多，我都修整了，把無葉長長的藤都剪掉，重新栽種了。」

「上午沒什麼事，就讓阿姨把綠蘿都放下，把黃莖去掉，剪下不少好的葉子，我插入花瓶泡上，希望能發出芽生根，再栽上。前幾天陸續有黃葉，是因為土太少了，根都露出，澆的水也不夠。早就應該整理，不會去掉那麼多的莖和葉，太可惜了。實在我的身體不好，體力不夠，要整理盤繞這麼多的綠蘿，是不可能的。今天整理了一下，加上不少土和澆透了水，希望能長得好。這盆綠蘿是我喜愛的植物之一。」

「我又弄弄綠蘿，那天很冒進，不該弄下那麼多的莖，可能應該盤在盆中，如今慵懨的可憐相，我把它毀了，痛惜不已。」

「奇怪，經久不敗的蝴蝶蘭，又像每枝都長了小花蕾，不知確否，得觀看一陣，如是就為了安慰我對綠蘿的欠考慮栽種嗎？是天意嗎？方方看了我的日記知道我的懊喪心情，說再給我買一棵。這綠蘿還是多年前我從賢慧家摘了兩枝扦活的，後來她那棵不行了，我又扦活給她，是從香港移植來的，長得快，但扦活不易。還好，盆中還有活的，我耐心等待。」

「綠蘿慢慢長得好起來，現在都是『年輕』的綠蘿了，粉色蟹爪蘭盛開，橙色的休息，我上了點肥給它，每天都在為家中的植物盡點心，盼望長勢好。」

「讓小劉把毛毛栽的綠蘿無根的取出，有葉子的都插在水瓶中生根，再重栽進，以免全棵都死了。我喜歡這綠蘿，大葉有花紋。」

我想起家裡當初有一棵文竹，與這棵綠蘿的情形相仿。母親曾給姊姊寫信談及此事：

「兩三天沒去方方那裡，文竹又有黃葉，給它移到窗前原來的位置，不知好一點嗎？」

「方方說文竹還不好，都怪他。我就焦急了，這是東東的植物，二十多年來代代相傳，從一小盆到今天一大盆，我總認為它是東東的生命象徵。夜裡作夢，一直哭喊說『你不能死啊』，作了一夜這樣的夢。我太惦記它了，它對我是多麼至關重要。」

「方方過來說文竹不好，還是黃。都是我大意了，我應早點把文竹搬出來，可以少泡幾天水，就不會這樣。方方也怪自己，水澆得太多了。現在正是當年東東遭遇打擊的幾天，是不是廿七年之後的重複象徵呢？是我又一次大意，把東東買回的文竹斷送在我的手中呢？還能給我們一個機會挽救文竹嗎？我們把文竹倒出來，我把爛的鬚根去掉，又把乾土和原來的濕土（有的就是泥了）拌了一拌，換了一盆又種上，誰知行嗎？」

現在家裡有一盆長得很茂盛的文竹，我不知道是原來那盆死了，重新買的；抑或就是從原來那盆中扦出來的。母親對待哥哥留下的文竹的心情，和我現在對待她留下的綠蘿的心情，是完全一樣的。說來一盆花死了，重買一盆一模一樣的很容易，但意義完全不同，所以才要盡量將它挽救過來。而一旦做到了，心情之欣幸又是難以形容的。

母親最後一兩月的日記裡，多次提到她的花：

「在我陽台的小花園坐了一會，感到空氣清新，可惜沒有花香，只有草香，但也不錯了。」

「還好，老氣橫秋的蝴蝶蘭開了一朵，我不喜歡這顏色，像個老人似的，但它三年了還是依然對我回報，開朵花來安慰我，關心我。」

「我發現那盆巨大的蘆薈中間長了一個大花蕾，還有蟹爪蘭根上部開了一朵小花，紅色的，蝴蝶蘭也在開花。我心中頓時產生了生機，覺得還是活著好，花草給我回報，給我慰籍，雖然我傷了三個月也沒能照顧它們，可它們仍然開花來安慰我，心中高興，什麼都明亮了。我趕緊給朱大姊打電話，蘆薈是她送我的，當時只是小小一枝，現在已長大，而且可以說是巨大。她聽了也替我高興。」

「我讓阿姨給花澆水，太乾了。把那盆難看的長壽花拿到客廳陽台上去了，長壽花我好像養不好，當然也不會再買了。」

「蟹爪蘭的花蕾被阿姨給澆下來，蘆薈的花苞好像也瘦了。我以為自己無力來種植鮮花，只能擺假花了。當然我能坐輪椅出外，可在超市買點小盆花或插花。一輩子愛花，它們給我美麗的理想，我鬱悶的心也會開放。」

「吃完飯我就扶著助步器走到陽台那裡，看看外邊，看看花草。蘆薈的花要開了，其實它的花與原來那種帶刺的蘆薈的花相同，不過現在還看不出什麼顏色。」

「小劉把我的蝴蝶蘭綁了一條塑料繩，大概太緊了，一枝開滿了花的枝條斷了，現在插在土裡不知能活嗎？真可惜。還有兩個大花蕾，這花開得經久不敗。」

「又扶著助步器到大陽台，坐下，曬曬太陽，看看花。蘆薈花開得簡單挺拔，各種蘆薈的花都是一樣的。蝴蝶蘭還不錯，開著花，花朵還挺豔麗的。紅掌又開了一朵花，這花還是前年小沙單位送的，能開花這麼久，真高興。陽光暖洋洋照著我的後背，很舒服。」

這些文字，最能讓我感到母親對於人世的依依不捨了。

萊太花卉市場過去是母親最喜歡去的地方。有一次給姊姊寫信說：

「進了鮮花廳，花香撲鼻，還是那種清馨的味，太好聞了。如住附近，經常來逛逛多好啊。我對於花的喜愛之心你是知道的，恨不得什麼花都能買回家才好。」

她生病後還去過一次，那天有朋友接我們出去喝茶，母親在日記裡說：

「我們又打車去萊太花卉市場，這裡我已許久沒來了，記得上次還是和小袁一塊來的。要不是體力之故，我還會在那裡多逛逛，種類如此繁多的花卉，花香誘人。我買了一包花肥，方方給我買了五盆小花。」

其中之一是一盆網紋草。母親看它葉脈清晰的樣子，稱之為「麻瓜子」。這盆草養起來說難不難，說容易也不容易：只要稍一缺水，就完全蔫倒；若是水分充足，莖葉都很挺，用手碰一下，像是接觸女人剛燙過的頭髮那種感覺。一次大哥和我送母親去醫院，當天她的日記寫道：

「回來我們才發現『麻瓜子』忘了澆水，那麼熱的天氣，太陽毒曬，葉子全蔫倒了，好像要死了似的，太心痛了。澆了多次水，還是如此，怎麼辦呢？」

過了一週，又說：

「『麻瓜子』昨夜又讓方方泡上水，浸了一夜，葉子又支楞起來。方方說這盆草不叫『麻瓜子』，而應叫『麻煩子』了，太麻煩，每日都要注意不能缺水，它應該養在那種有流水的放植物的池中，就好了。」

母親和我都覺得，這盆草與她當時的身體情況很像——簡直脆弱極了，需要特別呵護。母親在家的最後兩三個月裡，最關注她的「麻瓜子」，大概認為它象徵著自己的命運。母親去世後的第二年八月，網紋草徹底枯死了。而前一年的這一天，正是母親開始昏迷的時候。雖然我不相信靈異，但也不禁想：如果不送母親去住院的話，她本來是否可以活到這個時候呢？

我看母親的信和日記，感覺她一向最不放心的，就是她的花了：

「最近我特別感到累，坐骨神經疼，可又想出去走走，小花數盆，不知方方能照顧好嗎？」

「我出去玩別的沒有什麼，只不放心我的那麼多盆花，這是我的寶貝，我的精神寄託。」

「我今天又栽了一小盆草，我泡出來的根，我這邊已有三十八盆花了。慢慢天暖了，可以把客廳的花草搬過來些到我臥室的陽台，愈來愈多。看看花，修理一下，上點肥，有回報的，這也是一樂。只是妨礙我出門旅遊，捨不得這些花草啊。」

「我已整整一個月沒去方方那邊，看見樹木是活著，但都沒精神，葉子也有黃的，這也屬不易，由方方澆水，維持不死狀態。」

「我從你走後，這些年連北京都沒出去，主要是不放心那些花，現在人家來都誇我養的花好，其實我為它們可犧牲不少，想想也不值得，是嗎？」

「蕙蘭快開敗了，沒有蝴蝶蘭開的時間長，也不變色。我去年重栽的蝴蝶蘭開了不少花，花多不小，我太高興了。自己栽培出來的花更加使我心愛。不容易，我住院那麼多日子，居然還活著，方方注意澆花。」

母親去世後，當我開始留意她的花了，發現自己對它們幾乎一無所知。我在網上下載了綠蘿、紅掌、紫鴨跖草等的栽培方法，另外有些我叫不出名字，則根本無從尋找資料。母親留下的那些花好像比我更像孤兒。她曾給姊姊寫信說：

「月季花開過後，你就要剪枝，這樣容易開花。你從第三杈葉剪下（葉子、枯花剪掉點），插在土裡，蓋上玻璃瓶。經常澆水，又能繁殖。我去年插的月季，今年已開花了。」

母親生前我應該跟她說而沒有說的話很多，也許最應該說的一句就是：您教我養花罷。而當母親的花長得很好，我又希望能告訴她——這多少類似於「告慰於××在天之靈」——但是馬上就想到這是虛妄，因為花長得好不好，已經與她沒有任何關係。我對於死的最深切的感受，就是從此再也無從參與任何人間之事了。

母親去世後，我在日本買了幾幅肉筆畫，畫的都是花：高畠華宵的「卡特蘭」，蕗谷虹兒的「薔薇」，武者小路實篤的「君子蘭」，末一幅有題詞云：「花ありて人生樂し（有花的人生是快樂的）。」另外還買了一本《若沖畫譜》（美乃美，一九七六年九月出版；限定一千二百部之二百五十六號），印的是伊藤若沖所畫各種花，分春、夏、秋、冬四部，共九十九幅。

我想，這些應該都是母親喜歡的。繼而又想，我為什麼不試著在她生前與她有更多的共同愛好，為什麼不能愛好她的愛好呢？或許可以使她活著的時候少些寂寞。而我現在體會到的那種欠缺什麼而又無法彌補的寂寞，大概是所有寂寞之上的寂寞罷。

日本名古屋市中心，有一座蘭花園。我第一次去正逢閉館日，幾個月後第二次去，才如願參觀。溫室內有珍奇蘭花二百五十餘種，布置得很精緻，真可謂花的樂園，當然也是人的樂園，尤其是愛花的人的樂園。花是如此之美，說來我平生還是首次強烈地感到。我想我能夠真正領會到母親的感受了。

我的關於花的記憶，幾乎都與母親相關。小時候每年玉蘭花開的時候，她總要帶我們去中山公園，或頤和園——那裡樂壽堂前有棵紫玉蘭，據說很名貴。那時為看一樹花，要用一整天時間。中山公園的唐花塢，也是常去的地方。母親一九八三年的日記寫道：

「我去了中山公園看牡丹，可惜已晚了幾天，一半花都謝了，就像人老了一樣，使我感到悲哀。又看了杜鵑花展，色彩之多，美麗之極，總希望多看幾眼。」

每逢「五一」、「十一」，她都要去天安門廣場看花。她在給姊姊的信中說：

「我坐公共汽車也能看到路邊桃花開了，可我喜歡碧桃，顏色豔，還有連翹黃花，我院中也有，但我分不清迎春與連翹的分別。」

病重之後，日記中還說：

「街上許多花都開了，最喜歡的是海棠（可惜樹不太小），鐵杆海棠不美觀，卻種了好多棵，桃花粉紅色，又開敗了，深粉色的正在盛開，這也是喜愛的，還有白色的丁香怒放。只是種花的太沒有園藝起碼的水平，亂種一氣，不成規模，太差了。不管怎麼說，我也去戶外賞花了。」

母親一生中過的最後一個春節，不止一次提到，順義有花展呢，但也沒有去成。她去世後，我上網查看，有那時的一則消息：「順義依託北京市唯一的專業花卉產業園區——北京國際鮮花港，二〇一〇年舉辦了春季鬱金香花展，展示七十多個品種三百萬株鬱金香，成為本市規模最大、內容最豐富的鬱金香花展。」

母親曾在給姊姊的信中說：

「一個老人應該怎麼才能做到較完美呢？」

這句話可以概括母親的整個晚年。她又說：

「先抄下一段話，是芭芭拉・布希寫的《我是一個幸運的女人》中的一句話，非常好：『請享受生命，不要為過去的事或不存在的事哭泣，要盡量享受你現在的擁有。』好嗎？」

「唉，哪裡都有那麼些不會好好生活的人，找事，自己不快，別人也不快。」

「你要敏捷，這樣生命中活力就會保持永久，別以為不幹事、懶是好事，好像有福氣；還是充滿了活力才是最幸福的。」

人的記憶其實根本不需要媒介，甚至不需要緣由；只要記憶者存在就行了。所謂遺物，與其說維繫著記憶，不如說上面投注了記憶者的情感。如果情感逐漸淡薄乃至消亡，那麼遺物也就與尋常東西沒有什麼區別了。

母親的生活尚且完整地保存在我的記憶裡，是一個完成了的東西。我作為生者，對此無法介入，不能增添，亦不能削減。即使明顯感到它不夠理想，有所欠缺，亦只得由其如此。

在死者

回想起來，那一天正是「突如其來」，而我們事先毫無察覺。那天早晨，我陪母親去宏泰市場外的早市買菜，她推著小推車，忽然摔倒了。我以為是偶然絆著，還說，怎麼這麼不小心呢。中午吃飯，我發現她的右手夾菜時動作稍有不便，但也沒特別介意。此前一週，大哥一家來，為找個合適的飯館，母親和我們繞著小區外面走了很長的路，當時她精神、體力看起來都很好。再過一天，我發現母親右手端杯子時有些抖動，水都灑出來了，感覺好像有問題，就問她是否去找大夫看看。她說沒事，興許是沒睡好覺的緣故。

又過了三天，清早接到母親的電話，說這回我可能真的生病了，陪我去醫院罷。我們就到離家不遠的望京醫院——三年零九十八天後，母親在這裡去世——做了一個頭部CT。CT室的醫生要我第二天再去一趟，我知道壞了，當夜焦慮，不能安眠。第二天拿到報告：懷疑腫瘤腦轉移。我希望是誤診；接著又去別家醫院做核磁共振和其他檢查，到底未能有此僥倖。

我想起從前讀過的艾伯哈德·雲格爾所著《死論》，母親已經是書中講的「在死者」了。

伊比鳩魯說：

「最可怕的災難——死——與我們毫不相干。因為只要我們在，死就不在；只要死在，我們就不在。」

雲格爾則根據海德格爾所說生是「趨於死的存在」提出：

「或許可以更正伊比鳩魯的話：死與我們相關。因為，只要我們存在，死就存在；如果我們未曾或不再存在，死也就不存在了。死依據生而活著。」

「在死」（Das Sterben，動名詞，指死的過程）及「在死者」（Der Sterbende，dying）的概念即由此而來。從伊比鳩魯，則死在生之外；從雲格爾，則死生合為一體。「在死」一說削弱了死的那種斷然的殘酷性——所謂「大限」；「在死」是說我們逐漸趨向於死。雲格爾把「在死」推及人的一生，死是生的終結，也是「在死」的終結。

然而在我看來——我的想法恐怕缺少哲學意味——如果「在死」覆蓋人生始終，「生者」即等於「在死者」，那麼「在死」這概念也就沒有什麼意義了。

雲格爾也說：

「意識到自己正在死去的人也許準備而且能夠提供關於他與死亡近在咫尺的特殊信息。可是僅僅如此，他還根本不能提供關於死的信息。就生而言，雖然一個垂死者——也許！——比一個還不能稱為『在死者』的生者更接近死，但他還活著。作為一個快死的人，他固然在生者中間與生者有一段不可比擬的距離分割著，但在時間上臨近死畢竟掩蓋不了在死者與死者的區別遠甚於他與生者的區別。生的結束不會比在死的結束來得更早，二者是同一的。由於死將無限的質的差異置於在死者與死者之間，所以，它永遠造成了這一區別，並且取消了另一區別，因為只要我們在死中，我們還是活著。」

也許「在死」應該從他所說的「意識到自己正在死去」算起，雖然這種意識可能並不來自本人，而來自另外一個知情者。這也就意味著，當「在死」的過程短暫到可以忽略不計——譬如一下子死於某種意外——無論自己還是別人都來不及產生類似意識，可能就根本不存在「在死」這麼回事。

無論如何，「在死」是不可逆轉的。

「在死者」提供不了死的信息，他所提供的是「在死」的信息，而這與生的信息有所不同。相對於「在死者」的，或許可以叫做「未死者」，也就是雲格爾說的「還不能稱為『在死者』的生者」。作為「在死者」和作為「未死者」，對於死的理解是不同的。我想起母親在病危之後忽然歎息道，我怎麼會得這麼重的病。也許只有在「在死」的背景下，才能體會這看似平凡之極的話語的個中意味。

沃爾克・施隆多夫在《光・影・移動》一書裡記錄了罹患絕症的馬克斯・弗里施的話：「在文學作品裡幾乎沒有關於死亡的內容。只有《李爾王》第一幕。歌德壓根兒就什麼都沒寫。」這裡所指的是歌德的〈瑪麗亞溫泉哀歌〉。弗里施又說，儘管「從來都沒有人真正描寫過，會有什麼樣的感受，這世界如何改變，不過我也不想這樣做。也許這就是死亡的一部分」。

母親在日記中寫道：

「我在天壇醫院剛住院不久，夢見我躺在地上，有人往我身上拋土，一鏟又一鏟，我拚命地翻身，把身上的髒土翻掉，我奮力爬起身來。突然我就醒了，精神大振，我就和護工小馬說我要創造奇蹟，我一定要創造奇蹟，我要加強鍛鍊，活動我的右半邊身體，使我能起來。其實那時我還不知道我因肺腺癌四期擴散到腦子裡，才使我右半邊身體不能動了，我得了痼疾。」

母親對我談到她患癌症，歎口著氣說，中惡籤了。又說，我以為我這樣脾氣的人不會得癌症的。她在日記中也寫道：

「過去我總認為我是個開朗的人，有煩惱之事出外走走，花點錢就過去了，不會得癌症，沒想到還是得了。」

「我總覺得自己作的是個噩夢，夢見我得了惡疾，而醒來這都是假的。我真是不相信我會得這種病，我一直想會不會是醫院診斷錯了，我老是想不通為什麼。我這樣的想法是騙自己呢，還是會讓自己輕鬆一些呢？」

母親的葬禮之後不久，我應邀到深圳一所學校講演。講完出來，有個中年女子等在門口，說我們是校友，想問你一句話。她比我低兩屆，分配到北京一家以神經科為重點的三級甲等醫院，多年前隨丈夫遷居深圳，現在這所學校的小學部當校醫。她問，我走這條路對麼？我回答，當校醫，頂多是學生摔折了手或腳需要送醫院，責任也就這麼大。在醫院當醫生的責任，有時關乎一個人的生死。如果不想承擔那麼大的責任，還是做校醫好罷。我所說的責任未必是有人追究什麼，可能僅僅是一種自我的心理承受。她很感謝地說，一直等著有人對我說這樣的話，我也就放心了。

我講這番話的時候，心裡想著母親的癌症確診時已是晚期，以致我們束手無策；然而，可能曾經有過機會——此前整整兩年，她做了一次肺部ＣＴ檢查，發現左上肺有個結節；此前一年多，體檢時驗血，與癌症相關的CEA、CA125等指標異常。可是兩次找的醫生全都當著本來就自信健康的母親的面斷言她沒有問題，其中一位還說了「百分之九十九點九九」的話。我本人是學醫出身，所以對此更加無法釋懷；但也正因為我學過醫，才那麼相信醫生的話，何況又是相關領域權威人士說的。關於此事，我只能承認人生的理想狀態是不存在的，有的只是偶爾的僥倖，更多的則是無可挽回的不幸。而當自己的親人因此喪命，「不幸」二字也許未免顯得過於輕描淡寫了。

翻看我當年的日記，其中有兩段記載：二〇〇六年七月十四日，「早晨去北大醫院取母親的化驗單，結果堪憂。」次日，「傍晚陪母親去華聯商廈，送她一件衣服。」母親在給姊姊的信中說：

「下午五點，我過去和方方碰頭，一塊步行去新開的大商場。我們從一樓逛到四樓，方方給我買了一件黑底彩花的短袖襯衫，其實也是針織的，又被售貨員誇了一通，他花了一百六十七元，還是打的四折。」

母親平時一直怪我有點吝嗇，大概不明白我為什麼給她買衣服。那天我總感覺就要失去母親了，眼淚忍不住地往外湧。母親在信中說：

「他被我的驗血指標整個嚇垮了，精神高度緊張，他本來就是個悲觀主義者。……他的神經實在是脆弱得禁不得一點事情，以後怎麼得了。」

回過頭來看這些文字，只覺得一切已盡歸虛無，無法企及。

待到母親的病情確診，就進入不可逆轉的「在死」了。我們所能做的，僅僅是盡量延緩這個過程而已。

周作人譯勞斯著《希臘的神與英雄》一書中，講過地阿女索斯（Dionysus，通譯狄阿尼索斯）救母的故事：

「地阿女索斯已經在世上做完了他的工作，他想要去得他在阿棱坡斯的位置了，但是沒有他母親在一起他也不願意去。她是一個凡人，她已經死了，現在她是在哈台斯的暗黑的家裡，所以地阿女索斯決心下去，帶她回來。可是他不認識那路，直到有一個知道路的人告訴了他。在勒耳那的沼地裡有一個水池，假如你還沒有忘記，那就是赫拉克萊斯和水蛇爭鬥的地方，這池是無底的，那裡是往下界去的一條道路。

「地阿女索斯泅下水去，按時到了哈台斯的暗黑的家裡。他請求他母親的生命，哈台斯王向來不肯再放那些來到他這裡的人回去，起初拒絕了，但是末了他也應允了地阿女索斯，只要他肯送來一個所最愛的來做交換，便是一命換一命。地阿女索斯答應了，帶領了他的母親再回到地上來，她從前在那裡是那麼幸福又是那麼不幸的，於是到阿棱坡斯上去，他們參加了那不死的神們的社會。他不曾忘記對於哈台斯的他的約束。他在地上所最愛的有三種物事，即是葡萄樹，薜荔和桃金娘樹，所以他送給了哈台斯一棵桃金娘樹，一命換一命。」

這裡所反映的，當然是人類的一種願望，——或者說，是人類通常實現不了的願望。到哪裡去尋找那棵可以贖命的桃金娘樹呢。

隨著母親去世愈來愈久，在我的印象裡，她最後的病與死的一應細節漸漸淡薄了，而此前與健康的她一起相處的各種情景卻時時清晰地浮現出來。好像我踰越了障礙，又回到了當年那段日子似的。

然而每天我又感覺好像剛剛失去她似的。縈繞心中的，往往只是「媽媽不在了」這個念頭。

母親對我不大談到她的病，只是最後情況惡化，手抖，嘔吐，忽然說了一句，這回是要我的命了。母親去世後，我看她在記了兩年多的日記裡，斷斷續續寫過一些感受。

「我是一個喜歡自由的人，不希望人家管束我，可我老了，又病了，那麼重的病，讓我太無奈了。」

「脫髮。身體右半邊部分地方的肌肉發僵。乏力。氣短（有時好）。對自己恢復健康失去信心，悲觀起來，認為自己成為廢物，一個沒有用處的人還有什麼意思。情緒的低落，肯定影響身體。回想起我經歷多少苦難，才有了今天，我不應該消極，我不是一個有毅力的人嗎？現在怎麼啦，我不能自毀自己。孩子們對我那麼關心和照顧，我不能讓他們傷心，我要想開一些，目前不是比我住院時好嗎？八十五歲的人了，要承認這個事實，恢復起來當然要慢了，著急有什麼用。為了愛護我的人，達觀起來，情緒正常，心情好，我能達到我的目的。」

「回憶自己的一生，闖過多少屈辱和病痛的難關，去年八月得了這致命的病，九死一生能到今天實在太不容易了，我不會被目前的病（其實我也不想打聽太清楚）嚇破膽的，我服進口藥，我休養，維持我的生命，就像孩子們說的，他們需要我的存在。多少年前，我不是為了孩子們而活下去了嗎？好了，糊塗點，不用什麼事都那麼追究，得過且過吧。好好享受目前的生活。」

「從醫院回家後我不願做一個什麼都靠別人照顧的病人，我做到了，可以用筷子、寫字、織毛衣、走路（可是，還不能恢復到沒病那樣），我努力了，我堅持了，我不能向命運低頭。」

「毛毛來電談談，她多希望我能和方方一塊去美國，哪怕住一個月也是好的，可我的體力，我每月要去易瑞沙辦公室取藥等等，我哪能出外啊。我現在處在維持階段，不發展就是好的，維持、維持再維持，得了這病，我所有的計畫都成泡影，只能老老實實安於現狀了。我不是悲觀，病把我鬧成這個樣子，我過去受了那麼多苦，才舒心地生活沒幾年，就有了這個可怕的癌症，我還能怎樣呢？命運對我又薄又不薄，我只有接受現實，不再幻想了。」

「今天是我的八十五歲生日，我因為得了惡疾，自己決定再不過生日了，我以後的日子由我去年住院以來算吧，這樣我可以努力創造我的生命。」

「今天是我自去年得病以來一年，我自願把這一年的度過作為我一歲了，我不知將來怎樣？盡量往好處、遠處想吧。我和方方決定訂個蛋糕，慶祝一下，這一年的確不易度過。方方給我訂了一個一百元的黑森林奶油蛋糕，還要他們做個生日快樂的小牌（可吃）和一根蠟燭。中午趙一虹開車，我們去了去年我生日請大家吃飯的香滿樓，幸好是十一點半到的，不然座位也難有，點的半隻烤鴨，炸丸子，糟溜魚片，燒茄子。趙一虹提議去華貿中心那裡的一家無印良品，新開張的。先在新光天地一、二、三層轉轉，又找到這家店，都是日本貨，很不錯，我看中一雙鞋，方方想給我買，要三百五十元，但因皮色太淺，馬上天就涼了，也穿不上幾回了，放到明年，目前我的情況也不能想到那麼久，明年再說吧。回來有點累，趕緊午睡，迎接他們到來。下午戊孫夫婦、小沙來了。大家都很愛送上樓來的蛋糕，小沙點燃了蠟燭，我吹熄了。」

「把櫃中的衣服整理一格，找不到的衣服、褲子都在其中。我雖不能自己出外活動，每天仍然像要出門作客似的一套一套的衣服換著，這樣提高我的心情。好心情才能自己健康起來，慢慢地每天增加一點活動，幹一點事，增強體力。我實在病得太重了，把我原有的底氣全都耗掉了，現在還得慢慢地恢復，年紀又老，恢復得真慢啊。也沒辦法，慢慢來吧。」

「望望滿屋的花卉，滿櫃滿台的玩具，都增加我生活的樂趣。還有那麼多的書可看。當然也多少得顧及我的視力，延長我多看些書的能力。啊，要做的事還是很多的，給自己鼓勵吧。」

「我又整理一下大屋梳妝檯的抽屜，扔了一些不要的東西，尤其是剪的旅行社的廣告和辦去美國手續的介紹等等，這都是我病前的宏大計畫，如今我病了，一切都成了泡影。我把這些東西扔掉，我也不再去想了，能維持如今這樣，能出去吃飯，吃冷飲，喝咖啡，已經不錯了。唉，過去不抓緊時機，也不是沒旅費，也不是沒時間，一直沉醉於家務，把光陰錯過，如今惡疾纏身，還說什麼呢。只能自我安慰，平反後我隨學校多次旅行，這是多麼幸福啊。我這人也就是有這麼多的運氣，知足吧。」

「去慈善總會易瑞沙辦公室取藥。我前面是一名四十多歲的男子，已是一千零二十一號，後面是五十多歲的女子，第一次來領這免費藥。方方從花名冊上看到一號姓劉，還健在，仍領藥，也不知他吃了幾年的藥了，是不是小非說的有人已吃了六年的藥了。六年大概就算『長壽』了吧？」

「在醫院，劉主任來查房。她說服易瑞沙有效果，還說當時英國發明後，有人還服了三十年呢。這比小非說的六年更長了。」

「上午我把二〇〇八年的兩本日記放入一紙袋內，放進陽台大櫃中了。去年一年中，我也沒整理外面的大櫃，集郵冊只翻了一次，還有好多郵票該洗也沒動，總以為自己的健康會愈來愈好，慢慢再弄吧。這次又做了伽瑪刀，連方方對我的來日都那麼擔憂，我該怎麼辦？還得鼓起勇氣來，與惡疾做鬥爭才行，活一日就要這一日內有所作為，看書，看碟，織毛衣等等，就連記日記也算有所作為吧。希望之火不能輕易就滅了吧。」

「其實我得病後對一切都沒有意思了，什麼想法要求都不可能了，過一天是一天，我在強挺著罷了，一切都是過來人之感。」

「下午終於把口袋做好，幾個月才把一個亂線織的口袋完成，真費了不少時間。我反正也沒有事，就為了消磨時間罷了。等毛毛回來看看，不就是為了留作紀念嗎？……回憶回憶過去，也許還給我一些安慰與悲傷，好似平靜的水起點波動。」

「宜家又寄來樣本，要是我沒病，宜家又離我住處這麼近，我一定會常去看，有什麼可用之物購回，嚴寒的冬天我更無法外出，有時真感到氣悶之極。」

「我得去買個輪椅，小沙已經給我看過，我雖不知能用多少日子，但我還是想買個好的，我坐著舒服，推我的人也方便。」

「我的病把我的行動給困住了，我的意志和要求也都無從實現了，一切聽別人的指揮安排，我多麼鬱悶，也只能多少在日記中寫寫，稍為散解點，但又有什麼用呢？」

「《新京報》要從下半年訂到明年年底，可以打八折。我說『明年年底啊』，心中想那麼遙遠。方方聽了很不舒服，對我說『您說什麼』，好像我太無望了。其實自病後，我是極力鼓勵自己，我是在與它做鬥爭呢。」

「我想再辦一個老年證。其實我也不能坐公交車，也沒機會去公園，為什麼要辦呢？這也是我的願望，如能再去公園走走，或坐輪椅回憶一下過去我去過的公園的情景，可能是空想吧。」

「在不到兩年前，那時我自己想去哪都能去，可以乘公共汽車，轉車也不在乎上下，而今一切都要求人，那麼短的時間我竟會到了如此悽慘的地步，我對自己很生氣，我為什麼會這樣呢？經過那麼漫長的苦難生活，才有多少日子好過，而上蒼又來折磨我，弄得走不了多少路，而且左腿輕，右腿重，走得也不穩，我太悲慘了，苦啊。」

「今天是母親節，方方想送我禮物作為慶賀，他問我要什麼，我回答他說我要健康。健康對我是最重要的，也是最急需的。……我看健康是第一位，大家所最珍重的了。」

「去腫瘤醫院等著做骨掃描。我看到一位病人注射完針後，反應過大，推進急救室搶救，而掃描室中的大夫根本不過問，我想這些在腫瘤醫院工作的醫護人員對我們這些癌症患者沒有什麼感情，就像得了此病的人已被判了死刑，反正是那麼回事了。正像我校醫院管報銷的人說的『得了這病，又這麼大的年紀，還治什麼』。都是抱著放棄的觀念。他們不知道人都有要活下去的願望。」

「飯後我在客廳中來回走了走，我自己還洗了我換下的黑絲短袖上衣，又投了兩條因洗頭濕了的毛巾。我自己能幹一點事，就對自己多一點信心。報上我聽到多是與我的病有關的不好的消息，多少對我是一種壓力，我要頂住，不讓這些壞消息影響我的情緒。」

「我今天穿了一件在沃爾瑪買的灰藍色的T恤，這是我病後坐輪椅第一次自己買件衣服，感覺很好。……我只是心裡得到好的感覺罷了，給自己安慰，我還能買衣服。」

「毛毛來電話，聊了一會，我告訴她我昨天把洗乾的郵票放入郵冊裡，有些普票都配上了，很高興。是的，我有那麼多我喜愛的玩具、擺設、衣服等等，我每當看見這些物品，都有一種深深的憐惜之情。我要掙扎，我要堅持，能與我所愛的人和物多處一些時間，這是我的願望。」

「張次英來電話，告訴我人大『走』了幾位，其中一位是因夫妻吵架跳樓自殺身亡的，學校還發訃告說了好多讚語。身患重病的人千方百計要活下來，而健康的人卻不想活了，實在想不通。」

「讓阿姨推我去宏泰市場。出外一趟，心情舒暢，覺得自己還行，增加了自信心，我能自己出外，選擇買菜，說明我還有用，我能挑選自己或他人喜歡的菜，活下去的信心就增加了。我得的惡疾，如果沒有信心，沒有堅持不倒的決心，又如何能夠度日呢？我有多少美好的回憶，又有多少的遺憾，人活在世上可能就是這樣吧。」

「我和毛毛說現在雖然這樣，還有心意想買衣服。自我病後，我認為自己穿不了多長時間，有的都送人了，現在還能穿時，又感到缺了。真有心還想買點，可沒能力出外挑選。想想從小我就喜歡穿，而且有自己的選擇，活到八十六歲，也不知穿了多少件衣服，而且穿時受到人家的讚賞，我的衣服太多了。可到如今的情況，還在出外時注意別人的衣裳，還有心想買衣服，是很奇怪吧。我和毛毛談了，她認為這是好的心情，會給我留心，買後給我寄來，有一段時間我拒絕她，別再給我添衣服了，人的心情時有變化，奇怪吧。」

「和毛毛談了，不知還有什麼藥能降CEA指標，她也沒法子幫我。唉，想開點，世上有多少名人偉人，他們條件多好，不是也無法挽留生命嗎？何況我乎？不要去想它了。」

「我又幫方方整理行裝，幫他包送人的書籍，等等，一切停當，他認為帶老幹部處送我的包好，方便，夏天衣服穿得單薄，有這個包較方便。讓此包代我去香港一遊吧。」

「方方從上海來電話，他去看了達利的三百多張畫，記得我曾經還和他一塊去美術館看過達利的畫呢，那時我行動多自由啊。真是往事不堪回首了。」

「我現在總是抱著活一天算一天的態度，完全好是不可能，只要不壞，維持現狀，這已是很不容易的了，所以對什麼事都不做長遠打算，沒病時的理想等等，全不再幻想了。保持平靜的心態，有時都難做到。」

「毛毛給我買了短袖的衣服也是碰巧，我說能做那麼長的打算嗎？她說當然。那好吧，我就盡量堅持著，精神不能倒。」

「過去父親最反對服安眠藥，我一直入睡特難，經常失眠，都是挺住，堅決不吃藥。如今我已得了癌症，就無所謂了，能睡好覺了，對健康好一些就成，有了精神，人就好了。」

「中秋節。又去了漁陽飯店對面香滿樓烤鴨店，因為去得早還有空位，我們坐在外加廊內，我喜歡他們的紙簾子，比家中的竹簾好看多了，拉線是金屬的鏈子，紙是白的帶本色的花紋。我要不是得了癌症，不論我年紀多大，我也會讓人把家裡的竹簾去掉，換成時尚的簾子。裝修愈來愈好，現在我這種情況就算了，不必太折騰了，大有得過且過的樣子。」

「將來我走了，方方怎麼辦？我知道別的孩子當我走了，不會像他那樣在意我，因為他們都有家庭，就是毛毛在大洋彼岸多年，自己也能照顧自己，就是方方我最不放心了，他會受不了這麼打擊的，這也是我堅強活下去的動力。」

「記得生毛毛之後把鈕伯伯（姑母）接來幫我照看毛毛，每逢我下班回家，見她在桌上櫃上放滿了各色的瓶瓶罐罐，我就不舒服。她說她老了，什麼東西都放在櫃裡，拿一樣就要彎腰，很費力，不如都放在外面，用什麼都方便。我很不以為然，都擺在外面屋子多亂啊，可我沒辦法。現在我可體會到拿一樣要彎腰，或要登凳子爬上面去拿的困難，雖然她那時也就四五十歲，我現在有病又八十幾了。人老了，一切都馬虎，睜一眼閉一眼，得過且過，但心裡還是喜歡整潔的。」

「十月又要過去了，天也要轉寒，在這沒有暖氣的階段是較難熬的，如果沒病，可以去南方旅遊躲過，可現在一切都成畫餅，我能維持現狀已是不錯了，別的都別瞎想了。」

「看完了報紙，眼睛還是不太好，眼睛不好，看多了頭就疼，人的身體哪一部分都不能出問題，各司其事，缺一不成，人的身體是一整體，要愛惜每一部分。眼睛的視力下降，是我最大的苦惱，我喜歡靜，我可以看報看書解悶，眼睛不好，這點樂趣也沒有了，真是很傷心的事。」

「在做ＣＴ之前，我對兒子們說如果這次有毛病，我也不治了，我不想活了。這話使兩個兒子大吃一驚，他們都勸我要堅持下去。真的我太累了。我的雙眼視力減退，點藥不好。沒有了視力，我不能看報看書，那還有什麼意思啊。我為了視力只好去治病，我不能洩氣，還要堅強起來。大家都稱讚我的毅力，而隨著煩事愈來愈多，我的毅力洩氣了，我還要費多大的勁才能鼓起勇氣來呢？磨難太多了，我支持不住了，我辜負大家對我的讚美和鼓勵，堅持下去太難了，我感到孤立無援。」

「二〇〇七年九月——二〇〇八年十二月——二〇〇九年五月——二〇一〇年一月，這是我四次做伽瑪刀的時間，都是肺癌轉移至腦部的病變。這次腦水腫得厲害，術後三天去衛生站輸液之外，又吃了不少去水腫的藥，等過春節去複查CT，腦內是不是還有別的。從二〇〇七年十月吃易瑞沙到如今，還是沒有管住病魔。」

「我做伽瑪刀腦子不好使了，看書費力，眼睛又不好，看了書好像進不入腦似的，腦子一片空白。可能過些時候可以正常，我這些天只是東看看，西看看，看一會就看不下去了。」

「活下去那麼難，不活又怎樣……」

「我當初身體好時，什麼都能自己幹，我根本就沒想過我有病、我老了怎麼辦，好像自己永遠能自己幹，還能照顧別人似的，好多的想法如何如何，現在一切都成了泡影。」

「明天要去天壇醫院檢查腦部做了伽瑪刀，效果如何，有什麼變化。不去想它了，好與壞對我也無所謂了，我能在二〇〇八、二〇〇九、二〇一〇過了三個春節，這不已經賺了三年，我患如此重的癌症又能如何呢？不去想它，隨遇而安，一切放開，無所謂了。活著就是給孩子們添麻煩，但他們還是需要媽媽在的。」

「昨晚我躺在床上想想，不要再緊張檢查如何，好的情況最好，不好也無所謂，我什麼都經歷過了，我的人生那麼豐富，酸甜苦辣都經歷過了，就是不好又有什麼呢？我泰然處之。」

「行動不便，又得了癌症，真是活一天是一天，我已沒有什麼理想，想出外，想幹什麼事，都不想了。只要傷腿不疼，壞腳趾不疼、快好，眼睛不發炎、能看書看報，就一切滿意知足，要求非常低，也真正從心裡承認自己是個衰老的病人了。」

「真的，我不是悲觀，我是活夠了，有病的人事太多了，太麻煩，而且我這個病又不會痊癒，只是拖日子，為活命那麼辛苦，又何必呢？人活著就要幸福、愉快，有很高的生命質量，才有價值。我很矛盾，當年我受到那麼多的艱難，我都能以『軟性』來扛著，難道現在我病了就不能扛住，讓生命延長一天是一天啦？我內心剛強，永不認輸，可一個一個的煩惱、困難來臨，我要扛住，需要多大的毅力啊。」

「我已看開，能解脫大家都省事了，能活一天是一天，隨天意吧。我也沒有什麼感到欠缺，也沒有什麼留戀，一切隨意吧。毛毛聽了我的話，當然希望我能活下去，人家都說我不錯了，更有人以我為榜樣，堅強有毅力。哈哈，我還得給人做榜樣呢，很可笑。」

「我很看淡了我的健康，就這樣耗日子。」

「我自覺我的情況不是日漸好轉，好像還在退步。我愈心焦愈不行。左手有些發抖、無力，我拚命振作，可也不行，心情負擔重，可能影響神經。我希望正常天氣快到。兒子們懷疑我不能做核磁，CT看不清，腦中是否又有擴散。我真擔心病況不好，說是無所謂，但還是健康好點，省得受罪。」

「小袁和毛毛今天來電話，我說我快不行了。她們都說別說，要堅持，我原是楷模，過些日子就好了。大家都安慰我，說我雖幾天沒好好吃飯，但氣色還挺好，有本錢。」

「沒有什麼可記的，人不舒服，除了著急不安，祈求快點恢復體力之外，還能想什麼呢？」

人活在世界上，需要有一塊立足之地。平常或許不覺得，往往突然就面臨這個問題了。而到了此時，差不多已經無可憑恃。母親患病以後，就在不斷地退讓，退讓，終於退無可退，甚至欲以活著本身為立足之地，亦不可得了。

再說一遍，我的母親是個普通人，無論關於生，還是死，她都是一個普通人的想法，一個普通人的態度，並沒有什麼超人之處。

母親患病前，曾經一再提起將來老了打算住進老年公寓。她給姊姊寫信說：

「我看老了，不能自理了，只能去老年公寓，希望老年公寓愈辦愈好。」

「老年公寓可能是最佳選擇了，當然能晚去一年是一年。」

她患了絕症，這想法自然也就作罷。然而她每個月去中華慈善總會領易瑞沙，恰恰是在一所老年公寓裡，似乎是命運故意對人的一種嘲弄。母親在日記中寫道：

「等著發藥的時候，有一位住那裡老年公寓的老者談到那裡的房價、飯菜，大概一間正房（二十米）兩張床，每月三千元，有人給打掃，可以在食堂吃飯，價也不貴，各種福利設施如醫務室、圖書館等等，一切都具備，很方便。本來這是我的理想。」

周作人在〈《藝術與生活》自序〉中說：

「我如有一點對於人生之愛好，那即是她的永遠的流轉；到得一個人官能遲鈍，希望『打住』的時候，大悲的『死』就來救他脫離此苦，這又是我所有對於死的一點好感。」

這涉及一個問題：就是一個人究竟活到什麼時候算恰到好處。假如人的各種官能如視覺、聽覺、思維能力、行動能力等各自有其生命，那麼總的生命應該先於它們還是後於它們結束。母親曾告訴姊姊：

「我很怕老年癡呆，多少人都不明白我為什麼那麼堅持寫信給你，而且手寫，我就是為了別把字都忘了，熟能記著，我希望我能自理的日子愈久愈好。」

但是，母親好像還沒有經過生老病死的「老」——雖然她已年過八旬，可大家都說她年輕，像六十歲的人——就突然進入短暫的「病」和永遠的「死」了。

母親去世後，我總共出國十來趟，每次背的都是她的印著「中國人民大學老幹部處」的藍色帆布挎包。那個包的確適用，但我也記著母親說過的「讓此包代我去旅行」的話。

母親以第一次住院的日子作為自己的「生日」起因於我告訴她，在周作人的〈苦茶庵打油詩〉中讀到，「大家知道和尚有所謂僧臘者，便是受戒出家的日子起，計算他做和尚的年歲，在家時期的一部分拋去不計，假如在二十一歲時出家，到了五十歲則稱曰僧臘三十。」

這樣的「生日」，母親一共只過了兩次。待到第三個「生日」，她已經在醫院裡陷入了昏迷。

母親去世那年四月住院時問我，能活到六月麼？——她是期待活到整整八十七歲；出院回家後又問，能活到八月麼？——她是期待活到自己仿「僧臘」算法的「三歲」。我知道母親是希望自己的一生有個完整的結局。

後來我讀《漂逝的紙偶》，頗有感觸。此書講的是當知道自己或身邊的人只有最後一年生命了，如何設法使這個我或他安詳、溫馨、充分、留下最少遺憾地度過這段時光。一年之於一生未免太短，但做到這一點卻未必不夠。而歸根到柢，彌補死者人生的遺憾，也就是彌補生者人生的遺憾。此亦先有實例：中江兆民被醫生查出癌症，並告訴他只有一年半的生命，他遂憑意志與毅力寫下自己最後的思考《一年有半》及姊妹篇《續一年有半》。這兩本書我早就讀過，當時卻沒有想到。母親的「在死」過程比《漂逝的紙偶》講得要長，但是回過頭來看，那期間我們卻只顧著她周而復始的各項檢查與治療了，根本沒來得及在讓她的一生稍許完滿一點上做些什麼。

舉個例子，我很後悔沒有陪母親出外旅遊一趟。倘若實現了，多少也算是安排了一個「高潮」，結果她卻是齎志而終。倒是曾經多所擬議，但總是擔心出現什麼意外，危及她好不容易維持的現狀；其實以她的病情，根本就不可能維持現狀。那時假如果斷出門，也就去了；不去，就再也沒有機會。人生就是這樣。

事到如今，一切都成為我徒勞的空想，成為一種自我折磨了。

當然，要想實現《漂逝的紙偶》所寫的，首要的一點是包括病人自己在內的所有人都冷靜而客觀地直面現實。我承認，我做不到。關於母親的病情，甚至直到她去世，我也沒有把真實狀況告訴她。所以她才在日記裡將自己的病稱為「痼疾」，還多次提到「恢復」。我無法面對母親的真實病情，我知道她同樣無法面對，我更無法與她一起面對。有些事情，共同面對較之分別面對，需要更大的勇氣。我真的很難在我們兩人之間扮演一個更堅強者。

順便一談「孝」這個現在似乎已成珍稀的中國古老的傳統。按《論語》中孔子所謂「孝」，原含父母生前與死後兩部分，單以前者而論，下列說法頗可留意：

「子夏曰：『賢賢易色，事父母能竭其力，事君能致其身，與朋友交言而有信。

雖曰未學，吾必謂之學矣。』」（〈學而〉）

「孟懿子問孝。子曰：『無違。』樊遲御，子告之曰：『孟孫問孝於我，我對曰無違。』樊遲曰：『何謂也？』子曰：『生，事之以禮；死，葬之以禮，祭之以禮。』」（〈為政〉）

「孟武伯問孝。子曰：『父母唯其疾之憂。』」（〈為政〉）

「子游問孝。子曰：『今之孝者，是謂能養。至於犬馬，皆能有養；不敬，何以別乎？』」（〈為政〉）

「子夏問孝。子曰：『色難。有事弟子服其勞，有酒食先生饌，曾是以為孝乎？』」（〈為政〉）

「子曰：『事父母幾諫，見志不從，又敬不違，勞而不怨。』」（〈里仁〉）

「子曰：『父母在，不遠遊。遊必有方。』」（〈里仁〉）

「子曰：『父母之年，不可不知也。一則以喜，一則以懼。』」（〈里仁〉）

又〈檀弓〉云：

「子路曰：『傷哉貧也，生無以為養，死無以為禮也。』孔子曰：『啜菽飲水，盡其歡，斯之謂孝；斂手足形，還葬而無槨，稱其財，斯之謂禮。』」

綜合起來看，就是盡量使父母活得健康，愉快，有尊嚴，能夠如其所願。止於「送終」，尚且不能稱「孝」。

米洛拉德・帕維奇著《哈扎爾辭典》中寫道：

「她內心深處在認真思考這樣一個問題：我生命中的片刻時間正在消亡，就像飛蟲被魚吞食一樣。」

在我的印象中，母親一直也有著類似強烈的時間焦慮。常聽她感歎，又過了一天，又過了一個月，一年又過去了幾分之一。從前她給姊姊寫信說：

「方方對我說：『你為什麼著急？』是的，我真想把時間的飛輪拉住才好。」

「到了我這年齡才真正認識到光陰是如此急迫啊。」

「我活在我的精神世界裡，平平和和愉愉快快地活著，這可以長壽吧？」

母親特別期望能夠活得長久。她有一位親戚，活到一百零二歲，我想母親大概暗暗以此作為楷模。待到知道自己患了絕症，她失望地對我說，唁，還想什麼呢。她幾次因住院不能看書、看碟時，都惋惜地表示，這下耽誤時間了。

母親去世後，有一次親戚聚會，兩位與她同輩的老人彼此交流養生之道，並以「爭取（活）過百」相互勉勵。我在一旁默默聽著，想起母親，感覺特別淒切。她曾經有過的類似願望，簡直清晰可見，何其實在，然而又何其虛無。——我真的明白常說的「無源之水，無本之木」是怎麼一回事了。

過去，在表達自己的時間焦慮之後，母親每每要跟著說一句，好日子來得太晚了，或者，好日子太少了。

母親在給姊姊的信中說：

「我如今愛作這樣的夢：我要回家或去哪裡，總要經過走不通的巷道，或高坡，或低坎，曲曲折折的小徑，總走不通，或者一下子驚醒了。道路是那麼的艱難。……隔三差五就是類似的夢，醒來就無法再入睡了。」

這個夢象徵了母親的一生。母親有過她的「傳奇」。她一生至少三分之一——而且是中間三分之一——幾乎都是痛苦和屈辱的經歷。這段「傳奇」正是中國那個時代最常見的症候：始於「拋棄家庭，投身革命」，歸為「平反昭雪，落實政策」。但是一個人生命中的最好時光也就因此糟蹋掉了，如母親自己所說就是「正當年時都白白受罪過去了」。她在日記裡寫道：

「廿五年的屈辱，真是改變了我的個性，成為一個隨意讓人捏著的人，沒有表示自己意見的權利，廿五年是夠長的了，如一個人能活到一百歲，也是四分之一了，多可怕啊。」

她的眾多同輩人的經歷，說來大同小異。

母親給姊姊寫信說：

「去年底小舅夫婦來，飯後我們聊天，他們對方方說，你怎麼不將你媽媽的事寫寫呢？這也是多位朋友的意見。」

然而時至今日，我仍然無意記述母親一生的經歷。儘管其中有些內容，涉及我自己的親身體驗。舉個例子，母親寫道：

「一夜大雪，早上醒來向窗外望去，一片潔白，也降溫了。據報上說，一百六十年來今年雪最大，過去有一九六八年也是大雪。這勾起我的回憶。那時我每天在最嚴寒的時光被派去掃街作為『改造』，尤其是下雪天，更是隨時要到街上去掃雪，那雪經人一踏釘在地上，可難除乾淨了。我得了肺膿瘍，在大雪天，你從西頌年推著我去協和醫院打針，那麼重的病，卻不收我住院。當時的悽慘景象還歷歷在目。」

那時我上小學，每天早晨和同學一起到學校，就從彎腰屈背，身穿破舊衣衫，手持掃帚的母親身邊經過。我們的目光從未交會，可以說是形同陌路。直到母親去世，彼此也沒有提起過這件事，以及當年許多類似的事。

也許將來有一天我會詳細記述這一切，也許根本不講了。我現在所要寫的，並不是母親的傳記。

母親生活在這樣一個年代：要在「大同」中分辨出「小異」，每個人的經歷才有價值，才有意義；然而離開「大同」來談「小異」，「小異」也就沒有價值，沒有意義。

所以如果記述她的經歷，恐怕要花費太多筆墨。另一方面，就像我說過的，歸根結柢，「死」的所有後果，是由這個即將死去的人承擔；「生」的所有後果，也是由這個正在生存的人承擔。母親寫道：

「我曾說過毛衣織錯花樣，可以拆了重織，人生可不行，錯了就是錯了，要嘗盡無盡的苦，永世無法補償，這個債已銘刻在心中了，傷痕無法平復。」

在母親那一代人大同小異的不幸經歷中，最可悲的是，除自己之外，無法找到一個可以完全向其卸責的人。

我只想說，母親的晚年生活，有著這樣一個背景。

母親去世後，大哥告訴我一件過去我不知道的事：「文革」中，母親曾對他說，這回我實在說不清了，不想活了。大哥說，您要是不活了，不就更說不清了麼。我想起母親晚年一再對有人自殺表示不能理解，並不只是出於簡單的重生心理而已。她給姊姊寫信說：

「要不是我為了驗證我晚年是否生活得好，如那算命的所說，我的前半生沒聽他的話，就等著老了是不是生活能好，我早就不活了。這麼艱難屈辱地活著，不是一個有骨氣的人所能承受的。」

「我要是自己不能解脫早不活了，那時堅持活下來還是對了，不然能有今天的生活？」

母親所謂「好日子」，當然也是時代使然；雖然從歷史的角度看，無非只是由負的方向歸零而已。

對於母親來說，生存本身就是對於過去境遇的反抗。能夠活下來已經是幸運了；爭取把剩下的日子活得好一點，則是多少要賦予自己的一生以某種價值，某種意義。

母親在日記中說：

「平反之後我站起來，過我自己認為想過的生活，從一九八一年到二〇〇五年；之後命運再一次來摧殘我，開始時我不知道，直到二〇〇七年的秋天才知道自己得了癌症。我還是在堅持，每次和別人聊天、通電話，我都是樂呵呵的，我還是在與身上的疾病做鬥爭，多活一天是一天，至少我要讓那些狠整我的人看看，我沒有服輸。」

母親生病後的兩年多，看了那麼多書，那麼多碟，盡力保持生活情趣和生活質量，維持這個家的存在，等等，都是在繼續賦予生以價值，以意義。直到病情惡化前夕她還說：

「我只有二十年生活得很高興，是否太短了呢？他們害我過了二十五年非人的生活，我想能多過一些舒適的生活。」

人對自己未來的生總是有所期待，而死往往是在此種期待未及完成時即予以中止。

母親最後面對疾病、面對死亡的無助，正如當年她面對政治一樣；她的一生，總是這樣。

母親在寫給姊姊的信中說：

「我好像來到這世上還沒有多少時間，可已進入耄耋之年了。我的一生是不平凡的一生，甜酸苦辣全都經歷了。想想命運對我還算不薄，恩重如山的父母給了我美好的一切。生活在津中里時，那麼多的人家，有哪個女孩像我那樣享受，才十一歲還不到，就隨父母周遊了香港、新加坡、斯里蘭卡、印度（孟買）、埃及、義大利、瑞士、法國、荷蘭、比利時、德國、英國、美國（包括檀香山），要不是反日的情緒高漲，我們就踏上日本本土了。這種機會可能十萬人裡才有一個，見識廣闊，有誰有我那麼好的福氣。可我小時候很少哈哈大笑，老是有一種孤寂感，也就是多愁善感，同情窮人，我奶奶說我有菩薩的心腸。在『文革』期間每逢假日，街道上把我關在革委會小屋裡，地上鋪上草墊子，和一些被管制的人睡在一起，白天學習，不讓回家。那些是什麼人呢？都是些為生活所迫的人，他們都是很貧苦的勞動者。我在裡面是那麼特殊，他們都說我是吃得太飽撐的，有好日子不過，沒人同情我，自作自受罷了。我其實是個不懂事的孩子，看了太多的童話，根本不了解世間的險惡，自以為是，膽子夠大，瞎闖，遇事從不冷靜分析。我只覺得家中限制了我的自由，我要到自由天地去飛翔。結果呢，上當受騙，全然不知，任性得要命，走了這麼些曲折道路，把自己給毀了。我現在真正體會到我父母對我的失望了，養育孩子，都希望能成才，他們對我抱有很大的希望，我有很好的條件，可我不喜歡他們給我安排的道路。」

在母親的葬禮上，有位長輩對我說，你媽媽當年是積極投身革命的。我很想直截了當地回答，她一生的苦難，也就由此開始了。這就像她自己對我形容過的「飛蛾撲火」。是否應該發生革命——即使名副其實——是一回事；作為個人，是否應該參與其中是另一回事。村上春樹著《沒有色彩的多崎作和他的巡禮之年》中說：「世界不可能那麼簡單就翻個底朝天的，翻個底朝天的是人自己。」這話用來描述革命最合適不過。母親說：

「我的浪漫主義把自己害得那麼慘。」

如果不與時代攪在一起，母親一生都會活得好好的；她根本沒有心計，也沒有力量應對這個時代。

尼古拉・奧斯特洛夫斯基著《鋼鐵是怎樣煉成的》，寫法與意思均堪稱拙劣，其中卻有一點可取：冬妮亞與保爾分手，她多麼聰明，又多麼正確。無論於自己，於社會，都是如此。冬妮亞這個人物，既然其真實性從未受到質疑，那麼也就意味著確實存在另一種選擇。冬妮亞對保爾說：「我從來就不喜歡跟別人一個樣子；要是你不便帶我去，我就不去好了。」這被保爾視為「庸俗的個人主義」；然而個人主義是獨立思想的前提，足以消弭一切群體盲動。在革命的喧囂聲中，冬妮亞在說什麼，沒有人聽得真切，也沒有人想聽真切。《鋼鐵是怎樣煉成的》在中國擁有眾多讀者——包括我的母親在內——可惜誰也不曾認真想想，不妨以冬妮亞作為榜樣，尤其是那些有著與她類似身分、類似家庭背景的人。我們只知道「古麗雅的道路」，不知道還有一條「冬妮亞的道路」。

母親留下的文稿中，有一篇回顧生平的，但寫了一半就中斷了，最後的幾句話是：「孩子們，請你們一定要小心，每邁一步都要深慮，不要任性、心血來潮，走錯一步，後患無窮，將後悔一生。」

母親給姊姊寫信說：

「一九四九年我從香港隨李凌全家搭船到天津，文藝界的負責人馮乃超看見我的名字，說這人我們不能接待。多少人士從香港奔向解放區，一般還很少不接待的，馮的意思讓我原船返回香港。現在我想，可能上天指示馮來拒絕我，不讓我往苦難中陷呢。我如回去又會怎樣，不過以我飛蛾奔火的意志還會回來的。一個人一生有多少分岐的路，看你往哪條路走了。」

母親被確診羅患癌症之前一年，體檢化驗血相不正常，但她堅信所找的那位大夫的判斷，不承認自己有病。……對母親來說，那份體檢報告其實與當年馮氏的拒絕具有相同意義。遺憾的是，她又一次錯過了命運的轉機。

母親在日記中寫道：

「我有多麼多的記憶，它們將隨我而去。」

一年之中每逢子女的生日，她都記下一點回憶和感想。在母親身後讀到這些文字，覺得她彷彿是在為我們描繪生命之根似的。

「今天是方方五十歲生日，我祝賀他，也祝賀他的成就。回憶起五十年前，我去石老娘胡同娘娘家裡待產，十六日又是臘八，清晨，天還沒亮，我就有了強烈的感覺要生了，娘娘起來叫醒孟大爺，給我熱臘八粥，然後去叫對門張主任（毛岸英之岳母）的專職三輪車夫老袁趕緊備車送我去協和醫院生產。我一路哈著氣才沒生在車上，進了醫院護士一看病歷，胎位不正，所以不著急，我叫他們看孩子頭都快出來了，把他們嚇壞了，然後有一位男大夫把方方接生出來，大夫對我說『又多了一個詩人』，我知道我又生了一個男孩。方方學醫，又在醫院、報社和公司工作，最後還是搞創作，成為作家，就好像生下來就被大夫言中似的。那時我的婚姻重亮紅燈，我本打算孩子生下來，送給協和醫院一位女大夫，她沒有孩子，她對每個產婦都抱有這樣的企望，可當護士把方方抱來，我的母愛油然而起，我不會捨得給別人了，我要好好地養育他。環境惡劣、處境不幸的我卻給我的孩子帶來屈辱，每當此刻我內心充滿了自責，是不是應該送給別人，讓孩子可以在一個幸福的家庭生活，不會在小小的年齡心靈就蒙上陰影，影響了他們的性格呢？我是不是太自私了，作為母親應該能夠保護自己的孩子，可是我卻不能，自責之心長久存在。五十年過去，孩子們在自己努力下，都取得了成就，我感到欣慰和自豪，尤其是在我這次重病後，沒有他們照顧，我將不知如何了。我的自責之心外，又加上感激之心了。我是幸運的母親，也是幸福的母親，我要堅持多讓生命延續。」

「六十年前的今天清晨，我在北長街李伯伯的房子裡產下了小沙，當時是北大醫院婦產科來接生的，小沙重十二磅，滿頭黑髮披肩。隨我所願生下一男孩，而且是那麼健康的男孩。最早來看他的是嚴良堃，他一見男孩，就高興大叫，稱真像老沙，就『小沙』、『小沙』地叫。住在李伯伯房子裡的是李伯伯的弟弟，他們家女孩多男孩少，也非常替我高興。六十年過去，如今小沙已經六十歲了，我本來準備為他慶祝，請親戚們聚餐，可惜我病了，只能延期了。」

「今天是毛毛的生日，五十九年前她生於北京東城區西頌年胡同三十號，是由醫院來的助產士接生的。今天她來電話，沒有向她慶祝，是因為今天在美國是二十三日，明天通話又是二十四日的晚上了，大洋彼岸差了一天。她其實是生於二十三日，可她的出生紙寫的是二十四日，她父親當天沒有給她辦。那時也不講究星座，今天可特講究了，二十三日與二十四日是兩個星座。而她生於九月，本應第二年才能上學，可她進的是人大小學，也就能進去，這樣到『文革』她正好初中畢業。錯了又錯，不知是否影響她的命運，一直都是那麼勞累。」

「今天是東東的生日。生他的那天也是那麼陰冷，不到日子生下他來，又瘦又弱，真是難看極了，把他養活是那麼不容易。都是他爸爸單位有一個六一幼兒園的名額，將他年齡改大了，不然他畢業那年能留在城裡工作的。這一錯再錯，以至於落到這樣下場。東東在六一幼兒園享受了三年，可又過上那麼多的病，能治好病又是多麼不容易。可憐的東東，今天天氣降溫，我又不是很舒服，也無法出外買花、買蛋糕、買壽麵，總之什麼都沒有準備，就好像今天不是你的生日似的，可我的心裡說不出的難受，我欲哭可又不願讓人感覺到，一切的一切都存在心中吧。你在嚴冷的冬天降生到人世，又在炎熱的夏天走了，一去連一點音信都不給我，你一定是在怨恨我吧。我生了你卻無法保護你，在『文革』期間任人欺侮你，你是一個那麼要面子的人，你不會忍受的。我理解你的苦衷，我恨我自己，你不給我補償的機會。」

我二哥在二十五歲時突然離家出走。此後每逢二哥生日和出走那天，我總是在母親面前裝作只是尋常日子；她提起來，我也盡量把話題岔開。對於這件給母親帶來最大痛苦的事情，我不知道應該如何述說；即使在她身後依然如此。

母親去世後，我看她在給姊姊的信中，寫了很多悔恨自責的話。這是母親在那個年代裡不幸命運的一部分，她對此完全無能為力，實際上是最無辜的；然而作為母親，她在心裡把失去兒子的所有責任獨自承擔下來了。

「東東的衣物，經過十九年已經霉壞，我決定扔了，等他回來我給買新的，那些舊的東西已不能再穿了，留在這裡，引我痛苦。」

「星四夜裡我夢見接到你的信，是薄薄一張，我很奇怪為什麼這封信這麼薄，原來是你告訴我找到東東了，還有相片，汪洋大河中有礁石像小山似的，他坐在水中的一塊長石頭上，他還是那麼漂亮，但已到了中年，還有一個略胖的女人，還有個小男孩。你問他為什麼不回家？他說不好意思，離家多年，已成家有子了。你寫信來報告我好消息。這夢就像真的似的，那麼清楚。晚飯時，我和方方說，西頌年那一片都拆了，他要是回來，都找不到我們了。方方說他認得紅星胡同，我說紅星也快拆了，真的沒處找到我們了。這件事是我唯一遺憾的事。沒了兒子，作為母親是無法平復這心中的創傷，如他真是因病而離開我們那也沒有辦法，他是活生生的一個人，剎那間卻不見了。他留紙條和我說他會回來，可他為什麼食言呢？」

「天陰沉沉，屋裡暗極了，在夢中我聽見男聲叫了我兩聲『媽媽』、『媽媽』，我驚醒了，可誰也沒有，是東東在叫我嗎？後來我睡著了，希望在夢中能繼續知道是誰在呼喊我，可沒有，什麼也沒有。」

「我看了《萬象》中的一篇文章，寫英國倫敦一個叫莫根的人，他出身一般，但他特講究，老要維持舊有的上流人的生活舉止，不附和當時的形勢，他的生活來源與他的要求無法解決，最後跳樓自殺了。我看了以後回憶起東東就是這樣，『文革』到來家境破落，他還是一身乾乾淨淨，白襯衫，一套制服，白邊懶漢鞋，一絲不苟，舉止文雅，特有禮貌，鞠躬似日本人，帶我出去吃飯，不許我說話，對方方亂七八糟堆東西非常不滿，他身上不多錢，卻像一個闊少。而那時的環境是那樣惡劣，他一塵不染，與環境和他人都格格不入，別人都看不慣他，他非常孤獨，他什麼壞事也沒幹，社會卻不容他，逼他走了絕路。包括我和親戚們在內沒有人理解他，他就這樣無聲無息地消失了。看了這篇文章，我徹夜難眠，我這個媽媽太不稱職了，那麼好的一個兒子，白白浪費掉了。

報上又登了一個叫龍飛虎的，在網上和年輕的圍棋高手下棋，把高手都打敗了，但沒有人知道他是誰，所有的名棋手都不承認是自己，這成一個祕密了，我又幻想這個龍飛虎可能是東東吧？」

「我今天打開信箱，想著也許有人給我來信，這當然是我的一種願望，結果收到一份房地產的廣告，真可笑。不管怎麼說信箱不是空的。如果東東能度過那段艱難的日子，他也會有出息的，他又聰明，手又巧，相貌沒得說，每當我看他的相片，想到這麼漂亮的兒子，到哪裡去了？太可惜了。那時太苦了，我一點也不能使東東生活得好一點。又是一年了，石沉大海，連一個補償的機會都不給我。我這個要強的人內心是那麼悲涼、自責。我太對不起他了。」

「方方說林家的基因太弱了，下輩的孩子都走了樣，他說你們都不像我。可東東還是有點像我的，從前在街道一起強迫勞動的老陳曾和我說，有一天他來找我，看見東東坐在燈下看書，那神情和我一樣。這麼好的孩子就這樣生生地沒有了，消逝得那麼突然，唉。」

「我明早去鐵一號，要去朱大姊家一趟，安慰她，她思念去世的小女兒，終日流淚，自責沒有給小女兒多一些關心和愛護，使她自殺了。我安慰她，其實我何嘗不自責呢？東東走了，我才反思，他適逢『文革』，遭遇突變，心裡不痛快，而作為母親我應該了解他的苦悶，雖然當時我的處境惡劣，也無力幫助他，但我可以給他溫暖的母愛，多開導多談心，盡我所有的微薄之力接近他，而我每天幹活回來已累壞了，我忽略了以致我失去了他。朱大姊的女兒安葬在萬國公墓，而東東連個葬身之處都沒有。都說我整天樂呵呵的，誰知我的樂中又有多少苦痛，我是自己在騙自己，用一種無所謂來掩蓋自己的痛苦——無法補救地責備自己，不能原諒自己罷了。我整天愁眉苦臉又能解決什麼呢？誰能幫助我呢？只能往前看，用忙碌來麻醉自己。」

「我只能含著眼淚笑望將來，有一天我的兒子回到我的身邊。這些天在電視上看到朝韓分離五十年母子相會的情景，可能我也要等到那天了。」

「我拚命要好好生活下去，就是有一種希望，萬一他回來，我不在了，那更是遺憾了。所以我堅強地活著，就為了這個願望罷了。」

「夜裡沒睡好，醒來又睡還是作一樣的夢，三次都夢見東東，他穿得很破，不言不語。我哭啊，哭啊，驚醒接著還是作這夢。」

母親苦苦等待多年之後，終於病倒了。她在日記裡寫道：

「東東，我的兒子，你丟棄媽媽三十年了，你不知道我為此有多麼內疚。每當我有了什麼好的事，我就會想到你，你不能與我同享；每當我得病時，我就想到你如在我的身邊，你會無微不至地照顧我。我至死也不能原諒我自己，作為媽媽，我沒有好好地照顧你，也不理解你的心理，你抱著對我們的失望離開我們，再不給我一點補償的機會。你離開我的傷痕，並沒有隨著時間而平復，還在流血，什麼都不能比不給我機會再慘痛了，我想世界上是犯了錯誤，就沒有悔改的機會。我已患了癌症，病情很重，我還在振作，想活下去，也為了你們，我的孩子們。我的經歷已使我嘗盡酸甜苦辣，我還在掙扎繼續過下去。好像很難解釋，我的幻想都已破滅，我已到了生活的盡頭，但我是一個不服輸的人，我還要賭一把，也許你還在人世間，只是不原諒我而不歸呢。也許你會想回家看我呢。也許，也許使我有了力量活下去在等待，等待奇蹟出現，東東，你能幫助我實現奇蹟嗎？」

母親寫道：

「今天是清明，過去都認為四月五日是清明，天氣還是涼，陽光也不太強，本來就是清明時節雨紛紛，這是紀念逝去的人的日子。我思念東東，我總想他如活在人世，應該回來看看老母，我已年老，又病重，他本是個細心的人，臨走的早晨還給我上了手錶的發條，給我擦乾淨眼鏡，給文竹澆了水，一切為我辦的事都辦了，我還是以為他會回來看我。可是一去三十一年，一點音訊都無。如你不在人世，那你葬在何處，我去哪裡為你掃墓，獻上一束歉意的花，請你原諒媽媽。可我總不這樣想。我為什麼患了這麼重的病還在等待你的歸來，我是這麼盼望著，我要對你補償，我沒有照顧好你，你是帶著那麼多的無望怨憤而離家的。你在哪裡？」

母親中斷寫日記的前幾天，最後一次提到二哥：

「每天鐵路上都有幾萬人、幾十萬人來回，可我的東東卻音訊全無幾十年了，他如在世，怎麼也會回來看一看我吧。不至於這樣對我沒有一點感情吧？我想他已不在人世了。多麼可惜，這麼善良、這麼漂亮的兒子都沒有了，每逢此時我心中能好受嗎？」

我能體會母親的心情，就像一個人即將登車遠行，期待某人來送別，結果久久不至，車卻已經來了；或者調轉過來，像是這個人努力追趕某個人，卻感覺自己的腳步實在跟不上了。

母親所擔心的是，生離變成死別——「死別」是形容生者與死者的關係，然而死者與死者之間的距離就真的無限遙遠了。

母親一生所看的最後一部電影《暴風雨》，恰巧講的是個母親尋找失散的兒子的故事。在故事裡，那位母親得到一位英俊士兵的幫助，終於如願以償；之前他在洪水來襲時還救過她一命。但這麼多年裡沒有任何人前來幫助我的母親，到最後也沒有人能夠救她的命。

二哥出走是在八月一日。母親病重後，先是住進一家部隊醫院，不久就趕上這一天。我去探視，看見大夫護士都在歡慶節日，還給病人送來禮物。當天傍晚母親病情惡化，從此陷入昏迷。她一定是受了刺激。母親整整等了三十二年，再也等不了了。——父親是在二哥出走十六年後去世的，母親比父親多等了一倍的時間。

母親彌留之際，大哥、姊姊和我守候在她身邊。如果母親還有知覺，一定遺憾極了：我的二哥到底沒有回來。

一切都來不及了，包括母親自己的生命在內。

回想起來，母親的罹患癌症以致不治，好像是有一種不可抗拒的力量突然宣布「不許你活了」，不容分說地就給強行剝奪了去似的。

母親曾說，她堅持寫日記，是為了「也許將來別人可以了解我一些」；不再寫了，固然是病勢加重，也是因為她從內心真切地感到沒希望了，完了。她的日記有如從前給姊姊的信，是她與這個世界的一種交談方式，現在她認為沒有什麼可說的了。

母親在家最後的幾個月，每天晚上我慢慢扶她躺下，動作稍大就引起嘔吐。難受時她緊緊抓住我的手——那感覺我還記得，彷彿她是抓住了這個世界唯一的把手。天氣漸熱，我為她輕輕扇扇子，使她入睡。那時的母親，就像一個嬰兒似的，對於所面臨的一切完全沒有抵禦與防備的能力了。夜裡我睡在母親隔壁的房間，想到她的病勢一日重似一日，真的是不行了，而我對此束手無策，那種感覺太可怕了。

母親一生最後這一個時期，留下的話很少。雖然十六年前我曾經歷過父親病危、去世，待到母親病勢加重、無法挽回時，我還是不知道應該和她說些什麼。我甚至故意待在自己家中，晚點去她那裡；和她在一起也只是東拉西扯，盡量迴避敷衍。我沒有好好陪她度過最後一段時光，對她說些以後再也沒法說出的話，聽她說些以後再也沒法聽到的話。我未能與母親就關於她，關於我，關於我們曾經共同度過的歲月，關於我將要獨自度過的歲月，認真交談一次。這樣也就使母親喪失了對於身後予以關注、探望，以至多留下一點什麼的機會。如今回想起來，我對此深以為憾。不過，假如一切可以重新再來，我仍然不能確定自己是否能夠做得完滿一點，理想一點。

那天早晨送母親住院，無論我們還是她，都沒有想到她再也回不來了。此舉的結果，只是使得母親少在家中待了若干時日，——對她來說，那可是最寶貴的時間。記得她出門的時候，與平常並無兩樣，對什麼都沒有特別予以關照，哪怕是多看一眼。終母親一生，竟然未能向自己辛辛苦苦建立的家，向這裡她所戀戀不捨的一切作一番告別。

母親病情惡化後，因為使用了激素，曾有間歇的清醒時候。我對她說，你昏迷了好幾天。她說，覺得有點迷糊了。大哥問她，這段時間想事情不。她說，想的。

母親還對我說過，趕緊接我回家罷。然而以她當時的狀況，實在無法做到這一點。

趁母親清醒時，我挑些當天報紙上她可能感興趣的內容念給她聽。開始她還能聽較長的文章。有一回我念關於馬尼拉人質事件的長篇報導，標題叫「催命營救」，念完我問，是不是真慘啊。她說，真慘。我還念過智利三十三名銅礦工人被困井下六十九天，終於全部獲救的消息。我對母親說，希望她也能「走出隧道」。那時她已經失語，但還眨了眨眼睛。這以後她每次聽不多久，就又昏睡過去了。我想起曹聚仁有一本書叫《浮過了生命海》，記述自己大病不死的經過；可惜母親沒能這樣。

生有多種選擇，死只有一條路可走。母親無可挽救地趨於死亡，而我們則無能為力地看著她經歷這整個過程。母親患病後，我曾不止一次對她說過「感同身受」的話。我是真誠的，然而一個人的死只能獨自面對。常聽人說可以共患難，不能共享樂，或者反之的話。這都是活人之間的事，孔子所謂「仁」可以解決；生死之間的痛苦他人無法分擔，所以老子要說「天地不仁」、「天道無親」。

死的過程之艱難、痛苦、漫長與不可逆轉，母親一定深深感受到了。

小津安二郎死於癌症之後，演員佐田啟二在接受採訪時說：「……苦痛也是一直由先生一個人承受著。他半開玩笑所說的『如果早知道是這樣的話，就娶一個老婆了』，這句話至今還留在我的腦海裡。」儘管是「半開玩笑」，我卻覺得小津的話說得特別淒涼，痛苦到了無法獨力承受以致企望有人分擔的程度，雖然於己這並不能使痛苦減輕一分。

母親去世前兩個多月，忽然很清晰地對我說，今天是我最難受的一天。這是她一生所說的最後一句完整的話。此後她因為失語，不能再對親人訴說痛苦，——這是另外一重痛苦，也是更深的痛苦。失語後的母親，陷入了孤立無援的絕境。她彷彿是被禁錮在無邊的黑暗之中，彷彿是被徹底拋棄了。

這之後，我再喊「媽媽」、「媽媽」，她只呻吟似的嗯一聲，就再沒有其他反應了。我想起在一本書上讀到，作家端木蕻良臨終前幾小時，「向夫人鍾耀群要筆和紙，寫下了『支持不了』四個字」。

母親是個要強的人，身體健康曾經使她為之驕傲——這也是對此前所受苦難的反抗——然而現在不行了。母親在家的最後幾個月拒絕再見來客，也是出於這一原因。若能置身事外看待自己的病與死，她一定會說，這事兒太差了。對於母親這樣眷戀生的人來說，死真是一個巨大的失敗。

護工幾次提示我，昏迷中的母親流淚了。體會母親最後的心境，真有一種幻滅之感，我的人生觀甚至都為之動搖了。

但我又想，也許母親至死仍然抱有一線希望。母親忍受這最後的黑暗，也許因為她始終期待黑暗過去，繼之而來的是光明。就像她一生中不止一次忍受痛苦與屈辱那樣。

然而這念頭帶給我更深的幻滅之感。

回想母親去世的整個過程，我不禁要問，為什麼非要這樣不可呢？這只是一種折磨，一種對生意的盡情摧殘；還是要她充分體會生——體會生的一切，包括生之中最不能忍受的一切，就像她當年經受的那些苦難一樣。

記得有朋友曾舉一位彼此都認識的故友為例，以其死得俐落、毫無痛苦為德行高尚的體現。周作人在〈先母行述〉中亦云：「臨終之日，神志清明，不訴苦痛，不見穢惡，漸以入滅，如就安眠，世所謂得往生者非耶。」

人有各種各樣的死法：或意識到自己的死，或意識不到自己的死；也可以說，有人經歷了從生到死的過程，有人這一過程短暫得幾乎可以忽略不計。又有「暴死」一說，顯然並非好話。與之相對應的，大概是「善終」罷。什麼算是善終呢，通常還是指因病而死，可是這樣也就很難避免經受痛苦。最理想的死法，似乎只有無疾而終了。J．K．羅琳著《臨時空缺》中說：「帕明德恨極了突如其來的死亡。許多人害怕慢慢老死，這卻是令她感到安心的圖景：有時間安排後事，有時間道別。」不過，一個人對此實在無從選擇。頂多只能說，有的幸運一些，有的更加不幸而已。

不管怎樣，我還是將母親死之艱難、痛苦、漫長，理解為她的生的意志堅強，最後與死作殊死之戰。

所謂「在死」，包括：仍然主動的生─被動的生─死。只是有些人中間這個階段很短，甚至根本沒有。回過頭去看，此前「未死者」的生也可分為兩個階段：健康的、患病的，儘管它們是相互交錯的。

也就是說，健康的生─患病的生─病重的生─喪失意識的生─死，這才構成人生的完整過程。

從一個人對這一切只能感受一次，而此種感受不可重複的意義上說，母親是活過了完整的人生，她對於人生有著完整的體驗。

我如此想法，或許難免矯情之譏。那就這麼說：一個人其實根本就不需要完整體驗這一切；然而難以否認的是，這的確構成了人生的完整過程。雖然當從生到死無可逆轉，而其人又有清醒的意識時，經歷這一過程可能非常痛苦，同時也非常絕望。對此他人根本無法想像。

死往往被形容為是一種「解脫」：從病的折磨中解脫；從老——功能喪失——的折磨中解脫；從生——種種不如意，窮，困，苦——的折磨中解脫。然而據說達許・漢密特曾經講過這樣的話：

「人們經常說：『啊，他受了太多的苦，死亡對他是種解脫。』但這不是真的，能活著總是最好的。」

我所記得的支持「解脫」之說的例證，一是亨利・奧斯汀在為姊姊珍・奧斯汀所寫傳略中說：「當家人最後一次問她還需要什麼時，她回答說：『除了死亡，我什麼也不需要了。』」一是約翰內斯・克雷梅里烏斯在《弗洛伊德》中記載佛氏死前兩日對醫生所講的話：「現在，只剩下煎熬折磨，再無人生意義可言了。」

「解脫」只能是自己的感受，他人不能代為判斷。

東野圭吾著《麒麟之翼》中寫道：

「『你面對過人的死亡嗎？』

「『見過很多次，我也數不過來。畢竟這也是我的工作。』

「『你見到的是屍體，不是人。我見過很多即將離世的人。在死亡臨近的時候，人們會回歸真正的本心，扔掉所有的自尊心、意氣用事，直面自己最後的心願。接受他們發出的信息是生者的義務。』」

母親去世前五日，醫院報了「病危」。大哥和我守在她的床邊。母親忽然稍有意識，呼之能眨眼睛，好像很想講話，只是不能出聲。她望著窗外，眼神特別有情，——那是幾個月來所不曾見到的。這也許是所謂「迴光返照」，也許是意志使然——如母親在日記裡曾寫過的：

「我即使離去，也要像勇士似的離去，保持我內心的自尊。」

我不知道母親怎麼看這個她行將永遠告別的世界。

母親沒有留下遺言。我在她給姊姊的信中看到一段話——寫在她去世三年多前，就在患病前不久——彷彿就是她最後要說給我們的話：

「我想你們應該慶幸有我這麼一個媽媽，不是自誇吧，你說呢？我是盡量不想給你們找麻煩，也不勉強你們，對嗎？」

關於希望的幾句話。

只要母親活著，我就對她活下去抱有希望，儘管我很清楚這希望愈來愈渺茫了——書上說的，醫生說的，護士站掛的黑板上的字：「病危：3床」……但我還是不曾放棄希望。

雖然就母親而言可能是，與其說這是延長她的生命，不如說是在延長她的痛苦。周作人曾在〈記杜逢辰君的事〉中記述他對不堪病苦、欲尋短見的杜君所說的話：

「你個人痛苦，欲求脫離，這是可以諒解的，但是現在你身子不是個人的了，假如父母妻子他們不願你離去，你還須體諒他們的意思，雖然這於你個人是一個痛苦，暫為他們而留住。」

周氏因此自責道：

「我實是很惶恐，覺得很有點對不起杜君，因為聽信我的幾句話使他多受了許多的苦痛。」

我想對於母親，我也當如此自責。然則母親活著，與她不在了，仍是完全不同的兩回事。「她還在」——對於他人來說，這就是生與死的區別；儘管這生幾乎已經完全喪失主動，已經僅僅是作為對象的生了。

直到母親去世前幾小時，甚至直到最後時刻，雖然眼看著血氧飽和度儀上的數字因呼吸衰竭不斷下降，我仍然滿心希望它能夠重新升起來。母親去世了，絕望才真正降臨。如果說有思想準備，三年前我已經有了，此後一直籠罩在死亡的陰影之下；但若要我放棄希望，實在為親情所不可能。

不存在之後的存在

佛洛伊德在他去世前兩年的一九三七年給學生和朋友瑪麗・波拿巴寫信說：

「您一定會讓我死後仍活在您的記憶中，這是我唯一認可的有限不死性。」

我們曾聽到不少與此類似的意思，如梅特林克著《青鳥》第二幕第二場裡，蒂蒂兒問：「他們不是死了嗎，我們怎麼還能見到他們呢？」妖婆答：「他們不是活在你們的記憶裡嗎，怎麼能說死了呢？世人不知道這個祕密，因為他們懂得的東西太少了。」不過，佛洛伊德好像把本來只是文學性的描述多少給坐實了。尤其此語出諸一位離死期已經不遠的人之口，彷彿是展望自己的生命線在中斷之後又將會有隱約的延續。

「有限不死性」，需要一個載體。即如魯迅在〈空談〉中所說：

「死者倘不埋在活人的心中，那就真真死掉了。」

然而這是特定的「活人」——他知道死者，認識死者，乃至了解死者。費舍爾・史蒂芬斯導演的電影《王牌雙賊》（*Stand up Guys*）裡，艾爾・帕西諾有句台詞，講的正是此事：

「你們知道，他們說我們會死兩次，第一次是在我們嚥氣時，第二次是我們的熟人不再提我們的名字了。」

我曾在《新京報》上看到一則關於「長安街英菲尼迪肇事二死一傷」事件的追蹤報導，其中傷者王輝——二死者一為其夫一為其女——在接受採訪時說：

「只要我活著，他們就活著（在我心中）。我死了，他們也死了。」

彷彿是在回應前引魯迅的話似的。括號裡的「在我心中」當係記者添加，是來自不相干的外人的一種限定。這種「活著」是具體的，真切的，而不是概念的，不是僅僅記住一個名字。所以梅特林克才說「見到他們」。

佛洛伊德認可「有限不死性」，實際上是有限地拓寬了「存在」的範圍，或有限地改變了「存在」的含義。存在原本指肉體活著，他則將一種心理現象也涵蓋在內。而在這種心理現象中，的確保留了存在的某些形式，如一個人的形象、態度、思想、感覺、感受、感情等。正是因為這些形式，確定了其之為一種存在。

我聯想到「音容宛在」、「風範猶存」乃至「遺愛人間」之類說法。可惜它們已經成了弔唁活動中的套話，大概很少有人體會就中真意了。

然而，「有限不死性」如果只限於死者為生者所記憶，那麼佛洛伊德好像不必強調「唯一認可」，甚至連「不死」都談不上了。前引其他人所說的有別於「死」的「活」，似乎也不為生者的某種既往印象所囿。

「有限不死性」如果僅僅是回溯性的，是曾經存在，還不能說是「活著」；「活著」是即時性的，是仍然存在——準確地講，是生者覺得死者彷彿仍然存在。也就是說，不是生者回到過去與死者相會，而是死者的形象、態度、思想、感覺、感受、感情等，超越了死亡的界線，在現在的背景下呈現於生者的頭腦之中。

《辭海》在解釋「想像」一詞時說：「人不僅能回憶起過去感知過的事物的形象（即表象），還能想像出當前和過去從未感知過的事物的形象。」「有限不死性」，應該是根植於回憶與想像這樣兩個不同的方向。

「有限不死性」，如果換個說法，就是「不存在之後的存在」。曾經的存在與不存在之後的存在，其間有著一種隱祕的，有限的，在某種情結中又是不可斷絕的延續性。

《莊子・天道》云：

「昔者舜問於堯曰：『天王之用心何如？』堯曰：『吾不敖無告，不廢窮民，苦死者，嘉孺子而哀婦人，此吾所以用心已。』」

將「死者」列於還活著的「無告」、「窮民」、「孺子」和「婦人」之間，且著一「苦」字，頗具深意。我聯想到葛林在《問題的核心》中說：

「當我們對一個人說『你死了我就活不下去』的時候，我們真正的意思是：『看到你這樣痛苦、不幸，或者愁苦，我簡直活不成了。』只不過是這樣的意思。人一死，我們的責任也就完了。我們對這件事再也無能為力，我們的心也就安下來了。」

儘管冷峻甚至嚴酷，未必沒有說中事實；然而人情或許就體現於對事實的拒絕，至少是延遲承認。《莊子》所謂「苦死者」彷彿正是針對葛林的話而言。成玄英《莊子疏》：「民有死者，輒悲苦而慰之。」好像非得做點什麼似的，則又未免過度詮釋。林希逸《莊子鬳齋口義》：「苦，哀憐之也。」王夫之《莊子解》：「恤死者之苦。」陸樹芝《莊子雪》：「悲死。」知道死亡是件悲慘的事，而且能夠體會將死之人的心境。說穿了就是不要急於將生死之隔的彼此分開。

母親去世後不久，美國推理小說家勞倫斯·卜洛克來中國訪問，在北京時尚廊出席一個名為「簡單的謀殺藝術」的活動，出版社邀請我去參加。我問了他一些問題，以後整理成一篇小文〈與卜洛克談推理小說〉。當時戴大洪也在場，他對我說，咱們當中只有老太太從頭到尾讀完了卜洛克的全套「馬修·斯卡德系列」，假如她還活著就好了，一定會提出不少自己的見解。

謝其章贈送給我一套影印的《電影雜誌》，從一九四七年十月一日創刊到一九四九年四月十六日終刊，共三十八期，內容中外參半，介紹好萊塢電影和演員情況尤為詳細。當下我想：母親對那一時期的美國電影最是熟悉，假如她還活著，一定愛看，也會勾起她不少回憶。

家裡陽台上君子蘭開花那天，恰逢母親節。我拍了一張照片貼在微博上，有不少人轉發，還有跟帖說：「好雅。好美。」「這種顏色的君子蘭也很好看，淡雅。」「從沒見過這種矮簇的黃粉色君子蘭，真是可愛。」「第一次覺得君子蘭這麼好看。」「原來，我們都一直無比熱愛著生活。」「這種花嬌貴，我家以前也有一盆，沒到花開就死了——君子之交淡如水啊。」「君子蘭好漂亮！」……假如母親活著，一定會很高興的。

「假如死者還活著」，這是再尋常不過的想法和說法了。從某種意義上講，死者的確還活在「假如」之中——活在「假如」所開啟的另外一個現實之中。

母親身後這段時間，世上發生了不少事情，有大有小，有些她顯然不會感興趣，有些她可能就會表明一種態度，甚至發表一點意見。舉例來說，伊麗莎白・泰勒病故，威廉王子成婚，日本關東大地震及核洩漏，賓拉登被擊斃，高鐵撞車事故，中國出現大面積霧霾，唐英年落選香港特首，薄熙來事件，默多克與鄧文迪離婚，張成澤據傳說被「犬決」，夏隆（按：以色列前總理）在昏迷八年之後逝世，秀蘭・鄧波兒病故，我們小區附近開設了幾家大型超市，我買到的某些書、某些DVD，等等，均在此列。我甚至可以想見，當下母親的表情如何，語氣又是如何。

想像意義上的不存在之後的存在，總是以「假如」作為前提。「假如死者還活著」

這想法和說法雖然尋常，對於死者來說，卻是一次又一次具體而特殊的現身。

我關於母親還活著的這種想像，或者說母親的這種不存在之後的存在，當然完全以我對她生前的記憶和理解為基礎。也就是說，一切仍然局限於那個過去的她，曾經存在的她。

在這裡，她的態度、思想、感覺、感受、感情得以延續——正是這種延續，使之成為不存在之後的存在；然而所有這些，僅僅是在延續，卻無法真正有所發展，或有所變化。死者不能「與時俱進」。母親身後的事情，或者在其生前已初見端倪，如今有了結果；或者完全是新發生的。即使在後一種情況中，母親仍然是那個我記憶著的母親。從這個意義上來說，不存在之後的存在只是曾經存在之於生者頭腦的投影，存在無法真正生長到不存在之中。

所以我總是一方面想，假如母親活著，她會知道什麼；另一方面又想——而且是確定地、斷然地想——母親身後所有事情，她永遠也不可能知道了。懷念之情也就不由得轉變為一種深深的憐憫了。

「鐵一號」以曾係段祺瑞執政府而著稱，是母親所在單位的老校區，她晚年常來此處參加活動，見老同事，到醫務室取藥。前些時我偶爾走進那個院子，忽然發現大樓正面的掛鐘沒有指針，只在八點的位置留下一條鏽痕，想必是先停在那裡，後來乾脆就掉了。以前我陪母親來時，從未留意。我想，這裡有著多麼深切的寄託——要是時間止步於某一刻，抑或從某一刻重新開始就好了。

如果再進一步，那就是電影《超人》裡所展現的了：克拉克繞著地球逆向飛行，以使時間倒流，從而挽救了女友露易絲的性命。很多年前我觀看時就曾深受感動，覺得反映了人類永恆的願望。

實際上，當我們坐在電腦前輕而易舉地用鼠標點擊「↶」（撤消鍵入）時，正是在仿同超人。而人生的最大遺憾，莫過於沒有這麼一個地方可以點擊。

「假如」首先是時間意義上的，或者說，根本是時間意義上的。也正因為如此，它只能是「假如」而已。「子在川上曰：『逝者如斯夫，不舍晝夜。』」孔子的話到此為止；非要再說下去不可，就只能是「假如」了。

母親去世後，我越來越清楚地感到，隔絕我們的是時間。如果隔著空間——即使如李商隱〈無題〉所形容的「劉郎已恨蓬山遠，更隔蓬山一萬重」——彼此總是還在一個更大的空間之內；但隔著時間，真的就是不可企及的了。有時我想，什麼東西越來越遠，彷彿眼看著彼岸漂移而去似的……不，那還是空間意義上的間隔；時間的間隔是虛無。

而「假如」正是對時間間隔的一點小小挑戰。陳壽《三國志・魏書・程郭董劉蔣劉傳》云：「後太祖征荊州還，於巴丘遇疾疫，燒船，歎曰：『郭奉孝在，不使孤至此。』」王昌齡作〈出塞〉云：「秦時明月漢時關，萬里長征人未還。但使龍城飛將在，不教胡馬度陰山。」這裡，現實都在「假如」中被修正了，生者的願望和死者未曾滿足的願望也都因此得到了滿足。

然而，其間畢竟存在一點區別。李廣去王昌齡寫詩時已經久遠，「但使龍城飛將在」純屬詩人的一種想像。——我想起有人挖苦被人說順了嘴的「假如魯迅還活著」：「一八八一年生的人，到二〇〇三年是一百二十二歲，一個中國人活不下這麼大，至少我沒聽說過。」雖殺風景，卻係實情。《三國志》所引曹操的慨歎，則距郭嘉之死僅僅一年多時間，郭嘉得年也只有三十七歲，所以確實曾經存在「郭奉孝在」這種可能性——只不過它為郭的死亡所遏止罷了。

正因為「假如」是有時效性的，在此時效之內，「假如」所給予生者的往往不是安慰，而是折磨。

母親去世後，我經常出現的念頭是：她有沒有可能活到今天。於是很自然地會將「假如」落實到她生前的某一時間節點——這種追索，總是從母親患病開始：假如當年及時確診，做了手術，她的病也許就會得以根治；即便一切為時已晚，其後仍然存在著若干治療方法和步驟方面的「假如」，——在所有這些「假如」裡，她都有可能繼續活下去。母親去世時八十七歲，假如這裡所有「假如」都不僅僅是「假如」，或許她就可以多活十年，至少五年，那麼這就是母親、也是我所喪失的十年或五年了。

這世上誰與誰都不可能永遠在一起。但有的關係，人們期待能維持得盡量久一些。反過來說，因為什麼原因被縮短了，就是永遠無法彌補的損失。

對我來說，這樣的想法伴隨著特別的痛苦與悔恨。可能要等到某個年頭，這種「假如」變得一點都不具有可能性了，其中所蘊涵的情感因素才不那麼強烈了。

母親去世後，我不止一次到日本旅遊。我常常想假如母親來玩，應該去哪些地方。除了看櫻花，看楓葉，我覺得有些地方特別適合她，首先就想到寶塚——多年前，我曾陪母親在北京觀看過寶塚歌劇團「月組」的演出，她在給姊姊的信中說：

「星六下午我和方方去世紀劇院看日本寶塚演出，這劇團都是少女（而且出身富裕家庭）。二百八十元，還坐在二樓七排（日場；晚場要三百八十元，我們住得遠，晚上看回來也不方便）。滿座。上半場全是日本的歌與舞，下半場是百老匯式的。布景精美，服裝講究，色彩斑斕，太漂亮了。三個主要角色，不斷地上場唱、跳，三位台柱兩個扮男角，真是帥極了。多年沒看節目了，非常非常享受。」

假如母親能在寶塚大劇場看一回就更好了。加上寶塚這小城頗具情調，幽雅，悠閒，有一條漂亮的「花之道」，有多家講究的咖啡廳，週末有時還舉辦手工集市，這些都很對母親的口味，應該陪她來此住一兩天。此外我還想到小樽，鎌倉，輕井澤，白濱，內子，富士五湖，橫濱的紅色倉庫，大阪的梅田，東京中央線沿線高圓寺、阿佐谷、荻窪、西荻窪和吉祥寺的商業小街，東京大大小小的跳蚤市場，東京及其附近、京都、大阪的幾處骨董市，我在北輕井澤住過的印尼風格的旅館「軽井沢のバリ島」（輕井澤的巴里島），特別是那裡很好的飯食，等等，母親一定都會喜歡。至於我自己熱中的如泡溫泉、爬山、遠足等，可能就為母親這年齡的人所難以接受了。還記得她曾告訴我，自己睡不了榻榻米。

可以說，在我的這些想法中，我為已經不在的母親設計了一條相當理想的日本旅遊路線。

不過話說回來，這是我去過日本多次之後，陸續發現而又不斷訂正的結果。即使母親生前真的如願來了，大概只是一次，多半還是跟團；即使是自由行，也不可能第一次就去到這些地方。這裡所說，乃是從許多「假如」中遴選出來，重新組合的一種「假如」，一切都被理想化了。

本來「假如」所展現的，就是一個理想化的、脫離現實的世界。

然而諸如此類的「假如」，卻未必是徒勞的。儘管只能歸結為生者的一種遺憾，其中卻包含了在新的情景裡對於死者更充分也更深入的理解。而且此種遺憾曾經屬於死者，已經不復存在；生者重新對此有所體會，它彷彿又復活了，這同樣是一種不存在之後的存在。

前面講到死者的意見、態度、感受、感情無法在其死後有所發展變化，但這卻可能通過生者對其更進一步的理解而多少得到彌補，——方向雖然不同，目的卻是一個。在生者的心目中，死者也許因此活得比生前更細緻，也更全面。所以這種不存在之後的存在，較之僅僅是被記憶、被想像，還要顯得豐滿結實一些。

母親去世三年半後，姊姊、大哥和我在美國相聚。我們談到，假如母親還活著，她實現心願來到這裡將有什麼感想。我說我們去過的郎伍德植物園（Longwood Garden）的大花房，基斯科山（Mt. Kisco）占地五十八英畝的私家花園，薩默斯（Somers）的約翰・甘迺迪高中舉辦的拼布被子展覽——母親看過薇諾娜・瑞德演的電影《編織戀愛夢》（*How to Make an American Quilt*），還有在塔里敦（Tarrytown）喝下午茶，逛古董店，都是母親特別喜歡的。她還會自己乘公共汽車換地鐵去紐約，對堪稱髒亂的紐約地鐵也未必反感。母親所中意、享受的是生活中增添的新內容，她總是盡可能地使自己的生活豐富多彩。

回到《超人》的話題。當年我看這片子時就想：克拉克繞著地球逆向飛行，究竟應該飛到哪一圈為止呢？有關「假如」的追索，終將落實到這個問題上：是整個重新安排，還是一切照原樣來過，只是我們努力做得更好一點。即以母親而言，是僅僅患病後得到及時確診，還是根本就不患病呢？當然還可以再往前推——將我出走的二哥留住，乃至抹去母親幾十年裡所有的不幸。我甚至可以在「假如」中為母親建立了一個全新的、完滿的人生。

我們只有在生之外或生之後，才可以把生安排得理想一點。

所以不是「假如」被理想化了，而是理想根本就是一種「假如」。理想不是對未來的設計，而是對過去的訂正。然而過去了的，就不存在了。理想只在我們頭腦之中，永遠不會實現。

周作人曾在〈《夜讀抄》後記〉中說：「目下在想取而不想給。」一個人的遺憾與快樂，正是有著「取」與「給」，即感受到與傳達出這樣兩種方向上的不同。「取」完全是獨享的，僅僅屬於該個體，隨其生命之不存在而不復存在；「給」則超越該個體的生命本身，也關乎受者，在某種情況下且兼為受者的遺憾與快樂。

我每每想到母親的種種心願在她生前沒有完成，覺得非常可憐。——我這樣想，說到底是站在她的主體位置上；我是以她的態度和方式，去繼續感受這個世界。這比起前述「假如」所引發的聯想中之仍視死者為客體，好像更能顯示不存在之後的存在。

前面提到，母親生病後，特別是病重後，我曾多次對她講過「感同身受」的話。我還在文章中寫道，張愛玲〈花凋〉中鄭川嫦「她自己一寸一寸地死去了，這可愛的世界也一寸一寸地死去了」，似應結合〈留情〉中「米先生仰臉看著虹，想起他的妻快死了，他一生的大部分也跟著死了。……米先生看著虹，對於這世界他的愛不是愛而是疼惜」來看。米太太若有想法，或與川嫦相同；米先生則對此感同身受。

那麼，在一個人死了之後體驗其感受，是否也是感同身受呢。如果說在母親生前，彼此間難免還有差異，甚至隔閡，而死則將所有這些都抹去了。現在我體驗到她病重的感受，臨終的感受，甚至死後的感受，雖然那個「身」已經不存在了。

只要在我的感受中總是攙雜著原本屬於母親的感受，只要我總是感受到她的不存在，她就存在。什麼時候我不再站在母親的立場去感受她身後的世界了，她才真正離開我。假如我對她曾經有過什麼際遇、什麼心情已經無所謂了，那她也就真的不存在了。

我素不相信所謂「附體」一說。但這裡所體驗到的不存在者如何面對存在，似乎有一點接近於「附體」。

我說「有限不死性」一併落實於回憶與想像，然而情況還是有所不同。在後一方面，尤其是為「假如」所引導的心理活動，死者多少是被動地響應生者的召喚而來。而在前一方面，儘管不乏主動回憶之舉，如周作人所說「當時我就想寫一篇小文章紀念他，一直沒有能寫，現在雖然也還是寫不出，但是覺得似乎不能再遲下去了」（〈隅卿紀念〉）、「不曉得有過多少次，攤紙執筆，想要寫一篇小文給他作紀念」（〈玄同紀念〉）；但在日常生活中，我們往往不由自主地就回憶起死者，即所謂「忽然想到」，可以說完全是被動的，甚至連不再回憶下去都做不到。這裡，生者的被動就是死者的主動。而主動性本來就是生命最重要的特徵之一。

的確可以從主動／被動來理解生／死。死就是一個人徹底喪失了主動性，完全變成對象了。反過來說，既然存在，那麼就有某種主動性。不存在之後的存在，也是如此。

「生不如死」一語，常被用來形容人的某種生存狀態，或為疾病所苦，或為感情所困，然而這裡關鍵不在於有什麼施與我們，而在於我們對此無法擺脫，只能承受，乃至承受不了。——甚至「逆來順受」都還保留著一點主動性，此時則完全喪失了。

比回憶更能顯示死者這種主動性的是夢。夢也是不存在之後的存在的一種承載形式。記憶和夢之於生者，都是不受控制的，甚至可以說有種強制性，而這在夢中表現得尤其明顯。「日有所思，夜有所夢」，並沒有這麼一回事。

相對於金昌緒〈春怨〉說的，「打起黃鶯兒，莫教枝上啼。啼時驚妾夢，不得到遼西」，我還是更相信《論語‧述而》所云：「子曰：『甚矣吾衰也，久矣吾不復夢見周公。』」再來看魯迅所作〈明天〉：「但單四嫂子雖然粗笨，卻知道還魂是不能有的事，他的寶兒也的確不能再見了。歎一口氣，自言自語的說，『寶兒，你該還在這裡，你給我夢裡見見罷。』於是合上眼，想趕快睡去，會他的寶兒，苦苦的呼吸通過了靜和大和空虛，自己聽得明白。」接下去只寫了「單四嫂子終於朦朦朧朧的走入睡鄉」、「單四嫂子早睡著了」，小說即戛然而止。後來作者在〈《吶喊》自序〉中明確地說：「既然是吶喊，則當然須聽將令的了，所以我往往不恤用了曲筆，在〈藥〉的瑜兒的墳上憑空添上一個花環，在〈明天〉裡也不敘單四嫂子竟沒有作到看見兒子的夢，因為那時的主將是不主張消極的。」這可以看作是對孔子所體會到的夢之無可把握的最好詮釋。不是你想夢就夢，不是你想夢見什麼就夢見什麼，它總是不期而至。

相對於回憶和想像，夢還有兩個特點，更能體現不存在之後的存在。一是夢更具體，雖然作夢的人醒來所能記住的內容相當有限，甚至完全遺忘了；但是，無論回憶還是想像之中的死者形象，實際上都比夢境裡的要模糊得多，所謂「歷歷在目」只是文學作品裡所描寫的內容而已。

二是夢更持久，關於死者的回憶和想像，會隨著死亡時間的久遠而逐漸淡漠；而關於死者的夢，卻往往時隔多年突然呈現，就像不速之客似的。

母親去世後，我常常夢見她。有些夢醒來就忘了；有些還記得，我順手寫在第二天的日記裡。未及寫下的，也就忘了。有時同一個晚上幾次夢見她，但往往像魯迅在〈夢〉中所說：「前夢才擠卻大前夢時，後夢又趕走了前夢。」

我關於母親的夢都很簡短，也很平凡，絕少怪異之處。有的是過去真實生活情景的再現，不過稍經改造而已；有的則顯然如佛洛伊德講的屬於「願望的達成」，但相關的願望亦很單純明瞭。不少夢裡母親並非主角，只是存在。有的夢涉及母親的病，可見我仍未擺脫因此事而產生的焦慮。但最重要的是，母親幾乎在所有夢裡都活著，活得像她生前那樣；她甚至一直活到自己的身後。

現將這些夢的紀錄依時間先後順序附在這一部分的後面。

《哀痛日記》寫道：

「繼續與媽姆『說話』（因為言語被分享就等於是出現），這一情況不在內心話語中進行（我從未與她『說話』），但卻是在生活方式上進行：我嘗試著繼續按照她的價值來度過每一天——由我來做她從前做的飯菜，保持她做家務的秩序，倫理學與審美相結合是她無與倫比的生活和打發每一天的方式。」

母親去世後，我的生活多少有些改變，譬如原來每天晚上都非看一張DVD不可，現在好像不看也無所謂了；另外在書店遇到母親從前喜歡讀的推理小說，買得也不再那麼起勁，雖然我自己對推理小說同樣感興趣。但是在更多方面，仍然沿襲了母親生前的生活方式和生活習慣，簡直與巴特所描述的一模一樣。

舉個例子，現在家裡請的還是母親原來的阿姨，我們每頓吃的差不多仍是母親生前常做的幾樣菜，燒法都是從她那兒傳承下來的。有些沒學到的，也就失傳了。我想起《漂逝的紙偶》中所說：「與別人共有這些記憶的碎片，就是與那個人共同度過人生的佐證。阿玲總有一天也會上年紀，你在廚房吃醬煮青花魚時也許會忽然想起我。那時，我就在你的廚房裡復生了，還問你：『醬煮青花魚好吃嗎？』」這比前面講到的那些，好像更切實地體現了不存在之後的存在。這種存在，安詳而廣大。死者以此在其身後繼續發揮作用，參與生者的生活——講得更恰切些，應該是一種支持或扶助罷。

蕭統編《文選》有「誄」、「哀」、「碑文」、「墓誌」、「行狀」、「弔文」、「祭文」諸項，許槤選《六朝文絜》也收了「碑」、「誄」和「祭文」。其中唯祭文的寫法與眾不同，不用第三人稱看待死者，而以第二人稱呼之為「君」。如顏延年〈祭屈原文〉：「乃遣戶曹掾某，敬祭故楚三閭大夫屈君之靈。」王僧達〈祭顏光祿文〉：「王君以山羞野酌，敬祭顏君之靈。」劉令嫻〈祭夫徐敬業文〉：「新婦謹薦少牢於徐府君之靈。」在謝惠連〈祭古塚文〉中，「既不知其名字遠近，故假為之號曰冥漠君云爾。」——當死者的姓名已經不得而知了，還要為其代擬一個，「具豚醪之祭，敬薦冥漠君之靈」。

在祭文中，死者仍然是生者所面對的對象，生者所說的話是給仍然存在的死者聽的，包括篇末的「嗚呼哀哉」。顯然這裡有著別處所沒有的生者與死者之間的一種直接交流——只有當生者認為死者繼續存在而非曾經存在，他才感到具有與之交流的可能性；反過來說，正是通過這種交流，死者得以存在於生者的心中。此亦即《論語・八佾》所云：

「祭如在，祭神如神在。子曰：『吾不與祭，如不祭。』」

朱熹說「此門人記孔子祭祀之誠意」，誠然如此；但「祭如在」顯然有更深的含義。所謂「存在」，從某種意義上講，就是仍然被對象化；當不再成為對象了，就是完全不存在了。

雖然，不應忽視祭文這一形式的特殊用途——它是供祭祀時誦讀的；但無論如何，以佛洛伊德所說「有限不死性」的眼光重讀這些祭文，好像不無新的意味。

周作人在〈凡人的信仰〉中說：

「據物理是神滅，順人情又可以祭如在，這種明朗的不徹底態度很有意思，是我所覺得最可佩服的中國思想之一節。」

相比之下，我讀屈原或宋玉所作〈招魂〉，從「魂兮歸來，東方不可以託些」、「魂兮歸來，南方不可以止些」、「魂兮歸來，西方之害，流沙千里些」、「魂兮歸來，北方不可以止些」、「魂兮歸來，君無上天些」、「魂兮歸來，君無下此幽都些」，一直說到「魂兮歸來，入修門些」、「魂兮歸來，反故居些」、「魂兮歸來，何遠為些」，乃至再重複「魂兮歸來，反故居些」，特別懇切，可以說是把心裡話都給道盡了，但又好像把握不住似的；回過頭去看開篇的「若必筮予之，恐後之謝，不能復用巫陽焉」，覺得這裡所流露的，更多還是失去死者後生者自己無所依傍的心情。

世上那些「通靈」的方法，如扶乩與水晶球占卜術等等，我從未親身體驗過，只在書中讀到或在電影裡見到。在我看來，這與上述祭文在某一點上是相通的，即通過與死者之間的交流，確認一種不存在之後的存在。

生死之間，有著一條不可踰越的界線。凡此種種，都是試圖突破這一界線。進一步說，死者不在了，對生者來說，交流的對象沒有了。他所能交流的，是他心中的那個死者形象。

周作人在〈鬼的生長〉中對此有中肯和富於人情的意見：

「我不信鬼，而喜歡知道鬼的事情，此是一大矛盾也。雖然，我不信人死為鬼，卻相信鬼後有人，我不懂什麼是二氣之良能，但鬼為生人喜懼願望之投影則當不謬也。陶公千古曠達人，其〈歸園田居〉云：『人生似幻化，終當歸空無，』〈神釋〉云：『應盡便須盡，無復更多慮，』在〈擬挽歌辭〉中則云：『欲語口無音，欲視眼無光，昔在高堂寢，今宿荒草鄉。』陶公於生死豈尚有迷戀，其如此說於文詞上固亦大有情致，但以生前的感覺推想死後況味，正亦人情之常，出於自然者也。常人更執著於生存，對於自己及所親之翳然而滅，不能信亦不願信其滅也，故種種設想，以為必繼續存在，其存在之狀況則因人民地方以至各自的好惡而稍稍殊異，無所作為而自然流露，我們聽人說鬼實即等於聽其談心矣，蓋有鬼論者憂患的人生之雅片煙，人對於最大的悲哀與恐怖之無可奈何的慰藉，『風流士女可以續未了之緣，壯烈英雄則曰二十年後又是一條好漢』，相信唯物論的便有禍了，如精神倔強的人麻醉藥不靈，只好醒著割肉。關公刮骨固屬英武，然實亦冤苦，非凡人所能堪受，則其乞救於嗎啡者多，無足怪也。」

《論語》有云：

「子曰：『父在，觀其志；父沒，觀其行；三年無改於父之道，可謂孝矣。』」（〈學而〉）

「子曰：『三年無改於父之道，可謂孝矣。』」（〈里仁〉）

「曾子曰：『吾聞諸夫子：孟莊子之孝也，其他可能也，其不改父之臣與父之

政，是難能也。』」（〈子張〉）

孔子將「孝」的範圍由父母的生前拓展至其死後，將「孝」的對象由生者延伸及於死者。「不改父之臣與父之政」自有政治上的考量，但孔子對「孝」的理解顯然更多帶有人情的因素。我讀孔子的話，感覺到生者期翼死者不要馬上離開，希望彼此繼續相伴一些時日。期以三年，則彷彿從容告別，死者漸行漸遠，終於不見。

《論語・陽貨》云：

「宰我問：『三年之喪，期已久矣。君子三年不為禮，禮必壞；三年不為樂，樂必崩。舊穀既沒，新穀既升，鑽燧改火，期可已矣。』子曰：『食夫稻，衣夫錦，於女安乎？』曰：『安。』『女安，則為之。夫君子之居喪，食旨不甘，聞樂不樂，居處不安，故不為也。今女安，則為之。』宰我出。子曰：『予之不仁也。子生三年，然後免於父母之懷。夫三年之喪，天下之通喪也。予也，有三年之愛於其父母乎？』」

按照孔子所說，「夫三年之喪，天下之通喪也」，乃是根據「子生三年，然後免於父母之懷」。但我揣想「丁憂守制」以後才成為一種規矩，以約束生者不要太快放棄死者，遺忘死者；最初大概還是人情使然。就像孔子講「三年無改於父之道」，與其說是旨在提倡，不如說是有所感慨。

我所留意的是孔子在與宰我的對話中一再強調「安」，甚至連後者所擔心的禮壞樂崩亦在所不顧。生者與死者之間的關係本來就是單方面的。對於生者，真正也只有「安」這麼一點約束。「女安，則為之」，這也許很容易，也許很不容易。

我讀《史記・孔子世家》至這一節，頗受感動：

「孔子葬城北泗上，弟子皆服三年。三年心喪畢，相訣而去，則哭，各復盡哀；或復留。唯子贛廬於冢上，凡六年，然後去。」

追思故人，本來就是因情而異，無須一律；此亦如送行路上，或多走幾里，或停下腳步，亦各盡情誼而已。

如今喪事多是從速辦理，難免有趕緊了事之嫌。《紅樓夢》第一百二十回云：「且說賈政扶賈母靈柩，賈蓉送了秦氏鳳姐鴛鴦的棺木到了金陵，先安了葬。賈蓉自送黛玉的靈也去安葬。賈政料理墳墓的事。」推算各位的死亡時間相差甚久，如秦可卿死在第十三回，當時「擇准停靈七七四十九日，三日後開喪送訃聞」，實際上停靈的時間要長得多。我對包括停靈在內的舊日喪事辦法全無經驗，只是感覺過去的人在這方面好像更從容一些，也鄭重一些；現在則只剩下殯儀館裡常見的「一路走好」這麼一句空話了。

前些時聽兩位台灣的朋友說，他們那裡除夕、清明仍有祭祖儀式。後來有海南的朋友在微信上說，她的老家也是年年如此。但對於一九四九年以後遷入城市的人及其後代來說，這一傳統久已斷絕。革命在這方面的效果和影響，似乎還不為大家所留意。

關於祭祖的風俗，我僅僅是通過閱讀而略知一二。周作人曾作〈兩種祭規〉一文，有云：「案頭放著兩部書，草草一看似乎是很無聊的東西，但是我卻覺得很有意思，翻閱了幾回之後，決心來寫一篇小文，作為介紹。這是兩種祭規。」即蕭山汪氏的《大宗祠祭規》和山陰平氏的《瀫祭值年祭簿》，讀之可知舊日祭祀的內容和過程。直到終篇，周氏也沒講「意思」究竟何在。我想，還是體現在祭祀儀式裡的人情罷。

《論語・八佾》云：

「林放問禮之本。子曰：『大哉問。禮，與其奢也，寧儉；喪，與其易也，寧戚。』」

乃以生者的真實情感為「禮之本」。〈子張〉則將當下的「喪」與長久的「祭」分開來說：

「子張曰：『士見危致命，見得思義，祭思敬，喪思哀，其可已矣。』」

子張之說當本諸〈八佾〉中這番話：

「子曰：『居上不寬，為禮不敬，臨喪不哀，吾何以觀之哉？』」

〈檀弓〉則云：

「子路曰：『吾聞諸夫子：喪禮，與其哀不足而禮有餘也，不若禮不足而哀有餘也。祭禮，與其敬不足而禮有餘也，不若禮不足而敬有餘也。」

較之孔子答林放問，說得更周全也更徹底：「哀」與「敬」通過祭祀儀式而體現，但此種情感重於儀式本身。

實際上，當祖先遙遠到超出後代的直接記憶——最多也就是兩三代罷——之外，就完全抽象化、概念化了。孔門所以不復言「哀」，而改曰「敬」，極得人情真諦。但正如張愛玲在《對照記》中所說：

「我沒趕上看見他們，所以跟他們的關係僅只是屬於彼此，一種沉默的無條件的支持，看似無用，無效，卻是我最需要的。他們只靜靜地躺在我的血液裡，等我死的時候再死一次。

「我愛他們。」

現在的中國人，往往很少知道自己三代以上的先輩是幹什麼的，可能也與曾經發生過革命不無關係。此所以我到日本，看到商店或旅館的招牌上常常寫著「六代目」、「八代目」、「十代目」甚至更多，不免深有感觸，覺得其中隱約有種家族的力量延續下來。

奈波爾在《作家看人》中說：

「我知道自己父母的情況，但是再往前就不清楚了。我家祖上的事含混模糊。父親還是個嬰兒時，我的祖父就去世了。傳給我的家史僅此而已；現在我們追憶的只是一個家族傳說，有些內容誇張浪漫，或者完全是編造的，因此不能信以為真。」

追溯起來，我的父親這一系，我所見只到父親為止；母親這一系，所見到外祖父母為止，此前的先人都隱沒在黑暗之中了，我不清楚他們活了多久，幹過什麼事情，甚至連他們的名字都不知道。沒有什麼「家族傳說」。

我的侄女六歲時，我的父親即她的祖父去世了，不知道她是否還記得；她二十二歲時，我的母親即她的祖母去世了，相關記憶或許能夠保持長久一點。待到將來她有下一代，這些也都將是黑暗一團、不辨面目了。

重又想起〈檀弓〉所記曾子臨死易簀之事。曾子臨死之際，他的目光不僅看著自己仍然活著的世界，也朝向自己死後的世界。而他經童子提醒，非得換掉季孫所賜的竹席不可，肯定希望這一「吾得正而斃焉」的態度能夠被後人記住。

世間所有的遺言、遺願，無論什麼內容，都是人們踰越生死的嘗試或企圖，都是期待在自己已經不存在了的世界裡繼續保持一種存在。

不存在之後的存在，說得上是人類的一種永恆的願望。人活一世，很大意義上就是為了把生延長到生結束之後，就是為了死後不被遺忘。

我回憶母親，想像母親，本身就是對她的死亡的一種反抗，因為死亡的目的正在於使一個人消失。

這甚至成為我繼續活下去的必要性之一：因為我可以記憶、想像，因為我可以作為記憶和想像的載體——我以我的存在延續母親的不存在之後的存在。

母親不在了，她的記憶和想像隨之喪失；只剩下我對她的記憶和想像。待到我也不在了，則連這也喪失了。人類的歷史就是這種不斷喪失的過程。

母親去世後，有朋友曾建議我搬離與她一起生活過多年的地方。我很感謝朋友的好意，但是又想：我們面對死者，有如坐在海灘上守望退潮，沒有必要急急轉身而去。

後來我對另一位朋友說，坊間有本書名叫《拒絕遺忘》，其實遺忘是拒絕不了的，最多只能講「抗拒遺忘」。假如有「造物」的話，那麼他的總的態度是要生者遺忘。大家勸我別陷在母親死亡的陰影裡，真要離開那陰影還不容易，時間自然會使我走出這一步。我只是希望慢點離開而已。我的確懼怕遺忘，因為它將斷絕我與母親之間的唯一聯繫。（末了這句，也許應該說：在我心中活著的母親，懼怕為我所遺忘；而就在我的這種體驗、我與她的這種聯繫之中，她繼續活著。）

我懷念母親，保留關於她的記憶，想像她的存在，偶爾還夢見她——依靠這些，她與一個她已不存在的世界保持著聯繫。但我也感到，這種聯繫實在太微弱了，甚至比「氣若游絲」、「奄奄一息」還要微弱得多。

前面曾提到過兩個詞：「音容宛在」與「風範猶存」，它們的含義並不相同。母親在我心中，可能終將由前者轉變成後者。一切具體的都終將變為抽象的。「假如」也終將有一天會不再被提出。我終將徹底接受母親已死這一事實。

我只不過是在這一切到來之前，與母親一起享受一點「昔日的榮光」罷了。

也可以從「主體」與「客體」的區別上來考慮生與死。死是一個人的「主體」——那種有意識的，能感知的，具有主觀能動性的……——的喪失；而其作為「客體」，可能在某種程度和某種意義上仍然存在。這種存在開始是具體的，以後到了一定階段——所有接觸過他的人也都不在了——就變成抽象的、概念的了，乃至完全消失。

附帶要說到的是，不存在之後的存在，還可以訴諸別種方式，至少包括：一，借助於造像或影像，如雕塑、繪畫、照相、錄像、電影、錄音等——正如徐渭〈畫鶴賦〉所云：「形骸易泯，不勝留影之難，楮墨如工，返壽終身之玩。」二，借助於文學和藝術等創造物。

借助於創造物以實現不存在之後的存在，關鍵還不在於「留名」——如果僅僅留下一個名字，實際已經被抽象化、概念化了——而在於一個人的態度、思想、感覺、感受、感情，以其所留下的作品為媒介，具體地為另外一個時空裡的人所感知。此即《莊子・齊物論》所說，「萬世之後，而一遇大聖知其解者，是旦暮遇之也。」而在這種感知之中，那個已經不存在的人仍然存在。

但即使是這兩種方式，仍然有失傳的可能，——在信息時代，失傳更可能為埋沒所取代。即使不失傳，當創造物不再有人理會，或雖然獲「遇」而不再被「解」，那麼也是枉然，也就不存在了。

雅斯貝爾斯在《哲學思維學堂》中說：

「憑藉繼續在他人記憶中存在；憑藉在家族中的永生；憑藉青史留名的業績；憑藉彪炳歷代的光榮——憑藉這些都會令人有慰藉之感，但都是徒勞的。因為，不僅我之在、他人之在會有終結之日，就是人類以及人類所創造、所實現的一切，皆有盡時。」

或許，我們所期望的未必有那麼長久罷。

附：記夢

半夜醒來，久睡不著，快天亮時才又入眠，夢見撫摸母親的手臂，清楚地感受到她的體溫，皮膚不很潤澤，睡夢中想，是脫水藥用得太多了。

昨晚又夢見母親，握她的手。

夜裡夢見買了兩張電影票，好像是個老的美國黑白電影，打算邀母親一同去看。猛然醒來，夜色尚黑，真切地感到天人永隔。

昨夜作的夢是關於母親的：在醫院中，一間病房裡有許多病人，母親的病床在一側，與一位看護同躺在一張床上，如去年春天在天壇醫院神經內科病房住院時那樣。母親的病歷找不到了，各項檢查需要重做——特別想到CEA。我去找主任，即是望京醫院腫瘤科那位，問有無必要一一重做，但又特別對他說，我的前提是讓母親能活下來。這時有護士高聲喊道，家屬不能看病歷。

夜裡夢見在醫院的走廊遇到小沙，手裡端著一個小便器，卻是男性用的那種。我問，媽媽怎樣。他說，還行。我走進病房，看見母親醒了，但隨即我也就醒了。每次夢見母親都是馬上就醒，好像知道這不是真的。

一夜不知醒了多少次，又作了多少夢——都是關於母親的：和她一起在電影院門口等候；在公共汽車上坐在一起；還有一個是與她討論她的病，她說，其實吃點藥就行了。我說，可惜沒早發現。醒來想到這樣的談話實際上永遠不可能進行了。

夜裡夢見母親講豌豆如何燒法，聲音很大，非常清晰。其實她平時不大聲說話的。睡得甚淺，明知是夢，但不願醒來，欲多留連，得與母親相處。

夜裡夢見母親的呼喚聲，很輕，就像過去她住在隔壁房間時偶爾發出的那樣。

夜裡時睡時醒，作了好幾個夢。在一個夢裡，讀到一文談春遊與上墳事。在另一個夢裡，母親在路邊等我。醒來想到自母親二〇〇三年搬到三區之後，常與我約好，或在我所住之四〇三樓下等候，往往是在藥店後門附近；或在她所住的三一六樓下，點心店門口等候。她也曾站在三區院內的路邊，情景思之猶在目前。

夢見母親去美國領事館申請簽證。晚年沒能去一趟美國，是她終身的遺憾。

夜裡作了兩個跟母親有關的夢：第一個夢是在一家食品商場，母親問有沒有薑汁餅乾賣。服務員說沒貨了，要去天津調貨。母親說不著急。我卻急著問服務員如何與天津聯繫。他告訴我一個號碼。我打了，告訴我另一個號碼，只有四個數，我很著急，就醒了。想起母親曾託虹影從英國帶來薑汁餅乾，是她小時候去英國時吃過而難忘的，虹影給找到了，她喝下午茶時吃，很高興。另一個夢是我們一起去了美國，是在紐約的城外，荒野之上，有個大學女同學要開車帶我們去海邊，還要去城裡。母親卻自己另外開一輛小車。我對同學說天氣很冷，母親患了癌症，是否能耐得住。母親說沒關係。這時我醒了。想起母親曾在二〇〇〇年前後希望赴美，未能成行。

夜裡又夢見母親：我們一起乘一輛大客車，似是遠途，半路我下車，母親追上來，說這是我寫的一封信，你要不要看看。我拿到信封，略有揉搓，貼著郵票，是糊上又撕開的，信寫給天津某友人，但姓名我忘記了。我急著打開，共兩頁，是母親的筆跡，上來寫道，得了這樣的病，很難心平氣和，接下來議論了些中國出版方面的事，其餘不記得了。我看了信，再看母親，在路邊站住，似乎並不急著趕上那輛即將開走的車。

夜裡又夢見母親，均是日常生活情境，唯背景乃為一平房小院。

昨夜夢見母親躺在醫院的病床上，背景是一張巨大的腦部核磁共振片子，清楚地看到了占位病變，但是很小。

昨夜又夢見母親，是在路上遇見，手裡提著很多菜，我趕緊迎上幫她拿。此是實境，過去不止一次發生。夢中母親常穿那件藍色上衣，有時戴那頂布帽。

夜裡夢見母親的葬禮，彷彿去年十一月二十四日的情景，但是母親自己亦是參加者之一。此夢怪誕，很快即醒，不復多記憶矣。

夜裡的夢是昨晚小過請我吃日本飯的延續，母親躺在床上，說有點吃多了，其實這是我自己昨晚和今晨的感覺。斯亦奇矣。

夜裡夢見在小院裡，像是西頌年胡同五十一號還沒有搭建那些小廚房的時候，很寬敞，母親躺在一張竹躺椅上。我看見她，就想，死了又有什麼呢，這不是人還在麼。那種欣喜與慶幸的心情，到醒來還能體會。

夜裡夢見母親，是躺在病床上，我說，你身體要是好點，我陪你出去走走。她說，我可以啊。她的病床是由多把椅子搭成的，我說這椅子也該換換了。

夜裡夢見去見父親，向他報告母親的死訊，忽然醒悟父親先已去世。

夜裡夢見我要母親來看我在日本買的玩意，突然想到母親已經不在，遂醒。

夜裡又作了關於母親的夢，醒來，還默記了一遍，又睡，再醒來已不記得，惘然若失。

夜裡夢見母親對我說，告訴你爸爸，回來多買些菜。

很早醒了，好容易又睡著，夢見母親，她穿著那條有點麻的感覺的褲子，我問，怎麼腿上長了一個包。她答，是啊。我問，都瘦完了罷。她答，瘦，瘦……她的語氣是隱忍的，好像慨然接受命運似的。我不記得真實生活中她是否是這態度。但我想起她最後在家，因為不能進食，瘦得背後的脊椎骨都清楚地顯露出來。

夜裡夢見和母親一起在一個公共汽車站轉車，但是需要在一些架子上跳上跳下，手裡拿著包，忽然東西掉了出來，是一些很漂亮的布片。

夜裡夢見和母親一起走在街上，我為什麼事鬧脾氣，她一個人先走了，我忽然想起她有病，趕緊叫她走慢點。

夜裡作了兩個夢：第一個是和母親住在一個小院，卻比紅星胡同八號開闊，也有些荒蕪，我在那裡一連寫出五本隨筆集，其中有兩本是關於電影的，正在謀畫出版，忽然想起自己連《雨腳集》還沒寫夠一本呢，遂醒。這是我原來為《旦暮帖》起的名字。第二個夢是母親對我說，她和毛毛住在一起，多麼幸福，我想起第一個夢，也感到幸福，但也就馬上醒了。

夜裡夢見睡在母親的房子，半夜醒來，走到客廳，看見母親、小沙、毛毛一起聚精會神地在看電視。

夜裡夢見我跟著母親穿過一片竹林，只看見她的後背，穿著一件駝色的外衣。

夜裡作了至少兩個與母親有關的夢。第一個是在盛夏，天氣很熱，我和母親都住平房，卻不在一個院裡，我爬過梯子到母親的院裡，她正在站在那兒仰望夜空，我來到她身邊，拉住她的衣袖。她很瘦，袖子飄飄的。我說，您要保重身體啊。她說，我也不知道是怎麼回事。我們就一起仰望夜空了，不記得有星星月亮，只記得那是我平生沒有見過的如此深遠的夜空。第二個是我對毛毛說，今年已經是二〇一二年了，堅持到明年，母親就活到九十歲了，也就行了。忽然想到母親在八十七歲已經去世，於是醒了。這個夢太淺，就像我平時想的。

昨夜又夢見母親，但是醒來記不大清楚了——她去世的一年多裡這樣記不得的夢有很多。好像是對她說，如果她也留心一點，應該是能夠早點發現她患了肺癌的。

夜裡夢見我拿著一個檸檬，非常新鮮，輕輕一掰就成了兩半，裡面的果肉一絲一絲，富於汁水，而母親在一旁看著。

夜裡夢見母親，但是醒來卻不記得夢的內容了，甚感遺憾。類似這樣的情況有很多次。

夜裡夢見裝修的小張來修理地板，母親和我都在一旁蹲著，看著他操持鋸或鑽之類工具。

夜裡夢見母親，她已病重，但仍坐在那兒，我對她說，馬上新的一年就開始了。但當時心裡想，這恐怕是母親的最後一年了。她對我淒然一笑，顯然不大相信自己會好轉。我努力要扶她起來，但怎麼也扶不動。這個夢好像要補足最後因她失語，而沒能與她交談的缺憾。也許是昨天在所住的旅館水上館走廊裡看見一幅畫而引起的，畫上題著「九十七歲作」，我想母親整整比這少活了十年。

午睡，夢見母親，大哭，醒了卻無眼淚。

昨夜的夢：我在香港一家飯館裡看一本畫報，是那種很差的飯館。堂倌來說，這裡不許看這個，我收起畫報拿出一本書看，堂倌又說，這裡不許看這個。我又收起，想點碗麵吃。問要哪種，我說隨便罷。這時母親風塵僕僕地進來，說剛去見了曾主任。我問錢——好像是看病用的錢——批下來了麼，她說，還沒有。我就醒了。曾主任是母親的領導，對她很照顧，但先於她就去世了。

夜裡夢見與母親同乘一列火車，要用發票交換車票，找出來的都是收據，接著就醒了。

昨晚睡得很早。夢見馬家輝來到家裡，是紅星胡同南屋那間，抽了很多菸。母親也在。他走後，我趕緊開換風機——像是空調掛在牆上，按一下按鈕就開了。然後我對母親說，一向對您關注不夠。說這話時我站在她背後，看著她的頭。接著就醒了，當時才是兩點。

夜裡睡得不好，作了好多個零碎的夢，不止一個與母親有關，但是醒了就忘了。對夢的遺忘使我又有一種喪失感。只模糊記得一個：母親已在醫院昏迷不醒，但我卻收到了她的一封短信，只有兩行，各兩字，但忘了是什麼字了，只記得旁邊她的那個簽名。

夜裡睡得不好，很多零碎的夢，夢到母親、父親。隱約記得關於父親的夢，他要我搬到重慶去住。是他的口音，稍帶一點口吃，就像他活著時說話那樣。醒了我想，這種記憶大概是溶化在血液裡了罷，否則過了那麼久，怎麼還會在夢裡呈現。

這個夢是最接近「託夢」——雖然我不相信有這種事——的了：是在王府井金魚胡同西口，母親和我一起往東走，我說，我要寫一本關於您的書。她說，我知道你要寫一本這樣的書。我說，我不想寫一本傳記，我想寫您和我的關係。她不說話。我問，您說應該怎麼寫呢？她不回答。我又說，您說應該寫什麼呢？我們一起走，忽然到了東直門南小街——夢到這裡有點超現實了——只見路兩邊都成了廢墟，門楣窗戶都作黑色，就像電影裡那種大災難後的景象。我說這是過去的裁縫鋪，這是修洋鐵壺的鋪子，一一指給母親看。慢慢兒就醒了。

夜裡夢見東東回來了，又要離開，小沙和毛毛要我對他說聲再見，但我遲遲不願說。他走了，我才追出去，對他說母親已經不在了，我們在一起住罷。

昨夜的夢裡，我建議母親一起去一個地方——是在四川長江邊上，但那地名是不確的，醒來已經忘了。她說，已經隨學校一起去過了。

昨夜作了兩個與母親有關的夢，醒來還記得；再睡，再醒，忘了一個，另一個是：我躺在窗上睡覺，身體蜷縮著，母親拍我的背，說，幹麼這個姿勢呢？我回過頭來看她，滿眼是淚，我說，您不知道我心裡有多苦啊。在這個夢中，母親既是哀悼的對象，又是傾訴的對象。

夜裡作了兩個與母親有關的夢，但醒來都記不太清楚了，一個夢裡還有楊大媽，另一個夢裡，我把一些儀器似的東西擺放在母親床頭。

夜裡夢見母親在睡覺，我把她叫醒了。

夜裡夢見開始寫關於母親的書了。

夜裡夢見母親，醒了還記得，但到了想把它寫下來卻什麼也記不得了。很多的夢都是這樣，彷彿她曾經回來，卻又走得毫無蹤跡。

夜裡夢見家裡裝修，做了一個坡度很陡的木製斜坡，我擔心母親走過不太安全，要小張修改為台階，且有扶手。醒來我想，對於故者最大的遺憾，是什麼也不能為她做了。

夜裡夢見做了一個布人放在床上代替母親，小沙、毛毛都站在床邊，是我們在日本飛驒地區常見的那種紅布做成的布人，所穿黑衣上有「飛驒」二字。

夜裡夢見去了一個路線很複雜的系列花園似的地方，中途我想，回去要告訴母親。

夜裡夢見我得知了母親的病況，要告訴她，看見她的背影，花白頭髮，穿著那件晚年常穿的藍色上衣。待到走近前去，就醒了。

夜裡夢見母親，是在一間很高很大的房間裡，好像是說這是我們的新居，史航也來訪了。醒來想，我認識史航是在母親去世半年以後。

夜裡作了好幾個關於母親的夢，只有一個還記得：打算一起到南極洲北面一塊陸地——我們對著一個大的地球儀，上面畫出那個實際上並不存在的地方——去旅遊，那裡是個很熱的地方。

夢見我看母親的通訊錄，突然哭了，想到，死亡扼殺了她活的願望。

夜裡接連作了好幾個夢，都夢見母親，醒了只記得一個，好像是在一處類似勞改營的地方，母親、我，還有一個不相識的女人擠在一個上下鋪的下鋪，那房間很長，兩排上下鋪，Morin躺在另一處上鋪，探起身子朝這邊張望。

又夢見母親，也是好幾個夢，只記得一個：母親回到家裡，大家像平常生活在一起時一樣，我想，她要是能活到二〇一三年就好了，但同時又想，她已經死了兩年，中間這個空兒怎麼辦呢？

夜裡夢見母親，平常家居的樣子，謝其章、趙國忠兩位來家裡抄寫東西，我擔心母親勞累，說，就不留客人吃飯了。

夜裡夢見母親，是一個很混亂的夢，好像有一份什麼人寫的什麼稿子，母親說，你還要檢查一遍罷。

夜裡夢見了母親，今天是她的祭日，我的夢大約正作在兩年前她辭世之際。是在西頌年五十一號，沿著三面牆擺了好幾張床，就像曾經有過的那樣，分別躺著包頭來的什麼客人，毛毛，還有母親。但是她躺在一張單人床上，就像她晚年睡的那張床，而不是從前那張大床。我走到床邊，用手摸母親的臉，從右邊面頰撫摸到頦下，再到左邊面頰，感覺是那麼真切，溫暖、滑潤，富有質感和彈性，也許這就是本來意義上的「肌膚之親」罷。但隨即想到，母親不是已經不在了麼？我就醒了。

夜裡作了兩個與母親有關的夢：一個是家裡來了個背包客樣子的人，面貌彷彿是薩蘇，母親問他，在美國怎麼乘長途汽車，那人說，只會幾句英語。我就想，我一句日語也不會，在日本也能轉乘長途汽車。第二個只記得一點，是與母親一起去一個朋友家，有一盞燈，朋友說這有一百二三十瓦；母親說，我可是連一瓦也不夠了。

夢見我和陳子善、李長聲，還有一個忘了名字的人一起談論藏書之事，好像李不知怎麼獲得了魯迅的部分藏書，母親就在一旁看著我們。

夜裡夢見父親和母親都在家裡，平常生活情景。突然想到，他們不是都不在了麼？遂醒。

夜裡作了一個很長的夢，先是陪母親住在醫院，後來又陪她去旅遊，好像是在紅海的船上。醒來感到很滿足，昨天回家路上走過原來正時家居所在地，想到過去常與母親來這裡，忽然感到母親真的離我有點遙遠了。母親身後我的生活，各種她不可能知道的內容，這些把她給推遠了。昨夜的夢沖淡了將正視她的不存在的擔憂。

昨晚夢見母親，對她說，您已經病了四十五個月了。醒來算了一下：從二〇〇七年八月發病，到二〇一〇年十一月去世，實是三十九個月。

夜裡夢見和母親在家裡，朱老師來了，母親去開的門，我說，她真的不行了，您早該來的。母親在給我織一件毛衣，我說，您用毛線織個自己的名字在上面罷。

夜裡幾次夢見母親：第一個夢，我對她說，媽媽，你知道我特別愛你麼？她先是搖搖頭，又點點頭。第二個夢，我們在說話，母親戴著耳機在聽收音機，我想，她很寂寞啊。第三個夢或許是單獨的，或許與第二個夢是一個夢，夢見她睡在床上，頭蒙在被子裡，我把被子翻開，她在聽收音機呢。

夜裡夢見和母親一起去外婆家，坐在院子裡，後來我說，我先走了。就沿著南小街往北走，走到朝內大街，卻是已經修了過街天橋了。快到二十四路車站，看見母親和姊姊在那兒等車。

夜裡夢見和母親一起在日本旅行，好像是從島原到熊本的渡船上。我去了日本這麼多次，終於夢見與母親同行了。

昨天夜裡夢見和母親一起去申請簽證，好像是日本的，但是記不清了。

夜裡作夢：在日本，夜裡，仰望天空，星座歷歷在目：大熊星座，小熊星座，北斗七星，還有銀河。我想，既然小時喜歡天文，當年為什麼不去學天文呢？好像比弄文學，人生更能落到實處。我把頭轉向一側——母親躺在一張躺椅上，原來我們是在一處海灘，我問她，我若是學天文，是不是更好呢？

作夢：母親在病中，她也發微博，卻不留神都刪了。其實母親是不懂用電腦、上網之類事的。她對我說，那有一百三十多條，差不多是一本書啊。我湊近她的床邊，說，母親，我們一起寫本書罷。這時忽然想到她已經不在，就醒了。留意到這樣的夢延續到了母親身後。

夜裡又夢見母親，彷彿是和她一起坐在窗邊，往外看著，只是感到很溫馨的氣氛，別的記不住了。母親漸漸地遠離我，變成我的一個夢了。

夜裡夢見我在縫什麼東西，有根針掉在地上了，母親要幫我撿起來。我說，不用。

她說，你別著急，慢慢說。

昨夜的夢記不完整了，只記得想到母親還有兩三年可活，應該對她更好一點，多聽她說說話，盡量滿足她的心願，但是忽然想起她去世已經兩三年了，就醒了。

夜裡夢見和母親一起去奈良、京都，卻是乘的我們這裡的公共汽車，而車窗外所見也是金魚胡同路邊的景色。唉，母親還是去不了那裡，即使在我夢中。

夜裡夢見母親，她寫了一首半新半舊體的詩，我說，您為什麼不寫點散文似的東西呢，我可以引進我的書裡。然後我看著她的臉說，請讓我看清楚了。她就轉過臉對著我。醒來我清楚地記著夢裡她的相貌。然而我也清楚記得這與她真實的相貌有些出入。這似乎足以動搖我所謂「不存在之後的存在」：當這「存在」出自我們的印象、想像以及夢——夢可以說是這些心理活動的反映或寫照——時，也許與曾經的存在還是有些區別的，也就是說，並不那麼牢靠。

夜裡夢見和史航在一條小街邊某個小飯館的桌子旁坐下，點菜，好像點了紅燒帶魚之類。時為傍晚。我忽然想起，得趕緊結束，母親還在家裡等我吃晚飯呢。

夢見和母親在家裡，院中有假山流水，頗漂亮。但是屋裡地板卻沒有鋪平，凸起很大一塊。

夜裡不止一次夢見母親，醒了，努力記住夢的內容，又睡，再醒來，還是忘記了。只模糊記得一個：她躺在床上，蓋著白的被單，臉露在外面，睜著眼睛。我問她，您好點了麼？她點點頭。我不能確定這是昨夜的夢，還是前夜的夢，因為前晚我也夢見她了。

夢見與母親一起在英國領事館申請簽證，Morin是工作人員。一個女人出來說，母親提出去過英國的紀錄查不到了，辦起來有點難；我就容易些，但需要邀請信。我說已經有人給寫邀請信了，就不麻煩Morin了，主要是母親能辦成就行。我們就在那裡等著。母親小時的確去過英國，在她晚年我們也曾商議過要去那裡一趟，但Morin是法國人，此事與他無關。

夜裡夢見母親，好像是乘什麼車，買什麼票，但醒來完全記不真切了，為之悵然。

夜裡夢見我帶幾位朋友回家，又好像是相約要去廣州，但家門鎖著，敲門不應——是從前住的西頌年胡同五十一號那種鑲著玻璃的平房的門。我說，母親出去了，不在家。

夜裡夢見春節過後，趕上母親去世周年祭日——這個日子是錯的——我只是哭個不停，一直在哭，直到醒來。然而眼中並無滴淚流出。

夜裡夢見母親，醒來幾乎什麼也記不起來了，努力追憶，彷彿是陪她在一個外國小城漫步，那裡有古老漂亮的房子，有小河，有石橋，非常像前不久我剛去過的烏爾姆的漁師和鞣皮師傅街。母親晚年我們幾番計畫出遊，均未實現，結果我一生從來沒有陪她到北京之外一次，想來遺憾之極。假如成行，大概就是這回夢裡的情景罷。

夜裡夢見和母親一起在一個大天棚下，旁邊電影學院一九八二屆的學生正在聚餐，我就問張曉敏和林芳兵為什麼還沒有到。醒來——其實是半醒半睡之間——我想，好像打算問的是曾在積水潭醫院見過兩三面，後來被開除了的張靜，亦未可知。

夢見我回到家裡，是平房，屋裡生著爐子，還是很冷。母親躺在床上，蓋著不厚的被子。我把爐蓋打開，把蜂窩煤一塊塊夾出，最底下的一塊已燒完，把它去掉，再把燒著的煤夾回去。這樣的事，多少年前我們每天清晨都要做。

夜裡夢見母親和小沙、毛毛等坐在一張大桌子旁邊。奇怪的是，我湊到很近去看，只有母親的臉是真實的，別人的臉都不是本人的，而是另外一些臉。

夜裡夢見我躺在床上，大聲說了一句話，母親走過來問怎麼了，我把手裡的書示意給她，說，是這裡寫的。這個夢中記得真切的是母親正是老年的樣子，頭髮已經花白，穿著那件駝色的棉襖。

兩次夢見母親，都很簡短，一個是小雲來看她，帶的好像是小燕的兒子，我握著那孩子的手，很寬厚的感覺。我們一起陪母親走出小院的門——是那種舊式門樓，不是我們原來院門的樣子。門外是一條寬敞的街，空中拉滿電車用的電源線，小沙和小司已經走到遠處。另一個是在很像西頌年胡同五十一號的地方，很清楚地聽見小燕在門外說話。我對母親說，真抱歉，把您從樓房又接回這平房來了。

昨晚，前晚，都夢見母親。但是醒來就忘了，只模糊記得一點殘片，但還不能肯定是夢裡真實內容，抑或事後想像出來。夢是如此虛無縹緲，不可把握。

夢見晚上與母親一起回家，門上掛的是ＬＶ那種金色小鎖，卻沒有鎖上。我們緊張地進屋，什麼人也沒有，家裡很大，一間又一間屋子。我們從來沒有住過這樣的地方。

夢見與一對香港夫婦吃飯，好像是馬家輝介紹的，他們坐在對面，母親坐在我的右邊。桌上有兩盤菜，都是那種綠葉蔬菜。

夢見在一條胡同裡遇見母親，特別像我們曾經住過但現已拆除的西頌年胡同。母親說一個人待在家裡有點煩了，我說陪您出去玩玩好麼。

夢見我乘公共汽車，好像就行駛在白天剛去過的廣順南大街上，忽然在車上看見了母親，面目特別清晰，我即使在夢中也頗感驚奇。我拉住她的手說，您回來啦。她說，是啊。我說，您上哪兒去了？她好像有點兒難於回答似的。我就醒了。

夢見我問母親，您好麼？——這是我過去經常問她的話。她苦笑一下，未回答。

夢見家裡有很多人，我推開一扇門，房間是長條形的，一面牆上有一排窗戶，朝向外間。母親躺在靠窗的一張很窄的床——像是由多張凳子連成——上。我說，您怎麼換床了。她說，剛換好就被你發現了。

夢見我們的住房形狀窄長，完全不是現在或過去住過的格局。要打個隔斷，為母親安排一間屋子。母親也在參與商量如何設計。

夢見我把自己的書——很清楚地記得就是剛寫成的《惜別》——打印裝訂成一冊，上面有多處母親用紅筆添加或修改的筆跡。我一字一句地看，當時看得很真切，醒來卻忘記寫了些什麼了。只記得與「文革」的經歷相關，而這卻是我的書中沒寫到的。

夢見我回到家裡，母親把我出門這些天積下的一大摞報紙交給我，我開始一張張翻看。這完全是過去生活的實景，就像回憶一般。作這夢是在從日本回國的前一天晚上。

夢見在家裡的窗口面對一輪夕陽，趕緊喊母親一起來看。也許是前不久我在室戶岬見到夕陽留下的印象，但夢裡的夕陽比我所看過的要大得多，簡直有點超現實的意味。

大概五點鐘，醒了。讀了幾頁書，想再睡會兒，忽然聽見母親呼喚「方方，方方」。再次醒來已是八點多了，知道那不是幻覺，是夢。但母親的聲音記得很真切，是她生前早晨起來遇見什麼事情呼喚我的那種聲調。母親祖籍江蘇無錫，雖然生在天津，小時候卻從未接觸過當地人，所以沒有天津口音，後來在北京住久了，說的是帶一點點北京味的普通話。

夜裡夢見我在公司上班，因故必須留宿不能回家。這時母親去世的消息傳來，心中悲痛至極而且特別內疚。

向死而生

母親去世的第二天上午，大哥和我一起回到醫院，他去病房辦理一些手續，我在院子裡等他。忽然聽見不遠處兩個陌生人在聊天，「今天天氣不錯。」「是啊，是個晴天。」我抬頭看看，簡直是碧空如洗。不知道趕到這天天氣好了，還是接連幾日盡皆如此。我想起在小津安二郎導演的《東京物語》裡，當妻子死後，周吉對兒媳紀子也說過「多麼美的早晨啊」的話。

後來我去日本白濱的三段壁，那是著名的自殺地，我在懸崖上看見一塊「口紅的遺書詩碑」，上邊刻著當年情死者的手跡：「白浜の海は、今日もれてゐる。」（白濱的海，今日依然波濤洶湧。）後署「一九五〇・六・一〇　定一　貞子」。

對這行將赴死的兩個人來說，他們的愛情與死亡何其重大；大自然卻對此無動於衷，還是原來的樣子。這使我想起《老子》說的「天地不仁，以萬物為芻狗」——天地不具情感，且無所偏私。

一些人死了，一些人活著，一些人不幸，一些人幸福，如此而已。

我們是在這樣的背景下失去親人，也是在這樣的背景下懷念死者。

孔子所謂「仁」有兩個意思，一是希望人活得好些；二是希望人不要活得太壞，乃至不能活了。《莊子》所云，「昔者舜問於堯曰：『天王之用心何如？』堯曰：『吾不敖無告，不廢窮民，苦死者，嘉孺子而哀婦人。此吾所以用心已。』」是說遇著「無告」以下各類，需要特別關懷一下。由此反觀《老子》之「天地不仁」、「天道無親」，未免把上面兩層意思混淆在一起反對了。《老子》自是標榜一視同仁，但我們並沒有要求個別地好，所要求的只是不要個別地太壞。

墨子講「兼愛」，是在與《老子》截然相反的方向上反對孔子的「仁」——《老子》可以說是「兼不愛」，完全仿同大自然對待人的態度。在我看來，《老子》太冷，墨子又過於理想主義，還是孔子所提倡的能夠落實，或者說我們可以退到這個地方：對於愛你，你也愛他的人，盡量讓他活得好一點罷。

周作人在〈尋路的人〉中說：

「我曾在西四牌樓看見一輛汽車載了一個強盜往天橋去處決，我心裡想，這太殘酷了，為什麼不照例用敞車送的呢？為什麼不使他緩緩的看沿路的景色，聽人家的談論，走過應走的路程，再到應到的地點，卻一陣風的把他送走了呢？這真是太殘酷了。」

這裡的「強盜」是個象徵——象徵我們所有終將死去的人。此文所體現的眼光正與「天地不仁，以萬物為芻狗」相對立，形容起來，就是「悲天憫人」的「憫人」二字，亦即孔子之「仁」。

生就是向死的過程，不過有人走得短些，有人走得長些罷了。既為生者，無一不死。死是生所注定的。既然如此，那麼應該沒有什麼不能接受的。但我們仍然痛惜他人之死，畏懼自己之死，這是因為我們總是在「一般」中留意「唯一」——唯一的存在，唯一的關係，亦即老子所謂「私」、「仁」。

我們最終得以承認和接受一個人的死，可能僅僅在於無人不死，或者說，在於眾人之死。眾人都承受的事，一人就能承受。

母親在的時候，我們曾每晚一部地將小津安二郎後期從《晚春》到《秋刀魚之味》這十三部電影按拍攝順序看過一遍。前不久我又都重新看了，留心到不少過去疏忽了的地方。好像非得以生死為代價，才能真正明白就中深意似的。

《東京物語》和《小早川家之秋》都表現了下一代人與上一代人的「死別」。在《東京物語》中，幸吉將父親周吉從病危的母親身邊叫出來，對他說：「我看能到明天天亮就不錯。」周吉回答：「是啊，不行了嗎。」幸吉：「媽媽六十八歲了吧？」周吉：「是啊，不行了。」幸吉：「我看就是這樣了。」周吉：「是啊，這就完啦。」這是我看過的電影中最令人心碎的一幕——「死」同時被突然強加給妻子和周吉，不管你是否理解這是怎麼一回事。而在《小早川家之秋》中，萬兵衛病危，兩個女兒和一個女婿守候在身邊，醫生向他們陳述病情，小女兒則在廚房鑿冰以供病人冷敷之用——這情景簡直與《東京物語》一模一樣，但接下來就不同了：次日萬兵衛竟奇異地恢復了健康，幾個女兒喜極而泣。雖然萬兵衛很快還是死了，但對於親人們來說，他實際上是死了兩次。死最令人難以接受之處，正在於它的一次性——是那麼斷然，徹底，決絕，無可挽回，無法補救。無論此前生者以為如何具有思想準備，死永遠是一個突如其來，令人措手不及，從而造成太多遺憾的事實。而在《小早川家之秋》中，儘管萬兵衛第二次死距離第一次死的時間很短——正所謂「迴光返照」——但親人們已經能夠相對平靜地面對他的死，視之為人生必然的最後一程了。而兩次死的距離越短，生者對死者最終的死接受得就越容易——講一句殘酷一點的話，對於生者來說，第一次好比是「熱身」，隔得太遠也就失去效用了。

在萬兵衛兩次死之間，女兒文子有機會告訴他：「爸爸，我要向您道歉。」萬兵衛問：「為什麼？」文子：「我任意地對爸爸說了些難聽的話。」萬兵衛：「我沒有放在心上，已經忘記了。」文子：「雖然不應該這麼說，但如果爸爸有事，我會永遠內疚的。」萬兵衛：「說什麼也好，我不會有事的，身為父親是不會責怪兒女的。」假如萬兵衛死在第一次，這些也就成了女兒永遠聽不到而永遠希望聽到的話了。

現在我總覺得，母親當初哪怕多活一天也好；但回想起來，母親活著時，其實我並未真正感到她的一天如何重要，如何值得珍惜，尤其是在她健康的時候。

我們總是在一個人離開這個世界之後，才想到應該愛他或更愛他。就像弗蘭茨·貝克勒等編《向死而生》一書所引萊因霍爾德・施奈德的話：

「我們只有以死為代價，才能發現人，熱愛人。」

《泅泳於死亡之海》中寫道：

「回想起我母親的死，我現在想法極少，遺憾頗多。主要是我感到內疚——生者的逃避立場。我多麼希望在她活著的時候，或多或少在所有方面更多地順她的心意。我多麼希望能夠壓制住我自己的興趣以促進她的興趣。這就等於說我多麼希望在她健健康康活著的時候，本該在我的生活中將她死亡的事置放在我意識的第一位。當然，我很清楚，這些都是無謂的意願——是只有真正沒有自我的人才可能想像他們能夠實現的意願。其孩子氣、假裝的聖潔、受虐狂色彩讓我心驚膽戰，但是，我無法（抑或是不願意？）完全不理會它們。不管你多麼關心一個人，你都無法總好像是他們已經處於彌留之際那樣去照顧他們。這又回到傑爾姆・格羅普曼酷愛引用的齊克果的話上：理解生活得回顧，過生活要前瞻。問題在於，到那時，通常都為時晚矣。」

我曾說，這段話道盡了「人子死其親」時的悲哀。《泅泳於死亡之海》是一本我讀了不僅感動，而且與作者在痛苦這一點上有所共鳴的書。里夫一次次把自己推到「不可能」的地步，從而設想種種「可能」，也許只有這樣，才能在母親永遠的死和自己餘剩的生之間找到一點平衡。而這裡認識上的前提是：生命只有一次，故者如此，生者亦如此，失之交臂，就再無相逢之時了。

當我們不知道終點何在時，我們就不能真正了解和理解過程是什麼；但等到達終點，這過程又已經結束了。

也許只有先知才能預先站在終點說話。

米蘭・昆德拉在《生命中不能承受之輕》中寫道：

「一切都是馬上經歷，僅此一次，不能準備。好像一個演員沒有排練就上了舞台。如果生命的初次排練就已經是生命本身，那麼生命到底會有什麼價值？正因為這樣，生命才總是像一張草圖。但『草圖』這個詞還不確切，因為一張草圖是某件事物的雛形，比如一幅畫的草稿，而我們生命的草圖卻不是任何東西的草稿，它是一張成不了畫的草圖。

「托馬斯自言自語：einmal ist keinmal，這是一個德國諺語，是說一次不算數，一次就是從來沒有。只能活一次，就和根本沒有活過一樣。」

據此，人生的不如意，人生的錯誤，都是必然的；如意與正確只是偶爾趕上而已。

安東・契訶夫的劇本《櫻桃園》結束於一位老聽差菲爾斯的獨白：「生活過去了，好像我沒生活過似的。……」這時，「傳來一個遙遠的聲音，彷彿來自天邊，那是琴弦繃斷的響聲，悲傷的餘音漸漸消散。隨後是肅靜，只能聽見花園裡砍樹的響聲。」這與昆德拉所說是同一個意思，但我讀到這兒感受卻更深切，不僅因為這是說在一個人生命結束之際，是為自己一生所唱的挽歌，而且僅僅因為它表述得簡單，如友人史航所說「是實在熬不住才說的茫然的話」。人活一次，然後死了，不再活了。這件事根本沒有什麼道理可講。置身其中，只是無可奈何。

不過由此得出的結論卻未必是消極的：如果沒有彼岸，那麼此岸就是一切，無論生命短暫、長久，都是唯一的機會，這就更能顯示出人的一生的意義。不然，如果有彼岸，則此岸僅僅是向著那裡過渡的起點而已。沒有完結的起始是虛妄的，也是怪誕的，人可能更承受不了。

死的確可以讓我們認識生——與死相比，生是可以觸及，可以改變，甚至可以補救的……我們可以盡一己之力做點什麼，假如我們想到應該如此的話。

我讀《文選》中賦、詩之「哀傷」各篇，詩之「挽歌」各篇，好像往往止步於慨歎故人辭世，遺留一個頹敗寂寞的世界，就不再說下去了。再讀《元稹集》中「挽歌傷悼詩」、「傷悼詩」兩組，他說得上是古來對生死問題最為關注的詩人了，但所寫仍與《文選》上述諸篇意趣大致相同。以〈遣悲懷三首〉為例，如《唐詩餘編》所云「第一首生時，第二首亡後，第三首自悲」，但即以第三首而論：「閒坐悲君亦自悲，百年都是幾多時。鄧攸無子尋知命，潘岳悼亡猶費詞。同穴窅冥何所望，他生緣會更難期。

惟將終夜長開眼，報答平生未展眉。」好像還是稍稍觸及，就繞開了。雖然蘅塘退士編《唐詩三百首》云：「古今悼亡詩充棟，終無能出此三首範圍者，勿以淺近忽之。」陳寅恪著《元白詩箋證稿》亦云：「夫微之悼亡詩中其最為世所傳誦者，莫若〈三遣悲懷〉之七律三首。……所以特為佳作者，直以韋氏之不好虛榮，微之之尚未富貴，貧賤夫妻，關係純潔，因能措意遣詞，悉為真實之故。夫唯真實，遂造詣獨絕歟。」在我看來，真實誠然，但亦止於此矣。回過頭去再讀《文選》，倒是陸機作〈歎逝賦〉中「寤大暮之同寐，何矜晚以怨早」二句，比「閒坐悲君亦自悲，百年都是幾多時」要深刻多了。此外，繆襲作〈挽歌詩〉之「造化雖神明，安能復存我。形容稍歇滅，齒髮行當墮。自古皆有然，誰能離此者」，亦頗具理解。死是死者與生者共同的命運，區別但在先後而已。要有陸、繆兩位所說的這層意思做底子，「悲君亦自悲」才能落到實處。

《哀痛日記》中說：

「想到、懂得媽姆永遠地、完全地故去了（『完全地』，意味著只能猛然地去思考，而不能在這種思考上停留太久），就是真真切切地（即完全地、同時地）想到我也會永遠地、完全地死去。因此，在哀痛（比如我的哀痛）之中，有對於死亡的一種根本的和全新的儲備，因為在此之前，這還只是借來的懂得（是笨拙的，來源於autres、哲學等），而現在，這是我的懂得。比起我的哀痛來說，它不大會帶給我更大的痛苦。」〔原注：這裡，字跡不清：也可以將其讀為「arts」（「藝術」），而不讀為「autres」（「其他人」）。〕

相比之下，我們在悼念死者時，很容易就把自己當成不死者了。說來誰都終歸一死。而且不知道我們比死者究竟能多活一時，一日，一月，一年，還是多久。所有的生者都是在死者。與生俱來的一切，我們都得承受，包括死亡。

在漢密特的短篇小說〈太多的人曾經活過〉中讀到一首題為「無題」的詩：

「像我們活著一樣／太多的人曾經活過／我們的生命／證明我們確實活著。／像我們終有一死一樣／太多的人已經死了／他們的死／證明我們行將死亡。」

我們常說「生生不息」，其實也是「死死不息」。

人不能超越死亡，無法知道自己死後的情形如何——當我們知道時我們還活著，當我們死時已經不知道了。

但是，我們可以由別人之死體會自己之死，由別人死後的世界體會自己死後的世界。

其實，只須將「自己之眼」換成「上帝之眼」或「自然之眼」——那眼光正如《老子》所描述的「天地不仁」、「天道無親」——來看我仍然存在的這個世界，而在這副眼光裡將「我的存在」屏蔽掉，那時所呈現的，就是我死亡之後的世界——

一切繼續，一切如常。

母親去世三周年之際，我想：她一共活了八十七歲，從她出生時算起，如果是一個月的話，那她就是活了二十九天，死了已經一天了。

時間如此迅速地將與我們相關的死者推向遙遠，未始不是在提醒我們：作為生者，我們自己的死期大概也不再那麼遙遠。

在卡繆的劇本《卡利古拉》中，主人公說，「別人總以為：一個人那麼痛苦，是因為他所愛的人一日之間逝去了。其實，他痛苦的價值要高些：那就是發現悲傷也不能持久，甚至痛苦也喪失了意義。」我讀這句話時想到的卻是：假如死者有知，對此將會作何感想。

我們能夠體會人臨死之際的心境，也就能夠體會死後的虛無。

《北史・列傳第五十二》有云：

「建德中，敻以年老，預戒其子等曰：『昔士安以籧篨束體，王孫以布囊繞屍，二賢高達，非庸才能繼。吾死之日，可斂舊衣，勿更新造。使棺足周屍，牛車載柩，壙高四尺，壙深一丈。其餘煩雜，悉無用也。朝晡奠食，於事彌煩，吾不能頓絕汝輩之情，可朔望一奠而已。仍薦蔬素，勿設牲牢。親友欲以物弔祭者，並不得為受。吾常恐臨終恍惚，故以此言預戒汝輩。瞑目之日，勿違吾志也。』」

韋敻站在生死界線的這一端，遙望另一端——那裡已經沒有了自己。但一點情意還是難以割捨，希望能夠把關係繼續維持下去。這情意是淡淡的，不強人所難的，對於繼續生存的親人充滿理解與體諒。真是至情至文。

母親曾在給姊姊的信中說：

「即使將來你們也會常常想到我，想到我對你們的一片癡心的，對嗎？」

當時她身體還很健康，說來她一向很少講這種涉及「將來」的話。母親患病後，又在日記中說：

「想著我的人永遠不會忘記我的。」

現在讀到這些，就像是聽見了她離開這個世界之後的聲音。

在吳爾芙著《到燈塔去》第一部的臨近結尾處，主人公拉姆齊夫人——到第二部她就死了——有一段內心獨白：

「他們還會存在下去，而無論他們存在多久，她繼續想到，都會回到這個夜晚，回到這輪明月，回到這海風，回到這幢房子——回到她的身旁。想到無論他們存在多久，她都將被牢牢牽記，縈繞在他們的內心深處，這令她沾沾自得，她對這樣的奉承話很容易動心；她將被他們牽掛著，還有這個、這個、這個，她想著，拾級而上，滿懷柔情地嘲笑樓梯平台上的沙發（她母親留下的），那把搖椅（她父親留下的），還有那張赫布里底群島地圖。所有這些都將在保羅和明塔的生命裡復活；『雷勒夫婦』——她試著念了念這個新的稱呼；當她把手放在育兒室的門上時，她感到了人與人之間的那種由感情而產生的交流，好像彼此間的隔膜已經薄如蟬翼，實際上（這是一種快慰和幸福的感覺）一切都已匯合成一股流水，那些椅子、桌子、地圖，是她的，也是他們的，究竟是誰的已不再重要，即使她不在人世，保羅和明塔也會繼續生活下去的。」

生死之事，只有經歷了生死之隔，才能明白。隔得愈久，就愈明白。這種明白，也是生死之事的一部分。

然而對我來說，與自己真正相關的死——父親的死，母親的死——都已經發生過了，明白又有什麼用呢。

清明節。當親人健在時，一起過的是新年，春節，端午節，中秋節，乃至聖誕節，等等；親人不在了，清明節就成為我們生活中不能忽略的一天了。

我們去為母親掃墓。墓地不僅供人憑弔，它還顯示著死者的某種存在。母親的碑文是我所擬定，請母親一位老朋友的書法家孫女書寫的。

林薇女士之墓
一九二三年六月三十日生於天津
二〇一〇年十一月二十二日故於北京

自從母親去世，我對於書上、報紙上提到的任何一位死者的壽命都變得敏感起來，總是算一下她甚至他比母親活得長，還是活得短。走進墓地，我也留意別的墓碑上刻著的生卒年月——那要比印在紙上的數字更觸目驚心。有的墓碑是父母為兒女所立，死者才只二三十歲；有的是兒女為父母所立，死者也不過四十歲上下。我想，別的死者更悲慘，別的生者也更痛苦罷。——這樣比較可能太過自私，但作為一種自我安慰，似乎又難以避免。

我們談到死者的身世，往往很粗略，甚至一年、幾年一筆帶過。其實活人的生活，原本是一天一天過的。最終一個人的一生變成了表示生卒年的兩個數字，而這種數字最終變得完全沒有意義。

生者看待死者的眼光，有時候像上帝看待眾生的眼光。

我想起母親生病後，我陪她去醫院做腦部核磁共振或ＣＴ檢查，總能看見剛出生的嬰兒，或沒多大的幼兒，由大人抱著，也等在那裡。大人滿面憂愁、悲傷或倦怠之色，我想那些孩子多半是患了癌症。世間最悲慘黑暗之事，或許莫過於此。相比之下，那些成年之後患病、遇禍、暴死、橫死的人，總算經歷了一點未必幸福但至少健康的人生。

薩默塞特・毛姆在《剃刀邊緣》將近結尾處寫道：

> 「使我非常吃驚的是，我忽然恍悟，儘管絲毫沒有意思要這樣做，我不多不少恰恰寫了一部以『成功』為題材的小說。因為書中和我有關的人物無不如願以償：艾略特成為社交界名流；伊莎貝爾在一個活躍而有文化的社會裡取得鞏固地位，並且有一筆財產做靠山；格雷找到一個穩定而賺錢的職業可以每天從早上九點到下午六點上班；蘇珊・魯維埃得到生活保障；索菲獲得死；拉里找到了安身立命之道。」

這番話講得坦然極了，就像——我又要提到《老子》了——「天地不仁」一樣。夾在當中的「索菲獲得死」一句，真是只有毛姆才寫得出來。我讀此書時年紀尚輕，記得當下心頭一顫。時至今日，再想他將「死」與「成功」聯繫在一起，其實也很正常。

當母親病勢日重一日，我看著她漸漸步入死亡卻完全束手無策時，腦子裡曾經閃過一個念頭：還不如我先死了，這樣就無須面對她死這個現實了。這當然是非常自私的想法。

孫伏園在〈哭魯迅先生〉中說，魯迅逝世後，他去魯迅母親處弔唁，老太太說：「論壽，五十六歲也不算短了；只是我的壽太長了些；譬如我去年死了，今年不是什麼也不知道了麼？」趙丕慧譯張愛玲著英文作品*The Book of Change*（《易經》）中也說：「……但是表舅媽卻永遠不會知道，彷彿另一人的死亡是在她自己死亡的一年後，還是一百年後，兩者並沒有差別。永恆封閉了這短短的數階。」

死亡所帶來的痛苦原來來自於彼此之間死亡的次序。這裡，關鍵不是誰比誰活得更長，而是誰比誰死得更早。

這或許是悲哀，或許是幸運。——反正死就是這麼一回事：因為你不存在了，所以世界上的一切都與你無關了。

友人冷冰川來訪。他告訴我，上次他到我家來，走的時候天上下著雨，我拿了把傘追出去說，我媽媽說我應該送送你。他說，他聽了這話很感動，一直記著。他還說，當時我並未把母親介紹給他，但他記得是一位老知識分子的模樣。

我找出他那次來時送給我的畫冊《心靈寓言》，查看上面寫的日期，已是十三年前的事情了。不過我完全忘記了。雖然對我來說，或許這比自己所有的記憶都更有意義。母親不僅養育我，照顧我，幫助我，還教我如何做人。

谷崎潤一郎在〈《異端者的悲哀》前言〉中說：

「我在我的藝術作品中，展現了她們（按指作者已經過世的母親和妹妹）生前未經塗飾的真實，想把她們作為something保存下來。」

至少作為一種意願，這是可以理解的：死者曾經存在，現在不存在了，而世界還是這個世界；生者見證了她們的存在與不存在，希望把這記錄下來。

然則《莊子・天道》有云：

「桓公讀書於堂上。輪扁斲輪於堂下，釋椎鑿而上，問桓公曰：『敢問，公之所讀者何言邪？』公曰：『聖人之言也。』曰：『聖人在乎？』公曰：『已死矣。』曰：『然則君之所讀者，古人之糟魄已夫。』桓公曰：『寡人讀書，輪人安得議乎？有說則可，無說則死。』輪扁曰：『臣也以臣之事觀之。斲輪，徐則甘而不固，疾則苦而不入。不徐不疾，得之於手而應於心，口不能言，有數存焉於其間。臣不能以喻臣之子，臣之子亦不能受之於臣，是以行年七十而老斲輪。

古之人與其不可傳也死矣，然則君之所讀者，古人之糟魄已夫。』」

這裡本來講的是道之不可以言傳，但卻也是對生死問題的深刻理解。一個人死了，借助語言文字這種媒介，所傳達、所保存的只是「糟魄」，其所有精微均已「gone with the wind」（隨風而去）。即便借助更為具體的視聽手段如繪畫、攝影、電影、錄像、錄音等，也仍然如此，亦如〈天道〉所云：

「視而可見者，形與色也；聽而可聞者，名與聲也。悲夫，世人以形色名聲為足以得彼之情。」

所說的「情」可能多少存在於相知者的心中，但是要想真正著之筆墨恐怕也是不可能的了。不過也許正因為如此，我們未必不能知其不可而為之。就算是對於輪扁的話的一種反抗，有如許多已死者和未死者曾經做過的那樣。

留影

二〇〇九年，北京

一九九九年，北京

一九八六年，香港

一九八五年，北戴河

一九七二年，北京

一九五七年，上海

一九五一年，北京

一九四九年，香港

後記

索忍尼辛所著長篇小說《癌病房》裡有個插曲：卡德明夫婦——婦科醫師尼古拉・伊萬諾維奇和他的妻子葉連娜・亞歷山德羅夫娜蒙冤在勞改營度過十年光陰，又被永久流放到哈薩克南部的烏什―捷列克村，「生活作為種種樂趣所點綴起來的火樹銀花，是從他們為自己買下一座帶宅旁園地的低矮土房子那一天開始的。」這對夫婦對於日常生活有著一種異乎尋常的熱愛：「他們要是弄到了一只白麵包，就會高興得不得了！今天俱樂部上映一部好電影——高興得不得了！書店裡有兩卷本帕烏斯托夫斯基選集——高興得不得了！來了專家鑲牙——高興得不得了！……」

我還是三十多年前讀的《癌病房》，但對這一節記憶猶新。現在想來，我在《惜別》中所記述的母親晚年的生活態度與卡德明夫婦頗有相近之處，而母親也曾經歷過長久的磨難。卡德明夫婦布置房間、料理園子、裝訂書籍、養狗、養貓，都饒有興致，力求完美；母親一生的最後一段時光，熱中讀書、看電影、烹飪、養花、編織、集郵、收藏小物，每天也過得很充實，很講究。她身患絕症之後說：「我只有二十年生活得很高興，是否太短了呢？他們害我過了二十五年非人的生活，我想能多過一些舒適的生活。」正因為有這樣的背景，母親和卡德明夫婦那些看似瑣碎、過於個人化的行為被賦予了某種特殊意義或特殊價值，也許就不是微不足道的了。

有位朋友讀了《惜別》，看出我母親所說的「生活得很高興」實在可憐。譬如我寫道：「她最愛過聖誕節，每年總是早早在客廳裡擺出姊姊從美國寄給她的塑料聖誕樹，點亮上面的小彩燈，還掛了不少包著彩紙的飾物。」朋友指出，這種塑料製品與我母親小時候家裡有的真的聖誕樹無法相比。我在書中寫了母親喜歡逛沃爾瑪和宜家，朋友也說，對於生活在國外的人來說這都是些不屑一去的地方。

我回答說，這一層在索忍尼辛筆下也寫到了。當卡德明夫婦終於有了屬於自己的房子，「他們沒有任何家具，便請霍姆拉托維奇老頭（也是個流放者）給他們在屋角裡用土坯砌了個平台。這就成為一張雙人床——多寬敞！多方便！這可真叫人高興！縫了一只大口袋，裡邊塞滿了麥稈——這就是床墊。還請霍姆拉托維奇做一張桌子，而且一定要做成圓的。霍姆拉托維奇有點納悶：活在世上六十多年了，可從未見過圓桌。幹麼要做圓的呢？『這就請您別管了！』尼古拉・伊萬諾維奇搓著他那婦科醫師白淨而靈巧的手說。『反正一定要圓的！』下一件操心的事兒是設法弄到一盞玻璃的，而不是鐵皮的高腳煤氣燈，要燈芯一英寸寬的那種，而不要零點七的，此外，要有備用的玻璃罩子。在烏什—捷列克沒有這樣的燈賣，他們是託好心人從老遠的地方輾轉帶來的。於是，他們的圓桌上也就放上了這樣一盞燈，而且還加上了一只自製的燈傘。一九五四年，當大都市裡人們競相購置落地燈柱的時候，當世界上連氫彈都有了的時候，在這烏什—捷列克，自製圓桌上的這盞燈竟把簡陋的土屋變成了十八世紀的豪華客廳了！多麼闊氣啊！」

與卡德明夫婦一樣，我母親晚年所享受的也是一種因陋就簡的幸福——「因陋就簡」一語當然不無諷刺意義，但這裡該被諷刺的對象卻不是那些因陋就簡地感到幸福並且對此極為珍惜的人。

在我讀過的作品中，還有一篇印象深刻：海因里希・伯爾所作短篇小說〈我的叔叔弗雷德〉。第二次世界大戰結束，弗雷德叔叔從戰場上歸來，決意要在滿目瘡痍的城市做鮮花買賣謀生。有人認為當下沒有誰會買這種顯然過於奢侈的東西。然而，「在一個值得紀念的早晨，我們幫弗雷德叔叔把裝滿鮮花的桶送到電車站，他在那裡開張營業。我所見到的黃的和紅的鬱金香、露水晶瑩的丁香至今還浮現在我的腦海中。我也永遠不會忘記當時的情景：我的叔叔站立在一片灰濛濛的身影和廢墟中，他用響亮的嗓門吆喝起來：『鮮花——』這個時候，他是多麼神采奕奕。關於他的生意的興隆發達，我就毋庸贅述了，簡而言之：就像彗星一般。四個星期以後，他已是三打鋅桶的業主，兩間分號的老闆；一個月以後，他已成了納稅人。我感到整個城市都改觀了：在許多角落裡如今都出現了花攤，鮮花還是供不應求。」

這一情景長久令我感動不已。感動我的是作者刻意未著筆墨的那些買花的市民，他們與我母親、與卡德明夫婦際遇不盡相同，但是對待生活的態度，或者說對於生活的要求，彼此卻有一致之處。伯爾和索忍尼辛所寫都是小說，但在我實際的人生經驗中所得到的印證蓋非偶然。我在《惜別》中寫道：「對於母親來說，生存本身就是對於過去境遇的反抗。能夠活下來已經是幸運了；爭取把剩下的日子活得好一點，則是多少要賦予自己的一生以某種價值，某種意義。」我覺得這番話未必說的只是母親一個人。

另有朋友讀了《惜別》，覺得我對母親那段始於「拋棄家庭，投身革命」，歸為「平反昭雪，落實政策」的經歷，未免寫得過於簡略，建議我另外寫部「前傳」。我說，這樣的事情在我們的上一代人那裡說來大同小異，別人已經寫過很多了，而至今我還沒有想清到底應該如何去寫。我只是覺得無論發生過的是悲劇還是荒誕劇，都不應該僅僅限於記錄過程而已。我所期待的是，就像塞尚不同於他之前以及同時代的所有畫家那樣畫靜物、畫人像、畫大自然，揭示出我們的上一代人的命運乃至當時整個社會、整個時代中更本質的東西，儘管最終或許仍然要將其歸結為一齣悲劇或荒誕劇。

我母親晚年所說類似「孩子們，請你們一定要小心，每邁一步都要深慮，不要任性、心血來潮，走錯一步，後患無窮，將後悔一生」的話，大概只有「過來人」自己才清楚真正分量。我想起福樓拜著《包法利夫人》中的愛瑪•包法利：「在傾聽這在大地之上永恆之中迴盪著的帶有浪漫色彩的淒迷的哀音時，她是多麼入神啊！……她長期處於平靜的環境之中，反而滋長了一種對不平靜的事物的嚮往。她愛海洋，只因那裡有風暴；她愛綠苗，也只因它長在斷壁殘垣之間。」然而母親還說：「我的浪漫主義把自己害得那麼慘。」

我在《惜別》中惋惜母親當初未能像《鋼鐵是怎樣煉成的》中的冬妮亞最終與保爾分手那樣，走上一條對自己來說既聰明又正確的道路，冬妮亞對保爾說：「我從來就不喜歡跟別人一個樣子；要是你不便帶我去，我就不去好了。」回過頭去看愛瑪，恰恰與此志向相反，背道而馳：包法利夫婦被邀到俄畢薩爾的安戴維里葉侯爵家作客，夜裡留宿在那裡，「東方現出了魚肚色。她盯著這座樓房的許多窗子望了很久，想猜出昨夜她注意到的那些人住在哪些房間裡。她真想了解他們的生活情況，進入他們的圈子，和他們發生聯繫。」

其實我母親及其同時代人的經歷，早已在《包法利夫人》中被描述過了，只要我們將這部本來是現實主義的小說看成是象徵主義的，把愛瑪從所讀書籍受到的影響、她去參加的那場舞會、她在舞會上遇到的那位以後為她念念不忘的子爵、她與魯道爾夫和萊昂的關係、她的傾家蕩產與走投無路，乃至她最後的死，都視為對於過去現實的某種隱喻。

福樓拜說：「去擴大飯桶堆（或天才群，反正一個意思）有什麼必要，何苦為一大堆小事煩惱，這些事本來就讓我覺得可憐，只能聳聳肩。……這上面，我得坦白，我要說的，沒超過別人的內容，不見得說得和別人一樣好，更不見得說得比別人好。」（一八五一年十一月三日致路易斯・科萊）這未始不是我站在自己的立場回顧上一代人的經歷時所持的態度。然而福樓拜還是寫出了不朽之作《包法利夫人》——對我來說，它的「不朽」就包括了我可以做上面那一番新的解讀，而且簡直天衣無縫。

我們的上一代人就是這樣既重複了《包法利夫人》的故事，又重複了《癌病房》和〈我的叔叔弗雷德〉的故事。

二〇一四年十二月十日

INK PUBLISHING 文學叢書 497

惜別

作　　者　止　庵
總 編 輯　初安民
責任編輯　林家鵬
美術編輯　黃昶憲
校　　對　吳美滿　止　庵　林家鵬

發 行 人　張書銘
出　　版　INK印刻文學生活雜誌出版有限公司
新北市中和區建一路249號8樓
電話：02-22281626
傳眞：02-22281598
e-mail：ink.book@msa.hinet.net
網　　址　舒讀網http://www.sudu.cc

法律顧問　巨鼎博達法律事務所
施竣中律師
總 代 理　成陽出版股份有限公司
電話：03-3589000（代表號）
傳眞：03-3556521
郵政劃撥　19000691　成陽出版股份有限公司
印　　刷　海王印刷事業股份有限公司

港澳總經銷　泛華發行代理有限公司
地　　址　香港新界將軍澳工業邨駿昌街7號2樓
電　　話　852-27982220
傳　　眞　852-27965471
網　　址　www.gccd.com.hk

出版日期　2016年 7 月　初版
ISBN　978-986-387-108-8
定價　340元

國家圖書館出版品預行編目資料

惜別／止庵 著：--初版，
--新北市中和區：INK印刻文學，2016.07
面；14.8×21公分. --（文學叢書；497）
ISBN 978-986-387-108-8（平裝）

855　　105010319